U0606707

相遇

宋尾 —— 著

作家出版社

图书在版编目（CIP）数据

相遇／宋尾著. -- 北京：作家出版社，2020.12
ISBN 978 - 7 - 5212 - 1151 - 1

Ⅰ.①相…　Ⅱ.①宋…　Ⅲ.①长篇小说 – 中国 – 当代
Ⅳ.①I247.5

中国版本图书馆 CIP 数据核字（2020）第 196974 号

相遇

作　　者：宋　尾
责任编辑：赵　超
装帧设计：卿　松
出版发行：作家出版社有限公司
社　　址：北京农展馆南里 10 号　　邮　　编：100125
电话传真：86 – 10 – 65067186（发行中心及邮购部）
　　　　　86 – 10 – 65004079（总编室）
E – mail: zuojia@zuojia. net. cn
http: // www. zuojiachubanshe. com
印　　刷：北京中科印刷有限公司
成品尺寸：142 × 210
字　　数：241 千
印　　张：10
版　　次：2020 年 12 月第 1 版
印　　次：2020 年 12 月第 1 次印刷
ISBN 978 – 7 – 5212 – 1151 – 1
定　　价：45.00 元

作家版图书，版权所有，侵权必究。
作家版图书，印装错误可随时退换。

你本可径自走过，
走上那条山路，对两个生灵
在时空中的茫然相遇不用多想，
每个生灵各自承载的意义，
本没指望会被记载下来。

——R.S.托马斯

目录

楔　子

今日有雨，气象台说。但跟多数人的固有印象一致，预报总是不那么牢靠，上午九点，阴郁的天忽然放晴——甚至难得地蔚蓝起来，云朵轻盈，像是漂在浅色海面上。

事实证明，气象预测仍有其合理性，这是科技与概率的合谋。下午四点，那些云朵如被陡然打翻的墨水晕染，渐渐晦暗，就像一块没擦干净的黑板，压得越来越低。人们感觉到变化：起风了，空气里捎带着遥远的湿润。不过，雨是很晚才落下的：大约在深夜十点至十一点之间。这很难明确，雨是移动的，而这座山城如此广阔，地势如此不均。

上述小插曲犹如某种暗示：这是纷乱与躁动的一天，在貌似平静的表面下积蓄着风暴的一天。这天是礼拜五，但又不是寻常的礼拜五。对大部分人来说，他们已从心理上早早拥抱接下来的七天长假了，但又不得不留在既定岗位与毫无心思的工作中。总体而言，这仍是平淡无奇的一天，一如人们度过的大多数无法记得起来的日子。对市接警中心的夜班值守人员来说同样如此。但还是要详细指出：这天是二〇一一年九月三十号。

在一些人想象中，接警中心总乱糟糟的，神情焦灼的警员们大呼小叫，电话铃声此起彼伏，作为必不可少的背景——大屏幕上显示着各种路段的监控情况。似乎连接到这儿的通信总是跟犯罪、重大案情联系在一起。那是电影塞给你的印象。事实上，大量来电多是这样的：车辆被挡道、出门忘带钥匙、东西掉到下水道、宠物猫爬到了树上、餐馆饭菜不可口、马桶被堵、窗台渗水，以及喝醉了想找人谈心，甚至只单纯地想要发泄点什么，比如辱骂接线员之类——哪怕骚扰和辱骂，你也得耐心倾听。因为会报警的人也会同时记得督查电话。从电话进来开始，你们的对话就会被录音——有投诉一定是你的错，报警群众永远是对的。每天，接线员要接成百上千报警电话，无效警情占四五成左右。即便是真实警情也不见得全都能及时处理。你大可以想象一下，一座城市能有多少警车，值班警员能有几人？可报警人一般是不会这么想的。

这晚九点十三分，编号1120的夜间接线员接到一则来电。她抓起电话，重复着已经重复了上万次的开场："您好，110。"

话筒里是一个低沉的男声："喂，我要报警。"

"请问您的姓名以及事由？"

"我叫任铁围。我发现了一个被你们通缉的在逃犯，李立冬。"

"确定？您的具体位置是？"

接线员的手指同时在键盘上急速敲打，电脑上跳出一段文字：

李立冬，男，汉族，1974年12月10日出生，身高165厘米左右，圆脸，户籍地：重庆市沙坪坝区童家桥街道73号7幢7-2，身份证号码：340827197412105175。涉嫌罪名：故意伤害。

报警人压低声音：

"确定。我从劳动路一路跟着他，往金沙街方向，现在我已经跟着他走到了凤凰山脚……"

"是沙坪坝的劳动路吗？"接线员的反应不慢。

"对，他马上要拐弯了，你们快点派人过来。"

"您是一直在跟踪他吗？我必须要提醒您，务必冷静，注意观察，首先要保护好自己，与在逃犯保持距离，保持通信畅通……"

讯息戛然而止。

1120号接线员无奈地握着电话。类似的恶作剧每天总会发生很多，但出于谨慎，她试着重新联系报警人，对方没再接听。尽管如此，她还是迅速完成了简报，并将这通警情连同报警人电话转交到前线。

晚十点十九分，1120号接线员又接到一个报警电话，报案人口齿哆嗦着告诉她，自己在大碑社区发现了一具尸体。

传送相关警情后，她起身去接了杯热水，捧着茶杯回来时，她才意识到，下雨了。窗外，银灰色的纤细雨丝飘下来，不绝如缕。

第一章

一

一般来说，"出差"就意味着干活儿。他不喜欢干活儿。这一点从他接的案子数量大约就知道了，五到十月以来，共接了六个活儿。月均一点二件。他仍嫌多了。倒不是因为落到他头上的活儿永远是最麻烦最难缠的那种，而是他清楚，麻烦总是接二连三，永远都不会停止的。他也明白完全不工作是不可能的，但他可以把握的是，保持一种进度——一个月，一件事，最多一件半。不能再多了。他不喜欢干活儿却喜欢出差，分不清楚究竟是喜欢到陌生的地方，还是喜欢这种闯入陌生里去的感觉。又或者，仅仅只是喜欢"出差"这个词本身。听起来它和"出神"差不多。

不管情不情愿，这是他出差的第四天，十月二日。

这地方叫秀山，一个三省交界的土家小城，他的活动轨迹主要集中在医院。小城里有五家综合性医院：县人民医院、县中医院、县卫生院及两家民营医院。其他只能称为诊所，不作考虑。

来这儿是为一个叫作吴留芳的人，三十四岁，主城一所三甲医院执业医师。二十七天前，其作为投保人向一家保险公司提请了理赔申请——而他受雇于这家公司，确切地说，是他雇主的理

005

赔调查机构为这家保险公司所服务。

理赔这种事情很寻常，不寻常之处在于，此人购买的这份重大疾病险，额度较高，合二百六十万元，并且时间点有些敏感，刚过等待期。一般对等待期的理赔各公司都是较为慎重的。经分析，保险公司内部认为有恶意投保的嫌疑。归结几点：一、投保人的职业便利；二、投保人病情的特殊性。吴留芳是甲状腺癌，一般人听到癌症，可能天就塌了方了。事实上，这个病治愈率非常高，是所有癌症中治愈率最高的，达百分之九十以上，因此被称"懒癌"。投保人作为医生不可能不清楚这点，且时间点可疑——在得知患癌后投保，拖半年以上再申请理赔。医生是具备这个经验判断的。还有，投保人的配偶是本保险公司下属机构员工，从业有那么些年头了。除此，公司还发现吴留芳也在其他公司投保，合十一张保单，总额五百多万。所以，这是有问题的。问题是，你明知他有问题，但毫无漏洞。保险公司确信他通过职务之便私下检测得知自己的病情，但没有任何证据证明他曾这么干过。一方面，保险公司一无所获，另一方面，投保人施加的压力与日俱增。众所周知，理赔速度既是保险公司的口碑，也是赖以生存的基石。情形特别复杂的也只有三十天。于是，这个案子在强烈焦虑中转移到了第三方——也就是他雇主，杨吉林那里——安琪尔保险安全调查服务公司。随后，他被从另一个任务中紧急召回，纳入这个行动小组，只负责一件事：调查取证。

对他来说，不管这个案子还是其他案子，判断的核心只有一点：作案就会有痕迹。"痕迹"是一种笼统的描述，但并不玄虚。譬如习惯，人的很多习惯是相通的。如果你测出癌症，免不了要再做一次乃至多次，来确认这究竟是否是事实吧？毕竟侥幸心理人人都有，这是共性，也是人性，跟你是什么职业身份无关。吴留芳若事先得知自己患癌，在长达近一年时间完全若无其事也是不可能的，一定会有痕迹。

杨吉林接手此案后，指示团队继续加大对就诊信息搜寻，是个笨办法，也是没办法的办法，以投保人第一份至最后一份保单为时间线，在全市各大医院进行排查。相当于是，在近十万份甲状腺专科就诊信息里搜索一份能证实他在投保前或投保期内的依据。时间哗哗流逝在无穷尽的资料里。在此过程中，他提出——借助一些必要的资源——将检索重点放在对投保人的轨迹热点上。万一，吴留芳是在其他城市或地方再做甲状腺癌检测呢？杨吉林坚决反对。原因很简单，现在光市区这边信息搜寻都难以为继，网撒得越远，难度越大。

他干脆独自行动——就像之前若干次那样——花了两天时间，获悉并梳理吴留芳最近七个月的行程，的确有所发现：投保人曾两度离开重庆主城，一次是去上海，参加一次医学活动，为期三天；更早的一次，是回秀山老家。

他选了秀山，出于一种直觉——但也不至于像丢骰子那么随意。他预感到吴留芳犯了一个错误，而这个错误是在大多数人身上会普遍发生的，这是一种惯性。第四天下午，在县人民医院，他终于找到了一份与投保人极为近似的彩超记录，包括这个"患者"的名字：吴芳。显然，这个化名也是一种惰性。一个无法纠正的差错。

那一瞬间，他松了一口气。对自己的工作他满意了，但心底涌起的感觉——极其复杂也难以形容。

从医院离开后，他疲惫地回到留宿的地方—— 一间外观看起来还算不错的商务酒店。至于它的内部，就不说了。就像一个黄澄澄的柚子，外貌光洁，令人垂涎，但掰开后，只是一堆棉絮般的东西，没有糖、维生素，连水分都不存在。选这个酒店，因对面是静园小区，吴留芳的父母住在这里。这种观察纵然间接，但并非无用。从老人显现的状态，你就可以得知吴留芳的实质究竟如何。当然，他已经得到了想要的。

躺在床上时，他发现自己并不想要休息——来补足这几天丢失的睡眠。也不想告知杨吉林这个消息——道理十分简单，对你的老板，如果没有一点点抑制，那么你就很容易被他压制。如何相处不是问题，不过是你牵着他或他牵着你，但平衡很重要。

按说，成功取证是一件值得庆幸的事。但相反，他感觉很糟。他闭着眼想了很多，投保人，还有投保人那个家。他努力摒弃着脑中杂念，渴望寻求一种平衡。事实上，他发现自己只是需要一些酒而已。多年习惯让他在工作状态里可以滴酒不沾。痛快淋漓地喝上几瓶，则往往是对工作完成的一种额外报酬。

酒店下边，右拐，是条很老旧的街区，每个小城都有一条这样的好吃街。沿街都是门户洞开的小餐馆，将锅灶尽可能地推到行人的眼前，门楣上悬着夸张的霓虹招牌，天黑后，那些复杂的光亮会照彻整个巷子。

在一家烧烤小店，他从下午吃到晚上，准确地说，是喝到了晚上。他点了不少烧烤，但它们只是补偿式地放在不锈钢盘里。他很难做到喝酒的时候还能吃下更多东西。对他来说，这是两件独立的事：吃饭是吃饭，喝酒就是喝酒。

当然，他喝醉了。

他只要想喝醉总能如愿——或者说，只要沾酒他就可能喝醉，就像肺腑里安装了一种什么神秘的装置。但无法控制的是酒后突然发生的那些空白。那些北方人叫这什么？"断片"。很形象。就如一部惊悚电影，你正陷入情节之中，紧紧攥着双手，突然，影院断电了，眼前一片漆黑，反过来也成立：空白。他记得的最后一件事情，是跟旁边桌上的一个姑娘说了什么话，然后她旁边有个男娃儿站了起来。之后发生了什么？好像是撞击。嗯，他醒来时，脑子左侧就像被一辆五菱宏光撞击过，还留有被碾轧的刺痛，晕眩，以及躲藏在疼痛后头的一种浓厚的虚无感。一种不知身处何处的茫然。就像此刻，他完全无法确定自己的位置，眼前的一切，荒芜，陌生，狼藉一片，以及悲凉。

他花了几秒时间，发现自己坐在一间邮局门口，靠着一扇卷闸门。眼前是一座社区广场，就在他喝掉第一箱啤酒时——那时还清醒着呢——这儿还是一块丰腴的喧闹之地，挤满嘈杂的乐曲和翩翩起舞的中老年妇女。欢乐分属三个不同的集体，各有一台硕大的音箱；分别有自己的灵魂人物，领舞者；各有一片领域——尽管界限不甚明显，但泾渭是分明的，因为每台音箱的鼓点和乐曲是大不一样的，于是她们用音响来限制与排斥，相当有效。而他在稍远处听来，那些音乐就像一团失去控制的棉花，三种不同的节奏搅拌在一起，形成一种奇怪的共振——可正是这种蛮不讲理的粗暴的噪声让他感到心安。在影影绰绰的广场一侧，是市政摆放的一排石桌石椅，围拢了男人，烟不是夹在指间就是耳后。广场上仅有这片可怜的区域是属于他们的，斗地主只需要三人，看客们却不受人数限制，里外几层，将这儿包裹得严严实实，地上全是烟蒂。而现在，那些嘈杂与人影，通通消失了，就像被一只看不见的手清扫而走，只剩被遗弃于地面上的那些食品包装盒、塑料袋、踩得发黑的餐巾纸、浓痰、小孩的尿液、花坛边上的狗屎，以及随处可见的喑哑的烟头。

突然，地面上的纸片微微动了一下，接着迟疑地、不大甘心地翻滚起来。他夹紧衬衣。意识到醒来的原因是，起风了，而他的夹克不知何时被谁捡走了（或者是被哪个流浪汉剥掉）。见鬼的是，那条鳄鱼皮带也没了，好在长裤仍在腿上。不然这就太难堪了。他不想光秃秃地走回酒店，但又没有隐形的能力。虽然某种意义上，他一直在寻求这种隐形。

这时他大概能感受到疼痛的来源：左侧太阳穴，右边脸颊，两只手臂，还有背部。在右肩部、胸口，衬衣上有一些血渍。他摸了摸头部，那里应该被什么硬物剐伤了，是皮外伤，血已凝固了。

他准备看看时间，手机——没在裤兜里，没在手边，不在鞋子里，总之不在任何他把握的地方。发生的一切，只有这个让他真正感到沮丧。这个晚上糟透了。他挣扎着站直起来，原地站立了数秒，让麻痹的左腿尽可能快速地恢复血液的运送。

他一瘸一拐地回到入住的那间商务酒店，在楼下的二十四小时便利店看到了时间：凌晨两点十分。他想了想，从兜里摸出几张零钞——它们居然还在——提了四瓶百威啤酒，回到四楼房间。

洗完澡，他将毛巾披在身上，用嘴撬开一瓶啤酒，闻到一股香气——不是酒，是浓郁的花香。他握着啤酒走到阳台，下面是一座校园的边际，坡坎下植满了竹林，坡坎上，一条石径横贯于首尾，正前方是一个圆形花坛，一株上了岁数的洋槐耸立在那里，树冠丰盛极了，沉甸甸的姿态，几乎就要探进阳台里面。但这奇异的感觉并不是它赠予的。在远处漆黑的一团里，似乎埋伏着一株银桂。大约是。

他把鼻子凑过去，贪婪地吸着。真香啊。

一点冰凉的东西掉落在手臂上。他仰望黢黑的夜穹，雨滴。

下雨了。

桂花开的时候雨水也多。

可他并未真正意识到，雨季已来。更不可能知道这场雨会下得那么绵密，那么久。

二

上午十一点过，他驾着长城越野拐进中山四路。绕过端头那栋标志性的白色小洋楼，右边这整片区域是市委市政府所在地。微雨中，街道格外素净，他刻意放缓了速度。他喜欢这条街，并不是这种沉默的威仪，也不是它的宽阔和气派，而是镶嵌在崖壁里嶙峋的黄桷根，还有散落夹杂在现代建筑缝隙中的合院——石头房基，青砖墙体，灰色琉璃瓦，灰扑扑的，不知情的人很难想象，这就是戴公馆，桂园，国民政府警察局——在它的顶层阁楼有个隐蔽窗口，可全天观察下面的周公馆……八十年前那部陪都风云的一个真切注点。

市委大门斜对面，窄门里藏着一个大院。正脸儿是团市委办公楼，左侧是一个斜坡。径直开进去，当间是一座花坛，一株上了岁数的黄桷树耸立其中，左右两边都是苏式老楼，高不过四五层——都有几十年光景了。左边这栋，是《今日城市》杂志传媒集团办公楼，右边是妇联办公楼，夹在当中新建的两层小楼，是食堂兼健身会所。

将车泊在院内，步入妇联办公楼，底楼右拐，有两间办公室，一大一小，牌匾挂在走廊墙壁上——安琪尔保险安全服务。下方还有一句：专注保险欺诈调查。

那间小的，自然就是安琪尔老板杨吉林独享的空间。

你怎么想到把工作室设在这儿？他曾经问。杨吉林眼光闪烁着一丝狡黠，反问道，你觉得，咱们对面的《今日城市》杂志社为什么也要窝在这个大院里？他很快反应过来。杂志社主管部门是市委宣传部，杨吉林亦是利用了同样"原理"：一个民间机构，位于市委对面，盘踞团市委大院，办公室设于妇联大楼，看起来非常"主流"，很"正规"，感觉就是政府工作——一如团市委和妇联——的一部分。这就是杨吉林啊。他的过人之处不在狐狸般狡猾，而在于通晓人性，总能给自己找到一顶炫目的帽子，并且能从帽子下扯出一根绳索，顺着往上攀。

原以为，这时杨吉林应该在办公室里抓狂，就像之前那样——叉着腰，走来走去，间或对着面前的空气一顿暴吼，将桌上的文件摔得满地都是。可推开门，杨吉林居然气定神闲地坐在窗下那张楠木茶桌前，提着水壶往茶碗里注水，沸水翻腾而出岩茶的醇香。与他对坐的是一个姑娘，马尾辫轻松随意地垂在脖颈处。从挺直的背型看，是杨吉林喜欢的那种，清纯，纤细。狗屁，什么清纯，就是年轻——一眼就能看透。老男人就是喜欢用一些酸不拉叽的词儿来伪装自己的那点小心思，这种招数也就小女孩才会上当。当然，有些女人永远也长不大这也是事实。

当杨吉林抬眼发现他斜靠在门框上，好不容易积攒的那点斯文差点就土崩瓦解，面积过于铺张的宽脸顷刻涨得通红。还好，终于克制住了——就像美国电影里的绅士那样——自己的情绪。当然这完全得益于那位年轻姑娘。她转身瞧了他一眼，目光夹杂着一丝惊异。他想也许因为自己古怪的形象——离开秀山时还很早，大概七点，服装店还未开门，于是他付钱给酒店服务员，买下那件工作服裹在身上——还有肿胀的半边脸颊。这让她意识到可能会有什么事发生，将青花瓷茶杯轻轻放在茶几上，说，杨总，那你先忙吧。

杨吉林客套了几句，执意要送出门口，一边说，放心，这个事，我们全力配合。

她擦肩而过时，他闻到一缕薰衣草的香味，就像秋雨里突然飘出一丝剩余的夏日香氛。

杨吉林帮女孩拿上伞，口气甜腻得就像是廉价的布丁蛋糕：

"对门对户的，多过来耍啊。"

他冷冷瞟了一眼，绕过大班桌，把自己陷在杨吉林的长背软皮椅上，从桌上烟盒里抽出一支，点上。

当杨吉林回来，完全变了一副模样——自然，这才是真实的他——一屁股坐在他对面那张皮沙发上，满脸铁青，眼睛里怒火仿佛快要压抑不住，起伏的胸腔似乎随时等待引爆。

"操，到底咋回事！你怎么死活不接电话？"

"手机落了。"他把烟搁在烟灰缸上，弹了弹。

"落了？"

杨吉林也抓起一支烟，狠狠塞在嘴里。

"昨晚。"他实话实说。

"嗯？"杨吉林眼珠子转了一转，伸臂怒吼，"可是你从前天起就没再接我电话！"

"你压力大，这我知道。但你那些骚扰电话……"他压下手掌，示意杨吉林稍微安静点，"一个接一个，有什么意义，你总这样我还能办事吗？"

杨吉林愣了愣，点燃烟，终于才注意到对面那个人脸上的伤，夹着烟的手指着他。"你这，又怎么搞的？"

"我也不知道，"他犹豫了一下，还是说了，"昨晚喝了一点酒。"

"啊呀！老子都快疯尿了，你居然还有闲心去喝酒？"杨吉林急得跳起来，差点就要撞到天花板了，冲过来扒在桌上，低吼道，"你晓不晓得，我们还有多少时间？一天！就剩他妈一天了！"

他竭力躲闪，但唾沫星子还是溅到脸上。

"我说，杨吉林，"他若无其事将它们擦掉，"你该治治你的口臭了，还有你这个粪坑一样的脑子。好好想想，哪回我喝酒，不是事情完结之后？"

他从背包里抽出 B 超片，甩在桌台上。杨吉林眼睛一亮，抓起胶片，对着门外吼道："小吴，小吴！过来一下！"

小伙子——长相有点像年轻时的冯巩——打隔壁跑进来，杨吉林甩着手上的资料，交代道："赶紧，赶紧，将这份 B 超送到医科大附属医院，请杨教授看看，看看，看是不是……"

"把吴留芳提交的那份 B 超也带上，"他在一旁补充道，"请杨教授对这两份进行比照鉴定。"

"好嘞！"小伙子很机灵地跑了。

十多分钟后，小吴汇报：已到达医院，将材料给了杨教授。在等待期间，杨吉林焦灼不已。

"别转圈了，我眼晕。"

"不对啊，老周，"杨吉林恨恨地说，"明明你昨天下午就拿到了，为什么不马上赶回来？你是成心的吧。"

他扬起下巴，似乎在思考着什么。"这么说好像也不太准确。应该是——故意。我故意的。我就喜欢看你这火急火燎的模样。"

杨吉林那张脸一阵红又一阵青，想发作，又发作不了，又着腰摔门而去，甩下一句："老子前列腺都被你气肿了。"

他笑了。"那我要恭喜你，你这东西居然还在。"

杨吉林从卫生间回来，又在办公室转了好几圈，电话终于响起，小吴说："杨总，确定。"

"确定？"

得到肯定回复后，杨吉林挂了电话，不自禁地握拳高举。这时，杨吉林看他的眼神又不一样了，犹如面对自己心爱的宠物——柔软，充满感情。当然他能理解，如果不这么善变的话，杨吉林大概也是难以成事的，无论在这一行还是其他什么行当。

"怎么着？"杨吉林低头看了看表，"到饭点了，咱也出去庆祝一下？"

"庆祝什么？"

"庆祝你马到成功啊！牛逼啊，简直百发百中——又揪出一个坏种。"杨吉林又得意洋洋起来，"哎，我早说了吧？那家伙绝对有鬼。没鬼才怪！"

"可别，我只是做我该做的工作。"

"怎么了这是？"杨吉林有点疑惑。

"就是有点感慨，都不容易。"他有点低沉，"这人口碑不差，在医院，没人说他一个坏字。"

"锤子！他还不是干啦？人心不足蛇吞象。"杨吉林撇着嘴。

"他犯了浑，对。但你又晓得不，一个穷人家的孩子，要费多少劲，才能熬出个头？他高考复读一年，医科大学五年，读研两年，加上实习，多少年就这么过去了？呃，你以为医生就很了不得？个个拿高薪，住别墅？他每月工资加科室奖金也不过六七千。我知道你要说他有红包。收红包的医生肯定有，但不是哪个科室都有。在这样的大城市，在正儿八经的三甲医院，真敢收的又有几个？再说像吴留芳这样的，本身又没资源，在大医院就是最底层。就老家他父母那套房子，还是他东挪西借才首付的。可乡下那帮穷亲戚都以为他在城里可以呼风唤雨呢。熬这些年，熬到他觉得终于可以松口气，小日子就要欣欣向荣的时候，他发现自己患了癌症——我不是说他该这样，而是说，你要评判一个人的时候，不要光看结果，还要看他的过程和起头。这事要换成是你呢？"

"老周啊，"杨吉林深深地吐了口气，感慨道，"你变了。"

他懒得搭理。

"哎，你咋变成一个善人了？"杨吉林的手在他眼前指指点点的，"以前，你像一把火，比恶人更恶——街上的混混们见到你，吓得魂飞魄散的。现在是怎么啦？动不动还来一个什么多愁善感，发一发恻隐之心，一个坏蛋，非得说他不是一个单纯的坏蛋，而是一个复杂的坏蛋！有意义吗？"

"我要更正一下。以前，别人怕的不是我，是我那张皮。说到那阵，我记得，在警队你叫我周老师，毕恭毕敬；私下，你喊我师父，尊尊重重。现在呢，你叫我'老周'，我称你'杨总'。怎么不变呢，就是变了啊。"

"……别这样说，"杨吉林略微有点尴尬，"师父，师父！在我心里，你还是师父，永远都是。可是，这不环境变了么，生产环境决定生产的次序……哎呀，师父，走——"杨吉林推搡着他，"先去吃饭，吃饭！"

"饭就不吃了，我想回去睡个觉。"

可看到杨吉林一脸讪笑的黏糊样儿，他就明白了，还有事儿。

他们坐在"喜洋洋"餐馆。杨吉林夹了一块酱油鸡，放在他碗里。"大前天，大碑发生了一起案件，一个叫任铁围的人，发现了一个通缉犯，这个人也是，脑壳癌得很，就为两千块举报奖金，自作主张，一路跟踪，可能——"杨吉林笑了笑，"还想亲手拿住他呢！瓜兮兮的，又不多一分钱奖励。也不晓得怎么，两个人缠斗起来，被反杀了。这个死者呢，在我们大客户那里买了意外险。"

"凶犯呢？"

"跑啦。"

"警察自然会跟的。"但他知道肯定还有下文。

"你啊，在外地待了几天，不晓得，"杨吉林皱着眉头，"捅天了，这个案子也不知怎么被记者晓得了，见了报。连续两三天报道，舆论很强烈。这个任铁围，活着默默无闻，一死倒好，成了英雄——见义勇为嘛。公司的意思，民意还是得尊重，虽然凶手还没抓到，但还得有所表现，尽快处理。这不，今天公司那边已经派人送去抚恤金了。"

"拣重点，"他说，"绕来绕去有劲么？"

"一共五张保单，二百来万，额度嘛，不算大，但结合死者的身份，好像也不是什么像样的人物，一个要垮掉的企业职工，为啥投这么多意外险？公司领导那边主要就这点疑问。不过，他投了近一年，程序上没问题。现在说让我们查勘一下，你知道的，就是走个过场，没特别要求，也是领导关照，给我们分一点糖吃。总之，这事儿吧，不能大张旗鼓，毕竟人家还热着呢，要照顾民意。"

"既然这样，那你随便找个人去不就行了。"他扭动脖颈，那里咔咔作响，疲怠的骨骼。因为睡眠不足，脸上如覆一层多余的皮膜。

"咳呀，师父！"杨吉林忙不迭摇头，米粒都飞出来了，"除了你，这种查勘我还能指望到谁？再说，还非得你去不可。"

"为什么？"

"今天有个女记者来找我，她想给这个案子做一个长报道。警方那边肯定是不可能配合她的。她从保险公司那儿知道我们在跟进，来找我聊了下，嗬！对我们公司很感兴趣！觉得新鲜！她说可以借这个案件为切口，来写一个稿，'起底'我们这个职业——'理赔侦探'。听听！多提劲，你说霸不霸道吧？就是她给起的。"

"就是刚在办公室那个女的？"

"对头。"

"我不干。"他直截了当说，"我不跟任何人配合。更别说一个记者，还是一个女的。你想出名，我支持。但我不露这个脸。"

"放心，师父。"杨吉林撕扯着鸡腿，"我们说好了，不公布你的照片，不用你真名——化名，绝对化名。或者，"他觍着脸说，"你不介的话，报道时就用我名字也行啊。"

"滚。"

杨吉林放下碗，一脸肃穆。"老——哎！师父啊，你也要有点大局观啊。公司要发展，得有更多人知道才行。没有媒体推广，我们总抱着一两棵树——虽然也算大树，但那毕竟不是森林吧？咱得在这儿竖起一块碑是不是，咱得要树个形象是不是？"

"别说森林了，嘉陵江跟长江都是你一个人的。你要做腰带也行，做领带也可以。我就一打工的。"

"师父，咱们可早说好的，虽然你一直不同意，但干股我还是给你留着的。"

"甭管那什么屁股——你自个儿好好保管着吧。我愿意这样，干多少活儿，拿多少钱。我就这心态。"

"可你得撑着我啊，师父。就是走个过场，你配合一下呗？"说完杨吉林用央求的眼神瞟着他。

这一套他见多了。哪回麻烦事儿，不是从这可怜巴巴的眼神开始的。

他伸手从兜里摸出一张皱巴巴的纸巾，抹了抹嘴，扔在桌上。"吃饱了。我要去趟营业厅，重新弄个手机卡。"

他兀自走了，听到杨吉林在背后怒吼。

"老周！周天树！你这个没良心的，王八蛋。"

该死的黄昏，不知怎么开始起雾了，一层无形的雾霭将视线涂抹得十分模糊，他弓着身子，在逼仄的巷子里快速移动，前方——依稀就在巷口——突然蹿出一个惊惶的身影，只是一只受惊的夜猫。他垂下略显紧张的枪口，可就在放松的这瞬，"砰"的一声，一颗子弹从暗处射来，穿透他的胸腔，他甚至能确切感知到自己的肺叶被这颗七点六二毫米的手枪弹轻轻拨动一下……随后他醒了，将急促的座机手柄拉过来，放在平躺的胸前，安梅的声音从话筒里传出来：

"从昨晚就给你电话，怎么一直不接？"

"唔……"他揉着不通气的鼻子，每到秋冬之际，阴郁的天气总会加重这恼火的鼻炎，"手机掉了。"

"什么都能掉！你怎么不把自己掉了呀？"

他下意识侧了侧耳朵。

总是这样，她并不是真的责备什么，而是一种怜悯。怜悯另一个人往往也会成为一个人的惯性。

"……喂，知不知道你又忘了什么事情？"

他随即醒悟过来，昨儿是礼拜天——从三个月前开始，每周末，他要履行自己作为父亲的义务，花上半天或两三个小时，陪陪安晓。

他老实道歉："确实忘了。"

"又不是第一次。反正我是习惯了。"

不辩解。跟女人辩解的后果就是，本来芝麻大小的事会迅速膨胀成棉花糖那么大，兴许会有一头大象那么庞大。离婚之后他反而获得了这种相处的经验，真是讽刺。他小心翼翼问道："安晓呢？"

电话里突然冒出一阵咯咯的笑声。"麻烦你正常一点好不好？昨天是礼拜天不假，但这是国庆啊！长假第一天我们就走了。"安梅停顿一下，继续说道，"还是你儿子懂你，他说你肯定忘了这个礼拜天是国庆节啦！"

他讪讪地摸了摸额头。

"你呀！"安梅叹了一声，追问道，"手机落了，肯定又喝醉酒了吧？"

"没。"他撒了谎。

"拜托，你要振作点，不指望你给孩子做个表率，至少不要让他太失望啊。"

"是是。"他赶紧转移话题，"你说度假，在哪里？"

"苏梅岛。"声音很愉悦，像是炸得酥脆的薯片，酸梅味的。

"你家律师也去了？"他的牙龈酸了。薯片不只是酸梅味，应该还掺了新鲜的柠檬。

"当然。"

虽然只有两个字，最简单的两字。但那种语气，那种快乐，那种浓郁的满足感是藏不住的。它们肆意地流溢。关于这个现任，她多次提到过。正式交往大约一年多了，是个律师，温柔体贴，擅长在庸碌的日常里制造一点意外——当然是让女人感到惊喜的那种，比如早上醒来突然看到一束玫瑰，在枕头底下藏着一枚钻戒之类。她们把这称作浪漫。虽然，她无论跟谁浪漫都是自个儿的自由，他也真心巴望她能幸福，至少比跟自己更强。但难免仍有点酸溜溜的。人就是这样，就是这么小心眼。

"看来你们要得很开心。"

"挺好。"她像以前一样坦诚，"他对安晓也很有耐心，可惜，安晓就是不认他——比对你更过分，一张臭脸从头到脚。"

他哈地笑出声来。

"好吧，现在你平衡了。"她似乎伸了个懒腰，"你最近怎么样？"

"老样子。"

他有点泄气，不喜欢她总是这样"体贴"与"关心"，有时，她的那些温婉实则是一种残酷——当这种温柔不属于自己却又一再送达的时候，你会有负担。说做贼心虚也未尝不可，确实，就像偷了别人的什么东西。

"行，节日快乐——我是替安晓说的，他问起你了，但自己又不说。呃——"她慵懒地说，"我刚游完泳，现在要开始做SPA了。再见。"

"再见。"

他重复一句。静静听着话筒里嘟嘟嘟的声音，却懒得将它放回原处。他在想一些事情。曾经，他们有过一段美好的恋情，顺理成章的婚姻，甚至还有一个珍贵的结晶——虽然，他对那孩子，或者那孩子对他，总体是一个悲剧。但生命中的美好他都曾拥有过。那些日子就如弥足珍贵的火焰，他亲手浇灭了那堆火。他浪费了真正值得的东西，现在，他只剩一个躯壳。很多时候，他觉得自己早就死掉了。"没救的人，"他在心里说，"不值得的人。"

过了好一阵儿，他掀开被单，将电视打开，让声音弥漫在整个房间，然后赤身走进浴室。才入秋，地板竟如凝固的冰面一般。裸露的皮肤上，毛孔迅速地激凸起来。透过窗子，他看到外面在下雨。那些带着反光的雨丝像是在黝黑的夜晚极富耐心地雕刻着什么。远处，路灯周围，它们明亮极了，欢快地舞蹈。这是深秋的形态，连绵的阴雨，被阴雨隔离的孤寂，被阴雨切割的破碎的外界。他拉拢窗门，雨丝消失了。自己则站在镜子前，那是另一个暧昧不明的形象——粗粝的棱角，半边仍然浮肿，微卷的头发乱糟糟的，红肿的眼睑，脸颊上的黑色素，嘴唇周围的胡楂，松松垮垮的胸部，凸出的腹部……这不像一个三十六岁的男人，更像记忆中父亲衰老的样子。

十分钟后，他裹着浴袍出来——这个一室一厅被打通隔断，客厅与卧室连为一体——拿起一瓶威士忌，突然想到刚刚的电话以及自己撒的那个谎，忍不住心虚地将酒瓶放下，转而到厨房，从冰箱里取出一瓶啤酒，走到沙发边，将自己跌落在上面。

在准备调到旅游卫视时，他的手指在遥控器上停滞了。电视上在重播《天天快讯》——一档本地新闻栏目，此刻播音员正襟危坐，用那种烂俗得极为稳定的腔调播报："……三天过去了，凯斯特公司职工任铁围被害一案受到了社会的强烈关注，但案情仍无进展……据警方透露，凶手仍在逃。下面，屏幕上的这个人，就是嫌疑逃犯李立冬，如有知情者提供线索，请拨打……"

随后，荧屏上同步登出放大的嫌疑人图像：那是一张算得上秀气的脸，短发，浓眉下的眼稍稍眯着，似笑非笑。

他霍然站起。

三

上午九点，雨丝终于断气般消停了。

他将车停靠在大碑的入口——凤凰山脚下一段长斜坡的末端凹处。车旁是一个幽深的防空洞。它是抗战时挖掘的，内长约一千五百米，可容纳上万人躲避轰炸，听说，大轰炸期间附近学生曾在此上课。但它主要的目的是供运输车通往嘉陵江边，战时那里曾容纳着几所兵工厂，还有本地人都不陌生的老牌企业，望江丝厂。夏季，防空洞偶尔开放供当地居民纳凉。但眼下，一道铸铁大门将其紧闭，从门栏缝隙可以看到里面——除了漆黑而无他物。

他靠在座椅上，无聊地看着斜坡前方，因为连续被雨洗刷和浸泡，柏油路面反而显出了自己的本色，当尘土和积垢被剥离，那种新鲜的黝黑就暴露了出来。

大碑是一个社区，应当说，是非常老旧的社区。然而很少人来过，甚至从不知城市里还有这种社区，包括很多本地区的人——因为这个社区位于凤凰山后侧山腰，地势陡峭，那些老旧的房屋格外地盘根错节。若非曾在此片区工作，他也不会获悉这隐秘的城市疤节。最早，成渝古道从通远门出发，由平顶山过来，往歌乐山至璧山抵达成都，必须要经过此地——因而也由一个小小的驿站逐渐形成了商铺、茶社，以及蓬勃的民居。望江丝厂的一部分职工宿舍也建在此。必须说，如果他有点什么爱好的话，那就是这个，旅游卫视和人文地理的忠实爱好者。他看过一百多集地理节目，但很少旅行，几乎没有。除非在这座城市游走也算是的话。

说起来，这座城市起名往往直白。如果地是平的，而姓杨的居多，就称"杨家坪"；解放碑，是因一座抗战记功碑；离此不远的双碑街道，就是路口有两块碑；这儿呢，因清代出过一位举人，在宅院前立有一块一米五高的石碑，于是名为"大碑"。好些年不来，这地方已大变样了。沿街热闹的老房子空无一人。墙壁上，画着大大的红色圈圈，里面是鲜红的"拆"字。往高处——大碑方向眺望，一些房屋的瓦顶已被拆除，山坡上都是深赭色的残壁断垣。

任铁围就是在山坡后——这偏僻而复杂的地带——遇害的。

他有点不耐烦地点了一支烟——这是他在车里抽的第三支——深深地吐出来，那些被密封在植物碎末里的神秘物质得到了自由，化为烟雾轻盈地游弋。

突然，车窗被敲击了一声。昨日见过一面——或者说，瞥了一眼的——那个纤细的年轻女记者，挎一个白灰色帆布背包，黑漆漆的眸子里含着些许歉意，因为走得过快的缘故，微微喘着气："不好意思，我迟到了。"

"上来。"他指着副驾驶室。

她有点不大理解，仍顺从地坐了进来，用手指捋着沾着一些雨粒的头发。

"三件事，"他才不会理会她表现出来的那种楚楚可怜，"一、不要乱问问题；二、不要写我，就当我不存在；第三……"他想了想，"先就这两条。你要知道，让你来是杨吉林的主意，我根本就不想跟人合作。如果你要跟着，就得全部听我的。"

被杀了个措手不及，而且还这么霸道，女孩有些惊愕，但很快就恢复了平静，礼貌地回应道："那我们接下来要做什么？"

他严厉地瞥过去，她才意识到自己第一句就犯了规条，吐了吐舌头。

"你跟着我就行。"

说罢，他跳下车。

凌晨时，杨吉林在 KTV 接到电话，听他要揽下这个案子，劲儿反而上来了（当然，这不正是他所擅长的吗），说你要接也可以，但得答应我一个条件：带上咱们的贵人，何饭饭小姐——杨吉林大着舌头，话语像石头子儿滚来滚去——我告诉你，她可真说不准就是我们的贵人啊，只要她一支笔，咱们就能站在舞台中央，尽情展示，呃，让她看看，咱们是怎么做的，一定，呃，一定要把"理赔侦探"的那股劲儿给展示出来。

"见你的鬼！叫我带上一个小姑娘，那我什么都干不了。"

"那就别谈了。"杨吉林果断地说。

"好！这是你说的！"他气呼呼挂了电话。

三分钟后，他重播了号码，极力压抑着自己的厌恶。"带上就带上，但你给她交代清楚——别说话，别多事！"

他在前面走，女孩竭力才能跟随他的步点。

"周老师，咱们为什么要来这里？"她问了今天的第二个问题。

他眼里差点就喷出火了。女孩知趣地闭上嘴，默默地跟随在后头。

开始调查的第一件事也是最重要的事，就是重返现场——一次次重回现场。没有什么是比现场更重要的开端了。当然这没必要告诉她。

警方到达前，第一个发现任铁围尸体的目击者是一个棒棒，有记者采访过此人，但未透露姓名。

往往如此，当一个片区待拆迁前，随着原住民次第迁移，随之而来的住户就是城市最边缘的那些人：小商贩、流浪汉、小偷、吸毒者、擦皮鞋的妇女，还有棒棒。据报道所述，该棒棒晚八点至九点间，与同伴一起为磁器口一刚刚转手的休闲茶楼搬运装修物料及桌台等物。活儿结束后，一伙人在童家桥的夜宵摊吃饭饮酒至深夜。他一人独自回凤凰山租屋，走到半截儿，他用手机照路时，看到一个黑影卧在崖下，淋得湿透透的。一开始他以为是哪个酒麻木，"喝死了吗？下雨你都睡得着。"走了几步，想了想还是嘟哝着回来，吼了几声，没反应。他就借酒意踢了一脚，那人还是动都不动。他将地上的人扳过来，酒也吓醒了——手机灯光下，那人张着嘴，脸庞在光线里煞白煞白。他壮起胆子，用手指探了探鼻息，已没气了。他马上躲回屋檐下，拨110，那是十点一刻左右。随后警察过来，拉了警示线。综合报纸上的说法大概就是这样。

他沿着石板小径快步攀上，左拐，再上个坡，往下看去，就是案发现场——一处宿舍区，均为青砖瓦顶，前后三排，不很规则地排列在山坳下的一块平地上，大约有十六七间——正待拆迁的房屋，墙上也画着猩红的"拆"字。他懒得沿小路绕，直接从崖壁上跳下去，站到已拆迁的一处房屋地基上，再从坡沿的黄桷树旁——那儿有一个豁口——轻轻跳下，脚下的草地就是死者被发现的地方。

他朝上面瞟了一眼，那个女孩仍在山腰的小路上，步子却变得很小心。女性都不喜欢这种场面，死亡，尸体，现场。他也不喜欢，但这不重要——相比事实来说。他蹲下来，仔细观察着——只是一种习惯，一种必须的投入，也可以说是一种必要的仪式感。不可能有什么明显的发现，案发已四天，现场破坏严重，加之连日雨水冲刷。实际上，即使没有这些因素，所有值得带走的信息都会被警方带走——比如烟蒂、脚印模、矿泉水瓶、钥匙扣、衣物纤维、毛发、指纹……很多毫无作用甚至毫无关联的东西，但必须带走它们。就像此刻，他必须回到这里。没有比现场更真实的东西。

女孩走到了坡道路口，但不敢过来，只是远远地望着他在房屋前这块平坝上来回检视搜索。终于，她似乎是下了什么决心，从一端走来。

他将注意力放在一间房屋上——这排房屋只有最边上靠崖壁的那间被贴上封条，门上挂着铁锁。

他在门口看了几秒，回头，经过女孩，绕到房屋后面，有一扇门，但被钉死了。右边是一个窗子，覆满了油烟，显然是厨房。他后退几步，在草地里捡了半块砖头，将窗玻璃哐哐地砸掉。

女孩惊叫一声，提醒道："周老师，这条子是警察封的。"

我当然知道，他气恼地想，如果不是这样我干吗要进去？

他将窗户四周的玻璃全部敲碎，随后攀上窗台，钻进去，将女孩留在外面——又恼又急，生怕被人瞧见。

房间里几无什么物件，除了一张床，一张上了年头的老藤椅，以及一个简易的小饭桌。但明显的，这里被翻找过。他在里面发了一会儿呆，然后打开后门，对瞪着眼而有点惊惶的她说：

"你应该能找到那个棒棒吧？"

他坐在幸福街巷口一间戏园子茶楼里。何饭饭则站在门口接打着电话。找人对记者来说应该不是什么难事，但她看起来略微紧张。

方木茶桌上，摆放着两盏青花盖碗，一个老式的塑料开水瓶蹲在一旁。因为是上午，茶馆里除了他们两个和一个添水的丘二，别无他人。这也是他们坐进来的原因。

十分钟后，她将写有号码的字条递给他。

"刚联系上了，那个棒棒在做业务，他说要晚点才能见面。我说请他中午吃饭。"

他对此感到满意——包括在收到警告后她表现的那种适时的缄默——但并不想显露出来。

"你对这事儿怎么看？刚我们去看了死者的现场。为什么会是那儿呢？"

女孩抿了一口花茶，略作沉思后说："根据已知的信息，任铁围发现了通缉犯李立冬，跟踪至凤凰山——由此推断，李立冬应该是潜藏在那儿，具体地说，也许就是你闯入的那个房子。"

"何以见得？"

"那里是一片拆迁房，没有烟火气息，说明房主大都已经撤离，但暂时还没有动迁——不知道什么原因，但从通知拆迁到真正动迁，往往都有一个过程。这样的废弃房屋，基本上没人注意，也少人过来。很适合作为临时的藏身之所。另外——"她带着一丝嘲讽，"房门贴上了警察的封条。说明它与案件是有联系的。也许就是李立冬的藏匿处。"

这番推断不无道理，说完她期待着他的赞许。

他漠然地说："事情不会这么简单。"

"呃？"

"那儿不太像第一现场。"

他从她疑惑的眼神挪开，端起茶杯，看着碗内游弋的嫩芽，心里同样充满迷惑：没有搏斗痕迹，房屋很静态——有生活的物质，但没有生活的内容，也就是没有痕迹。一个人在房间里生活，总会留有一点什么。你可以说警方取走了物证，但气息呢？人是有气息的。狂躁的人有狂躁的气息，逃犯有惊恐的气息，墙面上没有，地上没有。太干净了。

"依据呢？"

她看起来温驯，其实有点犟拐——但他并不反感这点。

"没有依据，只是直觉。但你的推断没有问题，因为大部分人都是按照这样的逻辑来思考问题的……一种表面的逻辑。"

先扬后抑的刺耳话语——当然包括他冷冰冰的态度——让女孩有些生气，但她最终选择了不予争辩。

这种心理波动没逃脱他的眼睛。

"你不服气吧？"

"不敢。"

"你是记者，应该写过不少稿子。我是说，"他将烟盒和火机一块儿从桌上抓起来，取出一支插在嘴里，"好比你采访一个人物，是他，或者说是他的言语牵引着你走，你是按他提供的轨迹走。最后，你成了他的传达器，但你仔细想想，你无非是忠实记录了他提供的说法，而不是你获悉了什么真实的东西，你描绘的形象，不管那是什么形象，实际上都是他塞给你的。你自己呢，你自己的判断呢？"

说完，他以为她会反驳，结果，她略微沉思后，认真地表示赞同。

"您说得没错，确实是这样。这对我很有启发。"

这反叫他措手不及。他不喜欢有人站在他的立场上，他不喜欢别人表现出的真诚，就像他不喜欢这种"被同伴"的感觉。可是有什么办法，他没法将她支使开，而且她还有她的功用——在杨吉林明确表示此事不可逆改时他就知道了。

她一直欲言又止。他发现了，告诉她有什么事就说。

于是她问，我们不是应该先到警察那边吗？

"警方有自己的一套程序，去了也没用，"他简洁地解释，"案件在侦查阶段，嫌疑人还在逃。我们是没法得到配合的。如果不能证实嫌疑人是凶手本人，家属也拿不到身故证明——保险公司也无法理赔。"

她深深地吐了口气。"就我的观察，您似乎觉得任铁围的死因有疑问？或者，有骗保的嫌疑——您是想证明这个是吧？"

"不是。我只想知道事实。"

她咄咄逼人。"那么您觉得，事实有可能是什么？"

"我也不知道，但事实就是事实。"

"您能给说说吗，让我多了解一点？"

她直勾勾地望着他，这叫他无法避让。

"前不久，有个富婆死掉了，她家属得到了近亿元的人寿理赔，她的死因很蹊跷，噎死的。在她周围，可以找到很多线索，包括动机，但通过层层调查，确实没有阴谋，没有嫌疑人，她就是噎死的。事实就是事实，就是一块萝卜，一块萝卜卡在气管要了她的命。"他顿了顿，"另外还有个中年男子，他驾着一辆奥迪冲出护栏，坠到河里，淹死了。这个人，债务缠身，且投保两个月不到。更有意思的是，其中两张保单的受益人，并不是他的家属，也非债主，而是一个朋友，说不上很要好的那种朋友，甚至于死者的那个朋友自己都不知情。经过查勘，他究竟是蓄意的，还是意外，你猜？"

这一次女孩变聪明了。"如果要我说直接感受——是，这很值得怀疑；但听您这样提出来，我觉得我的想法可能又是与事实相反的。"

"不排除他的确打过骗保的主意，但事实永远只有一个，就是一场意外。"

她一脸迷惘。

他问："有什么问题？"

"没有，"她如梦方醒，缓缓说道，"我只是在想，这个死者为什么会把一个很少联系的朋友作为受益人。"

"要么是填错了。"

他自个儿也觉得这个玩笑委实并不好笑，无奈地摊开手。

她干巴巴地望向他。"换成您，会怎么判断？"

对于这个细节她似乎极为在意，而且渴望得到答案。

你的问题太多了，他想。但他还是提供了自己的看法："这个朋友，或许在不经意的时候帮过他一把。也许不是什么了不得的事情——要不，这个朋友也不至于那么茫然。但投保人却很深刻地放在了心里。"

"噢……"

这个答案让她阴郁的脸庞多了一层蒙蒙的色彩。

随后，他看了看手机。

她问道："我们接下来？"

"喝茶，"他望着天说，"等雨停。"

小雨不知何时又飘了下来，零零星星的游客们举着雨伞，从巷口匆匆掠过。

中午十二点四十，他们在劳动路胡记豆花馆等到了成中华——双肩被磨破的灰色夹克，脚蹬一双赭黄色解放鞋，从店堂口晦暗不明地闯进来，扛着他的竹棒，一端绑缚着粗壮的绳索。就如电脑之于程序员，那是他的吃饭家伙。吸引他来此的原因是：管一顿午饭，同时还有五十块钱的报酬。

唯一的麻烦是，这个棒棒的嗓门实在太大了。"那个死人"，"日他妈吧！一双眼睛瞪得吓死人"……极尽渲染的表达，加之手舞足蹈的表演，惹得店堂里的食客不住地转头侧身。

他不得不暂时中止询问，示意成中华先吃——回锅肉和豆花可以堵上他那张灵活的舌头。三碗米饭下肚，他递了一支烟给成中华，领着他出来，站在屋檐下。有意思的是，没了观众，这个棒棒的语调就自动降低了。每个人身上都装着一种你不清楚的调节器。

几支烟抽完，报道上没写到的一些细节就全抖了出来。

成中华其实并不住在凤凰山，而租住于童家桥。但他对凤凰山很熟悉，没有比棒棒更了解这座城市暗街背巷的人了，不管是蹲在资料里搞田野调查的学者，还是做刑侦的探子，在这方面统统都远不如他们。是夜，他另有目的——酒喝得多了些，而且酒桌上，同伴的一些荤话把他撩拨起来了。这个五十七岁的老骚棒趁着酒意与性欲去了凤凰山，找一个叫王华的老相好——一个四十多岁的妇女，白天在磁器口四处游击擦皮鞋，晚上就接点"活儿"——多是附近的棒棒。话说棒棒很少不是单身的。他也不是在崖上往下看到死者的，而是径直去了妇女租屋——也就是死者卧地前那排职工宿舍，挨着警察贴上封条的那间屋。他走到山脚下忽然落雨了。跑到屋前敲了半天，无人应。雨水稍稍冲淡了醉意。他突然记起来，这地方因拆迁，前阵子就把租户吆走了，是自己脑子短路。他沮丧地啐了几口浓痰，解开裤子，将胀了许久的一泡尿痛痛快快释放了出来。低头扯拉链时，手机上的电筒扫到了那幕——任铁围仰躺在地，一动不动。随后他拨打了报警电话。

他在笔记本上记下了成中华讲述的几个重要细节：

现场没有凶器，未见血迹，死者嘴张得很大，眼球凸起。

110到达现场后，他听到有人说："……这是不是刚刚打电话报警的那个人？"

另外，关于查封的那间单间房屋，成中华说："里面不可能住人！"非常笃定。

"为什么？"

成中华反问："你想想，那里正在搞拆迁。有些户主肯定不愿搬呀！毕竟不是每个人都满意赔偿的吧，有的可能还想趁机多捞一点吧？你看看，三排屋都没人，连赖在那里的流浪汉都被吆走了，为什么？肯定是挨整了呀！那些青皮就喜欢夜晚搞袭击，他们手段多得很。莫说逃犯了，一般人都不敢住啊。"

棒棒拿着报酬走后，他告诉何饭饭下午没其他计划，就地解散。他要去一趟报警中心。

"不用我一起吗？"她脸上写着失望。

"不方便。"他说。

"那么，"女孩就说，"我自己打个车走吧。"

"再见。"他毫不客气。

女孩别扭地消失在街角。他朝着反方向离开，手机里调出时妍惠的号码，拨过去，单刀直入。"在单位么？好，帮我个忙。"

他开着车到时妍惠单位——市局接警中心——一旁的拐角处，"蜗居"咖啡馆，坐在靠窗位置，让服务生送来一杯美式浓缩咖啡，可这杯咖啡也没能让他振作起来，不再是年轻那阵儿了，最近一段时间他总是感觉疲惫，尤其是午饭过后。昨晚几乎彻夜未能深眠，李立冬温敦的形象一直隐没在他的脑海里。就像在海滩上捡牡蛎，捡到的多，可剩下的则更多。

他出神地注视着外面蜿蜒的车流，一个又一个行人从细密的雨丝里穿过，他在这种潮湿的情境中，靠在窗台上眯着了。

如果不是时妍惠敲醒他，他会这么一直睡下去。

"你打鼾了。"她悄声说。

这也表明，她已经在自己对面坐了有那么一会儿了。

他抱歉地坐正了上身，揉搓一下眼角。"东西拿来了？"

"就记得你的东西，东西！"时妍惠旋即不满——当然是故作不满地说，"老同学好久没见，我还帮你办事，你也不夸夸我？"

"夸什么？"

"夸我变美了呀，夸我够仗义呀！"

他认真地上下看了几秒："是变了。脸宽了，腰也圆了。"

她气得跳起来又敲了他一下，嗔道："死相！"

接着她从挎包里取出一个信封，推过来，"U盘在里面。你干吗要这个？"

"涉及到我正在查的一个案子，意外险理赔。"他说。

"那么，"她犹豫了一瞬，颇为关心地问道，"最近你……怎么样？"

"不好！"他干脆地说，也不想多说什么，站起身，"等手上这桩事情办完了再告诉你，我究竟有多不好，过得有多惨。"

"妈呀！"她哈哈大笑，捂住鼻子，"以后你也别说，听起来就像是刚从粪坑里爬出来似的。"

"那我先走了。"

他挥挥手就走了，留下时妍惠尖叫道："哎！周天树，可真有你的，怎么又是我买单呀？"

回到家，泡了一碗面，囫囵吞咽下去。随后他走到阳台上吸烟，看着暮色在阴郁中渐渐覆盖过来，小区的树木，那些枝条上挂着一层薄薄的雾绒。

他掏出手机，犹豫片刻，在通讯录里找到"小白"，拨了出去。

提示音在重复：您好，您拨打的电话已关机。

扔掉烟蒂，他脱去衣物走进卫生间——用热水一遍遍冲刷自己直到肺腑都升腾出热量，热烫的水温也能克制身体的困惑——非如此无法祛除体内的阴湿，连日阴雨让他觉得自己的骨头缝里都湿漉漉的，肚皮、后腰，还有大腿上，都是红疹。皮肤就像在叫唤，叫着一声声"痒"，他极力抑制自己不去拿手触碰它们。要是喝杯酒就好了。但还不行。他还找不到喝酒的理由。要么是惩罚，要么是奖赏。

洗浴出来，穿上睡衣，他打开电脑，将 U 盘插进去。任铁围生前拨打的最后一通电话。

将声音放大，播放，聆听，直到那些声音——包括它们之后的整个背景，那微弱的杂音，噪声，覆盖整个房间，你或许才会从中得到其他的可能性，以及某点启发。

有时，启发只需要一点点，很少很少的一丁点，就够了。他竭力辨认着对话背后的背景里的杂声，先熟悉它们，然后才能称得上区分它们。虽然这很难。

他关掉电脑，房间霎时静止。

渐渐地，他能在黑暗里辨认出雨声。有的很急，有的慢一些。

四

清晨，雨丝被某只看不见的手收了回去，安静地悬在高度不明的空中——而在地表，那下降与上升之间，有一种你不知道的默契完成了。一层稀薄的雾霭，将这个城市刷出一种灰白的单色效果，低处的车流，高处的楼顶，都掩映在这幅水墨之中。

以建筑学院门前的丁字路口为起点，他试着沿公路，完整地经过劳动路，往下端的凤凰山脚步行，直至案发地——姑且这么称吧。录音里，任铁围报案说他在劳动路发现李立冬，跟了一路，看到他拐进了大碑。那么，"拐进"指的是凤凰山脚的小道。那里实质上有两条道：一条进入大碑；另一条步道，则是上到山顶的步道。从早上八点抵达，他已经在这条路走了两个来回。

劳动路一侧是山崖，有两个防空洞，一处坡坎——山上有些住户从这里出入，一个通道，连接着一个庞大的安置小区，以及一座商业体，名为山陵大厦；另一侧是斜坡——门店大多紧闭，等待拆迁，仅有三四间店铺，一间蹄花馆、一间小卖部、一个花圈店，还有一间公共厕所，主要集中在下端，也就是凤凰山步道入口的对岸。在坡下是第二十八中学。

他仔细观察了，这条路没有监控。为此，他将与终点对应的起点，从劳动路延伸到了这条路的顶端，建院门前的丁字路口。劳动路，位于这两者之间。换言之，一个人不可能无缘无故出现在劳动路，要么，任铁围从山上下来，但不可能，这条上山道是车道；或者他从那处安置小区出来？有可能，但他为什么去那儿？如果任铁围出现在劳动路，最有可能的是——他是从丁字路那里过来的。不是左——嘉陵江边，就是右——沙坪坝，不管来自哪边，无论如何，他得路过丁字路口。

这个路口属于交通重点管制范围，也就是说，这儿有监控，而且不止一个。

他将这个图表在笔记本上画出来，作了标记。然后将本子塞回口袋，将烟掏出来，点上，深深地吸了一口，再次回到山脚。沿那条步道，往山上攀去。事实上，昨天他就想着要上山去看看，只是她形影不离，让他忘了这茬。

说是一座山，凤凰山其实并不高。严格意义上，只能算作丘陵，为层层叠叠的住户和小厂房所遮盖。山间安谧，人迹稀至。沿石梯朝上步行，空气也洁净得多，间或有植物的香气，来自那些黄葛树、银杏、桂花、山茶、红叶桃。步行约五分钟，眼前有一处平坝，新筑不久的观景台——可是因高度不够，可见的事物并不多。继续上行，行至一山坡下，远远眺见一角翘起的尖角——似为寺庙。转过几道拐，一口气爬上去，将近山顶时，一座寺庙凸显在眼前，高台雄峙，跻出地表，歌乐山、磁器口一望可收。大殿顶覆黄釉筒瓦，饰脊兽。

此寺为"凤凰寺"，他进去看见一石碑，上面写道：该寺始建于明代，原为凤凰庵，"文革"时破"四旧"被毁，一九八〇年复建。院内还存有明嘉靖年间百姓捐资修缮庙宇碑一块。

寺庙很小，几个女居士——也不知是不是尼姑——端着盆钵忙前忙后，无人来问询或搭理。他在院子里停留了一两分钟，正要进到后院看看，电话响了。是何饭饭，于是他走出来接听电话，让她到昨天的老地方碰面。

他绕过寺庙，转入山顶，一片密密麻麻的居民区，那些三四层的小楼多为自建房，间或夹杂有一些灰瓦平房——看起来也是一些职工宿舍。

如果我是李立冬，我为什么住下面拆迁屋而不是这上头呢？他暗忖：山上大片房屋，租赁户为主，你不认识我，我不认识你，互不关心。有风吹草动，这里黑巷子一个接一个，下山小路多，后面是嘉陵江，四面八方都很好撤离；再说山坡上都是灌木竹林，易于躲匿。应当说，这里容身是再恰当不过的。可是他为什么偏偏选择下边呢？

两人在山脚垭口碰头后，何饭饭狐疑地瞟了一眼他脸颊上的汗渍。"你约我十点到，但看样子你很早就到了。"

他掏出车钥匙。"我不用事事向你汇报吧？"

她提着雨伞，一对乌黑的瞳仁软弱又委屈。"周老师，是不是我做错了什么？我发现你好像很讨厌我。"

"我只是不喜欢自己。"他避开她的眼神，但他说的也是实话。

"好吧。"她想了想，似乎接受了这个说法，"现在我们是要去任铁围家吧？"

"先到他单位看看。"

她有些狐疑。"不应该是先见家属吗？"

"如果什么都按部就班，那就什么事都干不成。上车吧。"

他跨进驾驶室，她只得跟了上来。

"我觉得吧，您跟其他人不大一样……"他拐弯时，她兀自说道，"总是慢腾腾的，一点儿也不急。"

"一天果真能干成一件事，就算很不错了。"他侧身瞟了她一眼，"说到这，我也想咨询你一个事。"

"您还会有什么需要问我的？"她轻笑，一脸警惕。

"你怎么想到要跟这个案子？——我是说，每天，城市里稀奇古怪的案件成百上千，但这并不是一件多么特殊的案子。你觉得，会有很多人关心这个吗？"

"有啊，"她表情严肃起来，"至少我觉得值得写。"

"那么，吸引你的理由是什么？"他追问道。

"直觉吧，"她故意模仿他惯有的那种腔调，"我觉得越是看似普通的意外，就越是有故事的空间，而这种发生在普通人身上的悲剧故事，不缺读者。只要挖得出来东西，它的共鸣就是巨大的。"

"好吧，我听懂了，就是没有理由——就像我们跟的这个案件，找不到动机。"

"那么，您的动机呢？"她反问道，"我听杨总说，一开始您是死活不愿接这个案子，您又是一个很讲原则的人，为什么突然就改弦更张，主动要求来承接？"

"杨吉林还给你说了另一些事吧？"

"说了。"她毫不示弱。

"恐怕不是什么好话。"

"对，杨总提醒过我，你很难相处，基本上没人受得了你，又臭又硬。说你整个人身上没哪一样不是带刺儿的。"

"杨吉林真是个实诚人啊，这倒不假。不过，"他毫无波澜地告诉她，"我不是不接案子，我只是不愿合作，更不想在调查时被人跟着。"

"也不对啊，既然是这样，"她眨巴着眼睛，"那您为什么又改变主意，同意我随行呢？"

这女孩不好对付——他被咄咄的逼问弄得有点下不来台，但并不让人讨厌。他甚至开始喜欢她的机智反应和聪明劲儿。这一次，她与他打了个平手。

从金沙街丁字路口右拐，过桥，那个凯斯特纺织商贸有限公司就在公交站附近。

他泊好车，蓦然觉得些许眼熟，这里本应是望江丝厂，那个早些年很红火的老企业。至少位置没错，面朝歌乐山，背靠嘉陵江，位于凤凰山与磁器口古镇之间。门房大爷挥着他递过去的一支烟，口腔里飘出昨夜的劣质苞谷酒味儿。"没搞错，就是丝厂——是喔！改名喽。"

很自然地，他提到了死者。

"你说我认得不？"老头儿吹胡子瞪眼的，表情夸张，"天天在这里进出，太认得了！原来还是副厂长的嘛！后来给他安了个办公室主任，其实屁都不是，就管一个人，他个人！"

他摸出火机，瞥见何饭饭正准备从挎包里掏出纸笔作记录，赶紧挡住老头儿的视线。还好，她领会到了他的意思，放下笔，转而从包里摸了一包纸巾出来。他松了口气，一旦看到记录什么的，讲述人就要提防和戒备了——一种本能。

他给老头儿点上烟。门房都这样，成天一个人憋在狭小固定的空间，只要给他一点火星，就能炸开一个硕大的烟花。

"有啥好摆的？"老头儿连连摆头，"任铁围这个人，一个字：财。抠屁眼吮指甲，不抽烟，不喝酒，不抹牌，只进不出。厂里都叫他任打铁。叫我说，他不是铁，是铜——铜脑壳！"

"抠"，"财"，而且很"铜"，似乎也印证了任铁围的个性和习惯，以及为何要跟踪嫌疑人——因为可以得到一笔奖金。虽然他仍然不能理解李立冬何以动杀机。

他又问："任铁围出事那天，来公司没？"

"哎！"老头儿有点反应过来了，"我说，你是干啥子的？嘟个一来就怎个多问题？"

她机敏地——用那种年轻女性特有的娇嗔——回应道："哎呀，叔叔，他的死是新闻嘛，报纸上都登了。"

"那倒是，活了一辈子都没搞头，一死，倒成了新闻人物——可惜他自己看不到。"老头儿叹道，"这个任铁围啊，虽然人财了点，喜欢梭边边、翻青眼、犟骨头一个，也不嘟个跟人结交，但是——我们要讲良心，倒不是坏人。别的毛病一丁点都挑不出来。"

何饭饭追问："那您到底见过他没嘛？"

"嘟个没有呀！他每天都要来上班。不过，"老头儿说，"至于他好久走的，我就不晓得了。"

"为什么啊？"

"家里有事，我请了假，中饭过后走的。再说就是有偷儿来了，也没得啥搞着——除非开个吊车来，公司啥都没有，废物机器倒是一大堆。"

"对了，"他看着公司招牌，"望江丝厂什么时候改的名？"

"咳哟，兄弟，这是哪辈子的事了？"老头儿叼着烟，眯着眼说，"老早就变天了哦。"

老头儿不愿再开腔。袖着手，过街跟几个妇女搭飞白去了。

他对女孩使个眼色，趁机梭了进去——不确定里面会有什么，但不去就是空白，空白总归会留下缺口。致使你失败的往往就是那些不起眼的小缝隙。

办公楼是一栋十分方正的四层红砖楼，门廊上挂有公司招牌。这栋楼显然很有一些年头了，青石楼梯被鞋底磨得锃亮，透着一股岁月的味道。

底楼第一间是保安部，门开着，空无一人。办公桌上堆着一个透明烟缸，烟蒂塞得满满当当，犹如某种祭祀的仪式——要是这些烟是一个人在一天之内抽的，那么这个人很可能中毒身亡。另外两间都是空的。

看挂牌，二楼第一间是任铁围的办公室。他轻轻推推，锁上了。窗子也是。他将脸贴在玻璃上，房间一片晦暗，勉强可以看到窗前的办公桌，桌上堆了一叠什么东西，一边还有个茶缸什么的，模模糊糊。

他试着扳动门把时，何饭饭从楼上下来了。女孩胆小，赶紧提醒他不要鲁莽。她刚刚在楼上观察了，三楼是财务室，总经理办公室在四楼，只有一个清洁工在里面。她建议找厂方交涉。但这是假期，即使不是假期也很难——他不是警察，唯有请求。与权力相反，请求是这世上最为无效的沟通语言。思忖片刻他还是放弃了强行进入。他还没准备惊动这里的人。而身边这位小姐又总是惊乍乍的。

下楼后，她指着相反的方向——隐没在两排厂房当中的主干道——歪头说，到里边看看？

她东张西望，对这里的一切似乎很感兴趣。丝厂，一个熟悉的陌生人，他也没进来过。此时除了一些鸟雀的鸣叫，这儿近乎寂静本身。时光倒流二十年，这儿是城市最火热的地方。现在，厂房是寂静，库房是寂静，办公楼是寂静，原本蓬勃过的工人俱乐部，还有给人带来过无数欢乐的工人电影院，都已经锈蚀了，顽固地保存着陈旧的气息，仿佛泡在一种时间容器的福尔马林里，包括这条静止的路面，也似乎彻底湮没在野草下面。

沿主干道往前走，在视野的尽头——筑起了一道弧形的围墙，将一大片河沙坝围了起来，强行阻挡了河坝与嘉陵江的联系，从墙体颜色看得出新修不久。走近后，他们发现离地一米高的地带，拉起了一道长长的铁索，形成一个椭圆形的滩涂——犹如一座相对独立的小岛，沿边还以石灰作了记号——野草长得极为旺盛，当中还有开掘的痕迹，有水从里面浸漫出来。

忽然，女孩尖叫一声，畏惧地跳到他身后。

"蛇？"她指着脚边的水洼。

他顺眼望去，故作惊恐。"啊，一条花蛇呢。"

她意识到自己被愚弄了。

"不是吗？"

随后战战兢兢绕过来，没好气地啐道："原来是一根绳子。"

"走吧。"他多看了一眼。

何饭饭很遗憾地说："我还想拍几张照片呢，拍不成了。"

在这围墙背后，就是在民间富于传说的嘉陵江的一段——九石缸。

所谓九石缸，就是江中央一条石梁子，这石梁子上从上到下一顺溜排了九个石包，远看就像是九座装水的大石缸子，一直连接到江边河沙坝。这条石梁集结了众多传闻。老辈子们最常讲的，大概是这个版本——这九石缸中最大的一个石缸，是一座库房，里面堆满了金银珠宝。这库房上有一道石门，石门一侧有一个铜元大小的孔，这就是钥匙孔。而钥匙是一种黄瓜——自然，这个版本太邪门了。还有一种说法，当年张献忠从四川杀到这里，妇孺皆屠亡，鸡犬不留，看到河中此处有天然石窟，将掠夺的大量金银钱币藏匿在此——听起来很是那么回事，但既然这么隐秘的事，怎么又可能被你们几个晓得？所以，就叫传说嘛。有意思的是，虽然人人晓得这是传说，偏偏很多人就愿相信，每年，枯水季来这里打捞财宝的络绎不绝——为什么屡禁不绝？你要说这只是传说，偏偏每年这里都能刨出不少古钱币。有些事是无法解释的。当然，如果这个世界真的完全科学了，也就离完蛋不远了。没有神秘，生命本身也就没有什么意味了。一个想象匮乏的世界——即使安全地活着——又有什么意思？

回来时，老头儿旁边多了一个人，身高体长，长相倒是周正，就是面目隐隐有些猥琐，休闲夹克里套条蓝领带——这样的家伙，你如果不把他当成骗子，那你自个儿就是傻子——施施然背着手，跟门房在说些什么。

当他们从里面过来，那人冷不丁拦住他们，伸出的左臂上有几条红色划痕："哎！你们是干啥子的？"

他毫不示弱："你又是谁？"

"你是公安局的？"那人看他这么冲，反倒犹豫了，脸色阴晴不定。

"不是。"

"不是？那你还管我是哪个？呔！"那人马上变脸，瞪着眼，"你还凶？盯着我看是啥意思？你招呼不打就梭进去你还有道理了？说，你是干啥的？"

他皱起眉头，下意识地握紧拳头。

她从身后扯了他一把，走上前问："您是？"

"我？这里的保安经理。"

"怎么嘛，我去怀怀旧不行啊？"

"怀什么旧？"那人狐疑地看着她。

"我妈原来就在这里上班，小时我经常过来耍。好多年没来了，刚刚路过这里，顺便进去看看啦。这好像没什么问题吧？未必还进不得呀？你看——我们像偷儿吗？你是不是还要搜身哪……"

她挺着胸膛碾过去，那人连连后退，被她的牙尖嘴利呛得找不到语言，只能看着他们迈步离去。

走过大桥，他问，你小时候真来过？

"我演得有那么真吗？"她轻笑，"周老师，你还不饿呀？"

得到这个提示，他肚子马上就叫唤起来——从早上到现在，他什么都没吃，就喝了一瓶矿泉水。

两人在面庄坐下，各点了一碗豌杂面。吃面时，女孩问他此行有没有什么收获，他反问："你觉得呢？"

她放下筷子："感觉有点问题，但说不上来。"

"说说。"他鼓励地看着她。

"任铁围人缘很差，看来不太擅长为人处世，可能是性格有问题。"

他点头，没错。

"他原是丝厂副厂长，公司化之后，就被降格处理，说白了就是闲置。肯定是不讨领导喜欢呗。也可能本身没啥能力，要不早就另投高枝了。你看厂子都垮成啥样了，还留守在这儿。"说完，她撇了撇嘴角。

"这跟案件无关。"

"我觉得，还是要整体地观察。"

"那，要按你们记者的思维来展开呢？"

"如果要写这么一篇稿子，重要的还是人本身——也就是尽可能还原任铁围这个人物，他的生活背景、性格、习惯……"

"具体点，年纪轻轻的，怎么一口老干腔？"

"好嘛！"她鼓着嘴，"我想说，可能最关键的一点，还是要弄清楚任铁围当天的活动轨迹。他为什么到劳动路；与嫌疑人是怎么遇见的；冲突又是如何发生的……不过，这些问题，恐怕只有问嫌疑人本人了。"

实际上，他想，死者也会说话。问题是，就像九石缸一样，你要得到那些金银，先得找到那把钥匙——那钥匙到底搁在哪儿？

——他马上想到那扇紧闭但厚实的办公室门。依据刚才的冲突，他的直觉是，警方并未对任铁围的办公室进行检索。

午饭后，两人回到车内。他给张素娟——任铁围的遗孀——打了个电话，表明身份，告诉她下午想去家中做一个简单的问询交流。张素娟反问到底什么时候才能拿到理赔，他说，现在还在审核流程中，只要各项结果属实，你们从公安局拿到所需的证明材料，保险公司就启动理赔——当然，在嫌犯被抓捕又认罪的前提下。她又问，你们来访是不是属于程序之一？他说是。行，对方说，我现在陪儿子在医院复诊。你们四点来，那时我在家。

挂掉电话，他说，我要眯一会儿。

好，她说，我也靠一下。

他闭上眼，回想着张素娟的语气，平静，果断，语速很快，是一个思维敏捷的女人。

沉思时，她突然问："你说，任铁围老婆——知道他买这么多保险吗？"

还真不好说。他想。

"任铁围买了差不多一年的意外险，我在想，人一般在什么情况下会主动买这类险种？"

他挪了挪上半身，找到一个更舒适的倚靠姿势。"意外伤害保险一般都不会是主动购买的。这种保险主要是依靠推销才会被卖掉，如果有人主动向你打听这种保险，肯定就有点奇怪了——因为没有多少人相信自己会真有什么意外。另外，意外伤害类的保险总额总是大于其他任何一类，并且，只有这类保险手续可以在受保人一无所知的情况下办理。"

他瞥了她一眼。她一脸缄默，不知在想些什么。

"这个险种也有特定益处，对某些人来说——承保人死了比活着价值更大。"

说完，他重新闭上眼。

当他睁开眼，随即就不得不又眯起来——雨停了一天，远处不知何时露出了一点太阳，光线虽然微弱但显得格外珍稀。全世界可能有几万个城市，但只有在重庆这样的山城，"出太阳"才会成为一件不折不扣的新闻，甚至会出现在报纸头版头条和每日电视新闻里。

他看看腕表，腾地坐起来，三点四十分。这一眯可眯得够久的。

她却不在车内。

他有点恼怒地张望，在车窗外看到她——两只手各端着一杯奶茶，朝自己走来。他没好气地接过奶茶，嘟哝着："你该早点喊我！"

"你睡得太香了。"她将安全带拉拢过来，插上，笑盈盈的——甚至是带着一丝艳羡的神情，"我不忍心叫醒你。"

车子轰地跃出时，她又说："你说梦话了。"

"嗯？"他扭动着方向盘。

"你一直在叫一个人的名字——安什么……美？"她捧着奶茶，"那个人对你一定很重要。哎，她是不是真的很美呀？"

他的抬头纹绞成一团。

她吐了吐舌头，知道自己又多话了。

车子开得很快——往双碑方向，沿车水马龙的 212 国道笔直走约五分钟，右拐，经过渝康印刷厂进入一条老街，在水泥路上继续行驶约两三分钟，就无路可走了——在嶙峋的民居中间，石板路被挤压得逼仄又蜿蜒，一点点微弱的阳光掉在地上，积水在石头表面冷冽地反光。

他将车停泊在桥头处的垭口。此地名为"筲箕岚垭"，早些年他来这儿办过案，听一位当地精通文史的老街坊说，这片垭口是整个磁器口地区最早接驳通车公路的地方，要上溯至民国初期，因形如筲箕得其名。过了垭口便是金碧街，但当地人都称"小街"，可能是区别于磁器口那条正街。据说，这里才是磁器口最早的街市，明代就这么叫了。而小街尽头，直通曾辉煌数百年的航运重地——磁器口大码头。滚滚的嘉陵江，每天往来数百条航船，各种铁器、陶瓷器，就要借助骡马、独轮车，经小街从那个垭口处运送。至于江畔的崖嘴，是金碧山的制高点，上面高耸的建筑是文昌宫，抗战时曾被国民政府借作兵工研究所的办公地址。而在更早前，磁器口所生产的生丝从此装船运载，为图便利，有商人就在崖嘴上建设丝厂。建国后，磁器口片区的丝厂被政府整合起来，这里也被纳入到望江丝厂——只不过不再作为厂址，而是作为一部分职工的住宿生活区。任铁围的家就在那里。

他不是第一次来，每次走在这条石板上，那种感受都是相似的——整个世界都在飞速运转，这里仍在抱残守缺。

这条老街与磁器口景区组成了一个L形，相比人声鼎沸的磁器口正街，这里犹如一个被遗忘的世界，冷清，寂寥，却有着更为丰富的气息，就像是突然一脚踏空，跌入八十年代。某种意义上，要感谢位置的偏僻与严重缺乏好奇心的游客——这也让它的原始气息得以很大程度地保留下来。

何饭饭是第一次到访，感觉新鲜，拿手机不停地拍摄。

小街虽小，五脏俱全，两旁均为青瓦砖房木阁楼，小花小草随意长在门前路边，石梯相连，鸡犬相闻。小饭馆、杂货铺、油蜡铺、药店、米店、家电修理铺应有尽有。还有挑担子卖豆花的、卖咸菜的流动摊贩。披睡衣的中年妇女；前后奔跑的土狗；街边划黄鳝的中年男人；戴着老花镜的婆婆；半开的木门里传出的高一声低一声的川剧锣鼓；抽水烟的老人，在门前悠闲地坐着，手持长长的水烟管，一手拈着裹得松紧恰到好处的纸捻……一切仿佛与生俱来，且从未改变。

她喃喃道，我的天，这地方简直比灰尘还旧啊。

别抒情了，他冷漠地提醒道，我们要迟到了。

任铁围的房子在小街尽头处。两人钻入一条巷子，总之往嘉陵江方向一直走就没错。穿"一人巷"时，发生了一点小小的状况——一条狼狗从一侧门房里猛扑过来，龇着尖利的牙，狂吠起来——他踉踉跄跄后退几步，极为狼狈。她跨身抢在身前，稍稍观察，提示道，周老师，拴着呢！

随后，她轻松地走过去，毫不畏惧狼狗那似乎是从肺腑里迸出来的怒吠和叮叮作响的铁链摩擦声。

过来呀，她说。

可是他已经腿脚发软，这可恶的"一人巷"，真就只能容一个人过，就这么窄小的通道空间。

"走哇！"

她甚至拿手在狼狗的嘴边比画了一下，这叫他心悸不已，惊叫道："小心！"

"真没事儿，你看，它碰不到你。"她鼓励地看着他，"过来吧。"

于是，他战战兢兢地贴着另一面墙，在它剧烈的嘶吼里终于磨蹭着过去了——背脊上已然淌了一溜儿的汗水。

他板着脸，一言不发。他什么都不怕，这是真的，从小就没人叫他天树，都称"天棒"，在单位也是。天棒是啥，就是浑，就是一根敢劈天的棒子，但偏偏畏惧大狗——这是七岁那年被一条恶狗撕咬后留下的惨痛阴影，这个秘密还从来没被人发现过。他一直掩藏得很好，但只要是弱点就终有暴露的一日。

她掩着嘴笑了。他以为接下来自己就要被狠狠地讥讽一番，但她并没趁火打劫的意思。"其实你不是真的怕，只是一种怪癖，是人都有自己的怪癖，只是大家的怪癖不大一样。"她收起笑容，认真地说，"我有一个同学，他喜欢捉蛇，一个暑假时他可以抓上百条蛇，但他怕一样东西，螃蟹。有些事就是这样的。咱们走吧。"

她保全了他的自尊心。但正是出于那种自尊，他牢牢地合拢牙齿，甚至没有一声道谢。

几分钟后，他们找到了那栋老式单元楼——也是这片老街区唯一的单元楼，裸露的地基上刻有建成时间，上世纪九十年代。当时住在这里的人，应当有着极为满足的优越感——共七层高，耸立在低矮的民房丛林之内，背靠金碧山，毗邻文昌宫——对岸是千年古刹宝轮寺金光闪闪的塔尖。

上楼时，楼梯上贴满了各种小广告，通下水道的、开锁的、讨债代理、租赁公司、寻人启事，将底层到楼顶的每个外墙空间——包括每层的铁门——都贴满了，就像是某种行为装饰，形成了一种奇异的视觉效果。

他腾腾往上爬，发现她甩在后面拖拖拉拉："你快点啊。"

她站在下方，扶着楼梯，露出痛苦的表情。

这次他没打算挤对她。

"你要是不舒服，就在下面等我。"

"没事，我行的。"她跟了上来。

张素娟比他想象的娇小许多。此前在电话里听她说话，感觉大气干练，但她看起来甚至不到一米六，即便加上厚厚的松糕鞋。

身着素衣，头上挽着发髻，看似随意也透着精心。这场风波想必令她内分泌有些紊乱，皮肤像她的神色那样黯淡，但仍不失成熟女性的风韵，而她的眼神依旧灵活。

她拉开防盗门时，他清楚地瞥见了一个瘦削矮小的背影钻进了卧室——这间单元房共两间卧室，挨着的。

"我儿子，"张素娟扬起下巴，试着向他解释，"他性格有点怪，不喜欢见生人。"随后招呼道，"你们坐啊。"

他和何饭饭在褪色的布艺沙发上坐下来，茶几上已为他们备好了两杯水，杯口袅袅散着热气。

他端着玻璃杯环顾，客厅里虽破旧但也收拾得有条不紊，没有发现任铁围的遗照。

这一点也被张素娟发现了。

"还没办丧事，遗体在法医鉴定科，让我们等通知。"

她淡淡的语调，让人觉得那真的只是一个寄存的物件而非一个与她生活了近二十年的人，一个亲近的人，一个丈夫，一个曾被长期依靠而且活生生的具有感情的人。话说回来，也许她从未依靠过他。根据已知信息，她在童家桥附近经营着一家茶社，其实就是租赁一间民房，供人打牌。他的直觉是，她并不好对付。一个成熟女人，长期在一种复杂的环境里生存，擅长结交各色人物，游刃有余。这已经说明了一切。

果然，当他问起保单之事时，她断然否认知情。

"老实说，如果不是儿子翻他的抽屉，我完全不晓得还有这些保单，我甚至都不理解他这么做的原因，"张素娟情绪稍稍有点激动，不知是出于愧疚还是自省，"的确，我们夫妻关系很不融洽，这两年，我跟他都没怎么说话。他做的任何事我都不清楚。我的意思是，我从没想过拿他的命来换什么利益，你们完全可以查，我全部配合。"

"张老师，你多想了，"他必须得降降温，"我们来的目的，不是要推翻什么，其实，反过来说，走访、交流，通过这些相应的程序，也是为了尽早确定理赔结果。顺便，我们还想了解一下，您知道，意外发生那晚，任铁围为什么去劳动路？"

说罢，他忽然鼻子一阵发痒，打了个喷嚏。

张素娟摇头："我不知道。"

他从茶几上扯了一张餐巾纸，揉了揉鼻子。"那么他当天下班后回家没？比如在家吃晚饭了吗？"

"我说过了，"张素娟的表情里隐匿着一种黯淡的悲哀，"这两年我们都没什么交流。我一天都待在茶馆，经常还要安置客人吃晚饭，根本就没回家弄过饭了。他的情况，我真不了解。"她提高嗓音："任嘉阳，你晓得不？"

他们望向紧闭的房门，但里面始终寂静。

张素娟低声说："那这样，待会儿我问问他。"

他点点头。"任铁围生前住哪儿……我可以看看吗？"

"喏——"张素娟站起来，指着连接着客厅的阳台。

这是一个约八平方米的露台，用茶色玻璃密封起来——成为一间单独的简易房间。原有的晾衣架改为加装在阳台外侧。靠里端头墙壁上，是自制的家具——上半部分是裸露的书柜，摆陈的大多是一些实用书籍和杂志，还有一些通俗小说，比如金庸全集、福尔摩斯全集之类，一眼就能辨别出多为盗版。书架最下沿置放着杂物，几卷绿丝网，自制的浮漂，装置钓饵的玻璃瓶……书柜下方带着盖板的应是收纳柜，可以存放衣物和被褥之类。晚上，任铁围应当是睡在那张折叠床上——现在它被收起来，靠在墙上。在书柜与阳台玻璃窗之间，有个窄小的缝隙，几支钓竿储存在那个地带。下方是一把吉他，显然很久没碰，弦断了一根，覆满灰尘。

他问："您先生喜欢钓鱼？"

张素娟抱着手。"如果说他还有个爱好，那就是这个。"

从楼顶下来，天又阴了，那缕阳光来得偶然，离开得也很坚决。眼前渐渐发暗，天空中没有一块云，看起来就像一块整体乌青的黑板。在远处，一些灰白的雾霭绕着歌乐山顶。

走到小街上时，他盯着她看了几眼。"刚才你的脸惨白惨白的，现在好点没？"

"好多了。"

他没再纠缠这个问题，他当然知道生理期这回事。沉默少顷，又兀自问道："你怎么看？"

"什么怎么看？"她俨然惊了一下，随后才意识到他问的是什么，"看起来，他们夫妻是分居的状态。"

他点头，示意她继续。

"另外，我觉得那孩子，好像有点问题。一个十六七岁的男孩，白天窝在家。但也不好问，她不是说下午在医院？是不是生病什么的？"

"还有呢？"

她欲言又止。"就这些吧。"

"你不觉得任铁围的家也太'整洁'了些吗？"

她一时未能理解这句话的意思。

"你仔细回想，"他提示道，"你看任铁围住的阳台，床被折叠起来，书柜上连灰都没有，东西摆得各是各——渔网都用一次性碗具装着。应该是刻意收拾过的，大概就几天前的事。"

"对啊，没问题啊。"

"你再看张素娟的房间，被褥、衣物，甚至袜子、提包，扔得到处都是，完全没收拾。"

"你想说明什么？"

他想了想，在脑子里找到了一个词。"出差——有点像是准备出远门的样子。"

"但也不排除他喜欢整洁，可能他就是这样一个人。"

也对。

"其实，"她突然说，"在那个家我也感受到两个字——可怜。"

"嗯？"

"你不觉得，那个任铁围很可怜吗？"她带着一丝怜悯说道，"这个家里显然没有他的位置，他在妻子的心目中可有可无。他看起来是独立的，其实是，这个家庭已经把他孤立了。"

他正考究这句话的内容，手机响了，他看着闪烁的屏显，告诉何饭饭，是张素娟。

张素娟的声音从话筒里传来："刚刚问了我儿子，那天晚上他一直在家耍电脑，说没看到任铁围回来过。"

"那么，任老师平常有哪些往来多一些的朋友？"

"他？"张素娟呵呵笑起来，"没有。他没什么朋友。"

这时，一条流浪狗从巷口穿出来，卷着尾尖，在青石路上踽踽独行。他突然记起一件事情，正待继续追问，但张素娟已将电话挂了。

"你说得对，我是说，你的感受是对的。"他侧身看着她，"另外还有个事，你没注意吗？"

她摇摇头。

"你没闻到任铁围家里的味道吗？"

她抬眼，疑惑不解地看着他。

"我对狗毛过敏，卫生间有那么明显的尿臊味，沙发上有狗毛，但是，狗呢？我们没看到狗啊？"

两人眼神交汇，不约而同地停下了步子——这时他手机叮地响了一声。

他看了一眼短信，神情严肃起来。"我有点急事。要不，你先了解一下。明天咱们再碰。"

但这并不是询问甚至请求，因为几乎还未等她来得及反应，他就大踏步离开了。留下她怔怔地待在原地，脸涨得通红。

惠园小区不远，一条直路，十几分钟开拢，就在"哑巴厂"背后——因此地有一家聋哑人福利工厂，当地人惯于称为"哑巴厂"，原来中巴时代，这儿曾设临时站点，上面就写着"哑巴厂"，后来交通改革，因该地名涉嫌侮辱残疾人，改为"新生巷"，但人们却仍习惯沿用老称呼，并没觉得有什么不敬的意思——包括"哑巴厂"的那些残疾职工。

时妍惠给他弄到了地址，告诉他，李立冬妻子在一间连锁火锅店工作，这两天请假在家。

透过车窗，他可以看到对街那条不甚显眼的坡道——惠园小区的通道入口——人多，坡陡，开上去颇为艰难。他干脆将车摆在路边的洗车场，等到天黑，架上墨镜，戴上旅行帽，横穿过街。坡道尽头是一块不规整的平坝子，居中是一棵硕大的黄桷树，左边通往钢板厂，右侧则是惠园小区，宽阔的坝子上自发形成了一个集市，坐摊和地摊夹杂在一块儿——卖卤菜的，做夜宵的，倒卖睡衣睡裤棉拖鞋和棉袜鞋垫的，十分闹热，颇有些遗世而自足的意味。惠园小区建成约六七年，是这个片区最早的试点民生工程，一座经济适用房小区——以小户为主。因而，这所小区入住率极高。当然了，最早拿到房源的那些"业主"并不一定是真的平民，但最后住在这里的人一定是。

他藏在墨镜后谨慎地扫描着，他知道某个不显眼的角落里一定有盯梢的眼睛，且不止一双。事实上，他已经发现了。他在地摊上买了两把青菜，用塑料袋提着，仿佛一个下班归家的户主，走到 B 区七栋，在底楼，他背对一双报纸后的眼，按了"13"，电梯将他送到后，他从消防通道下到七层，在 7-2 门上轻敲了两下。

这栋楼的隔音并不好，里面声音突然静止，然后，是里面锁栓扭动的声音，门被轻轻拉开一条很窄小的缝隙，一个女人——大半个面颊——躲在后面。

"你是刘艳芳吧。"

"我不认识你。"说完她推着门。

可是他的手抵上去了，他低声但有力地说：

"我是李立冬的朋友。"

她迟疑一下。"我从没见过你。"

"是，但你要相信我，现在只有我能帮助他。"他急促地说，"让我进去。要快！你知道下面有警察盯着。"

她盯着他看了看，收回了手臂的力量。

房间约五十平方米，因足够的空高被隔成跃层——上面应是家庭的主卧室，公共空间都在下面，厨房、卫生间，底层客厅连接着休闲阳台，被窗帘遮挡住了。那是视线里唯一的死角，但显然，也不值得为此冒险。阳台上一览无余——站在那儿等同于把自己完整地暴露。总之，这间房虽小，但一应俱全，比较整洁，四处都是生活的痕迹。有一整面墙做成了照片墙——应该是属于这个家庭的宠儿的——记录着她从一个婴儿时期到快要步入青春期的剪影集。此外，还有一张刘艳芳的旧照，上面她还十分年轻，鹅蛋形的脸，弯弯的眼睛，细细的眉毛，俏皮的娃娃头；被牛仔裤包裹的大腿显示着藏不住的活力。整体上，跟李立冬瘦削矮小的身形形成某种反差。此刻，她虽然还是娃娃头，比那时更加丰满，但照片上的那种活力从她身体里遁逃了，松松垮垮，表情呆板，并且冷淡。

"孩子没在家？"他指着墙上的照片。

"嗯，在老师那儿补习。"

这个憔悴的妇女保持着高度警惕，亦不将他当作客人，抱着手臂，戒备地坐在单人沙发上。

"你是谁？"她接连问道，"你为什么要帮他？"

"一两句话说不清楚，"他顿了顿，将自己的证件和身份证一块儿递给她，"李立冬曾经帮过我，帮了我很大的忙。"

"他？"刘艳芳似乎并不相信。

"是！但现在不是扯这些的时候，"他提醒道，"我在这儿不能待太久，警察在下面——我尽快拣重点的说几句。"

"理赔调查……"女人将证件递还给他，"你是保险公司的？"

"差不多，"他很难具体解释自己的身份，"大碑的这个案件——就是我在跟，我是说，现在还没有任何证据显示一定是李立冬所为。所以，真要想帮他，我就要赶在警察之前，找到他。"

"你不要问我，我不知道他的下落！"女人猛烈摇头，那种强烈的戒意又重新回到脸上。

"你不知道他在哪儿，我信。但要说李立冬没跟你联系过，这个我不相信，再说我要问的不是这个，"他停顿了一下，"他被通缉也快两个月了——我就想知道，他为什么会出现在劳动路？"

刘艳芳愣了愣，表情突然复杂起来。

他发现了这微妙之处。

"你一定要相信我，如果我要害他，根本就没必要绕过警察来见你。"

她赫然抱着膝盖哭泣起来。

"真的是他？真是他吗？这个笨蛋！你要跑，怎么不跑远一点！"她抽泣道，"我们的女儿，李婉梨，她在二十八中上学，就是劳动路那截。"

那一瞬间他被什么瓦解了一下，内心一片坍塌。

一会儿，他站起来，将写有电话号码的纸条放在玻璃茶几上。"这个号码你尽量记在心里，记住了。"他说，"有什么情况——如果李立冬联系你或者你想起了什么重要的信息——就打给我，尽量用公用电话，或者借别人的手机。"

可是她忽然情绪失控了，哭号着。

"让他去死！这个杂种，害我一个还不够，还要害我的娃儿！"

他竭力安抚道："即便那晚李立冬在劳动路，这也不能说明，就是他杀害了任铁围。"

虽然他自己也不能相信。

从消防通道上楼，乘电梯到顶楼，看着夜幕一片一片吞噬眼前的世界而灯光次第在每个窗口里燃放以抵制这巨大的黑暗……他有一种说不出的悲伤。每个人都有弱点，李立冬的弱点就是女儿——她的学校，位于劳动路，也就是凤凰山脚的崖下。这是李立冬为什么会出现在那儿的原因。

警察还没有找到李立冬，但他预感到，快了。昨晚他给小白打过一次电话，如果电话是关机状况，这就说明，他在任务状态，布控的工作正在进行——很可能，警队已将李立冬放了口袋里。

李立冬，此刻你在哪儿？如果我是你，我会如何隐藏自己？他在楼顶上发呆，思索，吸烟，尽力反刍，直到几滴雨水掉落，他意识到是离开的时候了。随后他步行下了两层，再乘坐电梯直下楼底——不会有人注意到他曾到过这栋楼七层。负责盯梢的那个精壮小伙儿也不会。

他穿过稍显混乱的坝子——刚刚还繁盛的夜市因这些突然的雨点变得骚乱起来，那些坐摊们支着雨棚，地摊贩则只有慌乱地收拾，撤离，就像他一样——沉重地走下坡道，穿过尖厉愤怒的汽车喇叭，回到洗车场。

就在他拉开车门时，一只手轻轻拍了拍他的右肩。

"我错过了什么吗？"

——讥诮的声音从他背后传来。

他把墨镜取下，将旅行帽搁在凳子上。无聊地看着舞台上，一个歌手抱着吉他在唱一支原创民谣，看起来何饭饭与他很熟。

她将他带到了这儿，一个叫作"横街十六号"的音乐酒吧。这个店名也真方便，也就是酒吧的门牌号码，磁器口横街十六号。据说这是地下音乐人的根据地。他对此一无所知，也不关心。但他需要一种噪声。噪声有一种安宁的效果，对他来说是的。

"喝什么？鸡尾酒，威士忌，白啤还是黑啤？"她自个儿端来一个餐盘，上面是一些佐酒的凉菜，还有他之前买的那块卤牛肉，已经切成片，码在碟盘里，随后又躬身问道。

"工作时间不喝。"他说，随后又问道，"下午你还不舒服，你能喝？"

"我没事了，再说咱们现在下班了呀。"她调皮地看着他。

他稍稍挣扎了两秒。"下班"？似乎也算一个理由。

"啤酒吧。"

说完"啤酒"这个词，他的嗓子顷刻干涸起来。顺手拿了一块凉拌豆干放入嘴中，使劲地咀嚼起来。

侍应生拿了一箱啤酒搁在他们脚边，起子砰砰砰，就像是变戏法一样，所有的瓶盖儿一个个像是自己跳到了他的手心，又被他揣回口袋，带走了。

他们用瓶子碰了一下，他汩汩地饮了一大口，她也是。清冽的啤酒，让人放松的啤酒，再也没有比这更舒服的东西了。

她抹掉留在嘴角的酒沫。"渴死我了。"

他又喝了一口。"你怎么找到我的？"

她很不以为然地乜了一眼。"你的车啊！那么扎眼地停在街边，我在公共汽车上看到了。"

这不大可能，但这个回答却无可辩驳。

"中午，你在车上午睡那阵儿，我打电话问了几个朋友，有个跑法制口的记者提供了李立冬的住址。我猜你可能去了他家。"

"所以你一直在车那里等我？"

"反正我也不急，"她露出调皮的神情，"再说我也没闲着，刚好可以整理一些今天的信息——你走之后，我又访问了一些人。"

"有什么发现吗？"

他被她的言语调动起来了，或者说，被她说话的那种方式调动起来了。

"那么你呢？你去了李立冬家，有何收获？"

"是我在问。我先问的你。"

"有啊，很多。"她伸出酒瓶，与他碰了一下，溅出清亮的声响，"但我不想说。"

他苦笑。"那就别说——至少喝酒时可以不谈工作。"

她突然冒出一句："喝酒时，别说这么恶心的话题。"

"呃？"他不能理解这什么意思。

她却兀自笑起来，笑得很肆意。

"是一个段子，有点古老了，还是我很小时听到的，突然就想起来了——话说，苍蝇一家子正在吃饭，孩子指着蔚蓝色的天空问苍蝇妈妈，妈妈妈妈，那是什么？妈妈告诉它，是蓝天。孩子再指花园里粉红的花儿问，这又是什么呢？妈妈说，是玫瑰花呀。孩子就很迷惑呀，问：妈妈，世界这么美好，咱们干吗还要吃屎呢？妈妈语重心长地对孩子说：孩子，吃饭的时候不要说这么恶心的话题。"

他歪着头问："这段子跟我有什么关系呢？"

她乐不可支。"孩子，吃饭的时候别说这么恶心的话题。"

他忽然为自己被捉弄这事儿开怀起来。仰头将酒瓶塞入嘴里，感受一丝久违的畅快。

接下来，他们一直喝酒，只是喝酒本身，一点点喝下那些液体，而不刻意用多余的语言来维系什么——他喜欢这种距离的残缺。

他喝了七瓶啤酒——比想象的稳定，至少他自己是这样认为的——而她不比他喝得少多少。喝酒当然不能解决问题，但酒这个东西从未让他失望过。

喝了酒后的她不再是那种文静的受惊吓的小白兔，她有狂放、恣肆的一面，中途她还跳到台上，抢了麦克风，唱了一支他从未听过的民谣——甚至她的嗓音也完全迥异于跟他说话时那样，一种沙哑，还有一些撕扯感，但他觉得好听。

从酒吧出来，商铺都打烊了。世界在一团黢黑中，但它不是静止的。一些店招和路灯还亮着，青石板路面湿漉漉的，眼前飘着雨丝，很细，飘飘忽忽的，在横街的尽头，到处都漆黑一片，唯有一盏路灯孤立地竖在悬崖边，发着光，远远看去，那些发光的雨丝不断消逝又不停填充，就像一个游弋的人的面孔。那些亮晶晶的雨丝在雾蒙蒙的光烬中舞蹈、跳跃，好像是等了一个人很久那样。这时他忽然意识到，其实自己或许已经醉了，脑子在晕眩——就像他曾送给安晓的一个圣诞礼物，一个几何切面的水晶球，只要稍稍摇晃，透明玻璃球内部那些看似静止的细碎的雪花就会翩然起舞，顷刻形成另一种混乱但生动的世界。

他对这晚最后的记忆并不是此刻。

他们摇摇晃晃穿过纷纷细雨，往桥头走。比喝酒更加满足的是什么？是喝完酒之后再来上一碗小面。而在离喧闹夜市五百米左右的桥头，那偏僻幽暗的拐角有一块平坝子，"猫儿面"就藏在那个神奇的角落里。

　　这座城市以火锅和小面闻名。但只有这个角落才有"猫儿面"——它并不指的是一种面条的制作方式，也不是指面条的形状，那些外地人永远不会了解，这只是面馆的经营时间与面对的顾客。时间是连绵的，时间是整体性的。但在这么大的一座城市里，时间也会被切分成两个截面：一半是人们熟识的白昼；一半是人们自以为熟悉但毫无了解的漫漫长夜。黑幕中的城市有何不同吗？当然，非常不同。这是一种被遮蔽被遗弃的时刻，这是集合了龌龊、隐秘、悲凉和犯罪的段落。但即使在这种时刻，也有大量的夜行者，譬如那些夜晚的精灵，对城市的本质更为了解的那群人，夜车司机。这样庞大的一群人，必须有他们自己的空间，自己的那一点点满足与快乐——有一些街头餐馆是专门为这样的夜行者服务的，或者说，这些聪明的餐饮人深谙他们的需求，放弃白天，而专做深夜饮食——下午五点才慢腾腾开张，通宵营业至清晨六点，打烊。猫儿面就是如此：一到凌晨过后，这里几乎就成了出租车司机的专属领域，从凌晨到清晨，无数的司机会将车开来，摆在路边或空旷的坝子上，喊老板下三两小面，坐在小凳上，挤在密集的人群里，吸烟，闲扯，摆各种龙门阵。"猫儿"，就是猫的意思，"猫"，也是一种动作，就是伏在某处，潜在某处，就是辛勤的昼伏夜出的人们，比如那些逡巡在夜里捕捉"耗儿"的司机。

　　他从口袋里摸出空瘪的烟盒，扔到路边的垃圾桶，走进一间二十四小时量贩店。她独自往漆黑的桥头走去。

　　他从店员手上拿到找零，拆开烟盒，裹着皮夹克回到街上。远远地，借助昏黄的路灯，他看到她停驻在桥上，细细的雨丝中，几个踉跄的影子围着她，其中一个拿手指指点点，神情嚣张，另几个俯身弯腰，在黑暗里爆出一些夸张的笑声。他站在原地，抽出一支烟，点上，深深地吸了一口，随后，他尽力让自己更加平稳地走过去。

那是几个侉里侉气的小流氓——手指夹着烟，身上裹着浓重的夹杂着牛油和白酒的混合味道——他在离他们四五米时，加速冲过去，伸出手掌掐住其中一个的脖子，将其中最为兴奋的小流氓死死地按在栏杆上，直到他眼球凸起——何饭饭一边尖叫一边拉扯着他——猛然松手，将他反手摔在地上，呻吟从湿润的水泥桥面传来。接着他又走向另外的几个家伙——他们一再后退，他长长的影子沉默地碾轧着，而她死死地扳着他的手臂，口中急促地说着什么，拖曳着。

这时，他感觉后脑突然昏沉了一下，就像一缕光突然熄灭。他转身，看到一个脸色苍白的家伙，手里举着半块砖头。随后他挥出愤怒的一拳——但毫无触觉。这是他所能回忆起来的最后的一点印象。

五

石板路上，一条孤单的狗仓皇地小跑着，有人站在楼下使劲地叫唤它——一个沧桑的中年人，下巴上全是胡楂，眼睛里全是泪水，他说他的狗不见了。随后，那人脸庞突然变幻起来，变得矮小，那是李立冬的脸——在一个人的身上为什么会有两张脸？他远远地看着，充满迷惑。不知为何，他到了江边，那两张脸——模糊而残缺的形象——紧紧缠绕在一起。他心里烦透了，鼓胀不安。摇曳的巴茅草突然朝他展现出一个弧形的洞口——那里有着强烈的诱惑性，吸引他钻进去，他在湿润漆黑的洞里爬行，水点不停从上面滴到他的皮肤上，霍然间，前面有一股炽亮的光焰，他呆呆地看着那里——光亮的背景消失了，一个孩子，一个没有脸的孩子，坐在他面前——突然，那张空白的脸笑了起来。

他醒了，满身是汗，眼眶里充满了泪渍。

"很疼吧？"

一个轻柔的声音在耳畔说道。

随后他看到了何饭饭——正低头看着他。他挪开眼睛，四周是白色，房间里全是空荡荡的铁床，每张床头都立有悬钩。

"我怎么了？"他想爬起来，但紧跟着他感受到了后脑传来的剧痛——痛感里带着一些麻木。他意识到自己的头上缠着纱布。喝酒总是很愉悦，但酒后的感觉——包括醉酒后发生的任何事情——总是这么糟糕，再没有什么比这种强烈的虚无感更令人沮丧的了。

"你喝多了，全是我的错。"她递给他一瓶矿泉水。

然后一些记忆慢慢漫过他的脑子，就像流水那样。

"好像几个小流氓在骚扰你，后来的事我就不记得了。"他咧着嘴，说话时脸颊有些撕扯的痛感。

"不是啦！是几个熟人！刚刚吃完宵夜，其中有个是我同学的男朋友，那么巧，刚好遇见了，我们就聊了几句，哪想到你突然冲过来，掐住他的脖子，天哪，吓死我了，差点点你要把他扔下桥。"

"熟人？"他顿然从那种空虚里醒过来。

"对，有个人报了警。但都解决了，我告诉警察这是误会。后来警察用车把你送到医院来，单凭我一个人是不可能的。但是，"她微笑起来，"你不用觉得有什么，这还是头一次，有人为我打架。还好，医生说没什么大碍，可能有点脑震荡，破了一点皮。"

简直——他闭上眼——这他妈算什么事啊。

"几点了？"

"五点多，快亮了。"她望了望窗外，目光回到他脸上，"护士给你挂了两瓶葡萄糖，你再休息一会儿？"

"不了，"他掀开被子，"我们走吧。"

回到家，他抱着剩余的一点点疼痛倒头就睡。

这次他一个梦都没做，尚未完全挥发的酒精和葡萄糖让他变得虚弱。他一连睡了四个多小时，质量前所未有地高。如果不是聒噪的电话，他还将继续昏睡下去。

他不耐烦地摁下接听键，杨吉林的声音直愣愣杵出来：

"这两天有什么情况？"

他听到话筒里车喇叭的嘶鸣。杨吉林与人合股在郊区古剑山投资了一个休闲山庄。周末也好，假期也好，总是要带着各路人马往那里奔波——说起来是度假，其实是劳碌。度假不是这样，是选一个跟自己无关的角落舒适地待着。

"没太大进展。"他给自己的雇主如实汇报。

"你也是，我说，就是走个过场——又不是非要让你找个寅丑丁卯的。做个群众演员，凹点拉风的造型，配合表演就行了。日他妈，一个客户在山庄，点名让我过去陪，你说说，"杨吉林满腹牢骚，"我这一天，多累啊！"

"行走三分利。"

"哈，倒也是。有什么情况随时联系。"

这通电话让他完全丧失了睡意。起来，用热水淋身体半小时，热量缓慢地恢复——同时，也完全地苏醒过来。他裹着睡衣，坐在阳台上抽烟，缠着绷带的脑子开始运转，那里，一块块拼图反复地叠加，坍塌，艰难地拼接……但始终拼不出一块完整的形状。

他泡了个碗面，打开电脑，在网页上搜索。没有新消息，也没有更多信息。两个多月前，李立冬因口角，在西瓜摊上抽了一把水果刀将人刺成重伤。他疑惑的是，李立冬为何不选择自首，而是潜逃——他在害怕什么？担心报复还是其他？当然他能理解，面对这种突发状况多数人都会选择躲逃。

下午三点，他来到凤凰山脚，街边，一些老太太们在熏香肠，柏树枝在燃烧时噼啪作响，散溢出浓郁的烟雾。

走到山顶，大多门户紧闭。要找到一个人——尤其是一个被通缉的逃犯，就算李立冬真的躲匿在此——似乎是不大现实的徒劳。

而在居民区崖下，喧闹一片，不知是做什么斋会活动，凤凰寺里外围满了信众。内坛里布置香花供养，正中悬挂三幅佛像，下置供桌，罗列香花灯烛果品，台上分置铜磬、斗鼓、铙钹、手铃等。僧众在诵经，气氛庄重。

他混在信众里听了一会儿，径直下山。

何饭饭留信说要碰个头，她刚刚又去了一趟任铁围家，给任嘉阳送碟片。昨天他们聊到了音乐，任嘉阳喜欢民谣和电子乐，她恰好收藏了一些，包括几张签名版。

他到的时候，她坐在一间由吊脚楼改建的咖啡馆，对着远处的江水发呆。

他一屁股坐在旁边，将帽子摘掉，伸手抓挠着绷带的边缘，咧着嘴说："想什么呢？"

"好些没？"她望着他的绷带。

"就那样，"他继续挠着头皮，"不是有事情要告诉我吗？"

"确实，"她说，"任铁围养过一条狗。"

昨天，何饭饭独自返回张素娟家。走到楼下时她突然改变了主意，那儿有小卖部，一个六十多岁的嬢嬢守着柜台。她觉得可以先从外围入手。

这位黄嬢嬢一开腔，何饭饭就明白自己找对人了。老太婆是土生土长的小街人，从出生到老，可以说窝都没挪过。再没比她更了解这里的人了。黄嬢嬢说，我是看着这栋楼建起来的，就是它把我们的光都挡完了。街上原本都是平房，就他们这么一排楼房，好像是硬性把街上的人都分了个高低，有一阵大家都愤愤不平。不过，当丝厂慢慢垮掉，街坊们心态又平衡了，同情心也涌上来了，辛辛苦苦一辈子，一片纸叶子就把你了结了——划不着呀！漫长的开场白后，她开始将焦点回转到任铁围一家。

任铁围嘛，老街坊，哪个不熟吧？说他"财"？那是鬼话，是偏见，说这些话的人根本就不晓得内情。他是有原则的人，以前当兵，听说还是团职干部呢，不晓得怎么转业到了丝厂——当然喽，当年丝厂很了不得哟，排得上号的大厂。红火的时候日夜加班，缫丝都是运到国外的。他进厂，按级别该搞个好点的位置，但没得法，哪有多的椅子？给他分到安全科，做副科长。后面还给他分了一套房子。喏，就是后面那栋。总之，他命不好，熬了十几年，好容易当上副厂长，结果厂子垮了。再后来，丝厂改制，搞起了股份制，不投钱的大多被清退。好多职工暗地都骂他，说他是卖国贼。他哪做得了这么大主？反正任铁围这二十年就这么遭洗白了。老板发给他遣散费，他不要，不肯走。他说离了厂子我也不晓得我能干啥——别的也不会，路子也没有。确实也是，未必让他去做保安？人家把自己整个命都搭在这个厂里头了。

你说他们两口子感情不好？对的，最近些年经常闹。但实话实说，原先是蛮好的，恩爱得很，每天吃完饭还牵着手到河街去散步，像情人一样。为什么变成这样？刚我也说了，就像原来他也不财的——哪家哪户又不一样呢？还不是因为钱的事，还不是因为娃儿。

他们家的儿，蛮聪明的一个娃儿。不像任铁围，朝他妈，长得好看——读初中，不晓得怎么就喜欢上耍了——长期逃学，跟着一群鬼打架，成天在街上疯，有时还打群架。任铁围把他弄回来，打得惊叫唤，没用。那娃儿这点朝他，犟得很。后来？后来就安分了哟！两年前，得病了。说是白血病，急性的。还好，医得及时，东挪西借，花了四十多万，把这娃儿从阎王嘴里抢了回来。就是没断根儿。听说要彻底治好，只有做骨髓移植。那娃儿脾气不好，他爸费了这么大力救他，他天天看他爸不顺眼，说他穷，说他没用。

你说张素娟人怎么样？这个我不清楚。不清楚的事我不能乱说。她原来在三峡广场卖服装，现在开了间茶馆，不远。

"哦对了，"离开小卖部前她问老太太，"任铁围是不是养过一条狗？"

"是呀，"黄孃孃眯着眼，"一条小狗儿，莫看它个头小，凶得很！动不动就惊叫唤！这小畜生是真敢下口的！天天跟着任铁围屁股后头，咦，怎么这几天没看到了哪？"

她从巷口拐进去，上楼，敲门。

隔了好一阵儿，门才怯生生地打开一道缝，那个男孩——她还记得他的名字，任嘉阳——从里面认出了她，将门拉开了一点，"我妈没在家。"

"我是找你的。"

他愣了一下，随后请她进屋了。

面对一个陌生女孩，难免让这个男孩有点不知所措，再次问："什么事呢？"

她从随身的包里拿出名片递给他。

"……你不是保险公司的？"他看了一秒递还给她。

"对，我们杂志社对你父亲的案件比较关注，安排我来拜访一下，"看到男孩的脸色有变，她机敏地补充道，"只是先了解，并不一定写，甚至也不一定会刊登。但我必须来走访，这是我的工作。并且，我不是只来你们家，也会到你父亲的公司，还有其他的渠道去了解。"

男孩的表情稍稍缓和一些，虽然他未必真的听懂了什么，但她的讲述真诚，话语里有一种足够的感染力。

"你想了解什么？"他站起来，"我给你倒杯茶？"

"好嘞！"她轻快地应道，"谢谢。"

男孩端着水杯过来，表情有些复杂地对她说道：

"你要问我什么，我都可以说，但如果你要问任铁围的事，我只能说，我并不了解他。"

"那孩子为什么这样说？"他忍不住打断道。

她从包里摸出自己的采访本，扫视着密密麻麻的字迹，抬起头："我感觉，这男孩，老实说还没大学会说谎。他妈妈说他很怪，我倒没觉得。应该是青春期叛逆，表面上个性，桀骜不驯，其实很腼腆的，也不虚头巴脑。"

"首先，"她继续说道，"他跟任铁围的关系很差——这里我怀疑也有一部分叛逆的因素——可能是父亲经常揍他，他一直直呼其名，跟我交流时也是这样称呼。他觉得任铁围不尊重他，不给他留面儿。任铁围是当兵出身，比较严谨，生活很有规律，还有些固定的习惯，比如一年四季洗冷水澡，小孩儿肯定不愿，也做不到，他就把儿子直接往水里丢，要不就拽到卫生间强行用冷水淋。这个细节，任嘉阳印象很深。但这只能说是怨气，还谈不上愤恨。真正的原因，我觉得应该是，父亲让他觉得很丢人——虽然没具体说什么，但大概原因就是，小孩儿虚荣心强，好面子，但父亲常常被叫'打铁的'，说他'财'，言语有轻视。另一个，他有很强的失落感。小时，他们家在这条街上算是拔尖的，慢慢就不行了。再一个，他上了区重点初中后，成绩好的都挤在一堆，他就成了比较弱的那个。孩子们爱攀比，他的家庭条件呢，差距就显出来了，有点自暴自弃。任铁围在他心里是一个负面形象，尤其不满的是，任铁围的很多同事出来都混得很好，但他死守着那个破厂，真把自己当个干部——其实就是一条看门狗。一方面，他瞧不上任铁围，另一方面，他又指望任铁围能救他——虽然急性白血病被控制，但他也有了危机感，他已经提早知道了何为生死。我不知道是不是跟任嘉阳配不上，任铁围一直在骨髓库申请配型，你想想，那好难嘛！这是他最怨恨的一点。他觉得任铁围根本就不在乎他。他就想快一点解决这个骨髓移植。"

"另外，"她想了想，接着说，"还有一点，任嘉阳说父母经常吵架，但之前感情其实还可以的。他妈妈经过这些年自己做生意，慢慢强了起来，两个人有些分歧，张素娟也是瞧不惯任铁围那副酸相，没出息，一直舍不得丢掉那个锈铁饭碗。大概是在一年前，两口子恶吵了一架，后来就各过各了。"

一年前？他敏感起来，那是任铁围第一次投保的时间。

"那他说了没，具体什么原因？"

"没有，任嘉阳从外面回家见满地都是碎片，两个人厮打过。可能是儿子回来，就都收手了。"何饭饭犹疑地说，"听那个黄孃孃的意思，张素娟要年轻好些岁，在外面有点那个。我没好直接问，但听任嘉阳意思，他妈其实对任铁围还是关心的，比如常常让他从茶社带菜饭回家之类，过生日还是要买点礼物什么的。但总归，两个人都不服软。"

他大概听懂了，这对夫妻，或说这家人，就像生在树上的三片叶子，亲，是足够的亲；情感，也是足称的；但就是在成长的过程中，慢慢分得更开，相互不理解——树叶与树叶之间缺少的那种语言，在他们那里也是一种空白。

"对了，"何饭饭看着笔记，"听任嘉阳说，任铁围年轻时身体非常好，毕竟当了十几年兵，但最近一年，突然变得消瘦，精神不大好。这也是我跟他闲聊才知道的，有用吗？"

"肯定有用。"

"不是反话?"她有点不大相信。

他笑了,站起来。"走,天都黑了,去烫个火锅,祛祛寒。"

"再喝点?"她调皮地戏谑道。

他苦涩地摇摇头。

"吃火锅"是外地人的说法。在重庆,叫"烫火锅"。三九天烫,三伏天也烫。雨天烫,晴天烫。重庆人烫火锅习惯大块吃肉,大口喝酒,大嗓门说话。荤菜块大片厚,白菜手撕,鳝鱼不洗,活鱼鳅直接滑往锅里。火锅本质就一个"烫"字,天上飞的,地上跑的,水里游的,统统可烫进铁锅里。只要锅还是烫的,就可以从深夜吃到凌晨,从凌晨到天亮。吃到袒胸露背,划拳行令——不论男女。这样的吃法,在富丽堂皇的餐厅酒店怎么得行,怎么可能?所以重庆人又最喜欢在露天坝子里烫火锅。

这间火锅馆就在小街上,破烂的小店,两张露天木桌,上边搭个简单的雨棚,连个店招都没有。可这才是真正的老火锅,坐在街边——这仿佛死去但曾经鼎盛的水码头之上,红汤里烫着毛肚,手边是哗哗流溢的嘉陵江,眼前是低矮的屋宇,脸膛黝黑的居民打桌边路过,一切,原汁原味。

这时,几只土狗闻味而来,沿桌边逡巡,他又记起这个事了。

"刚刚你提到了狗,但没具体说。"

"哦,那是任铁围从外面捡回来的一条流浪狗,吉娃娃,养了有七八个月吧。"她轻轻烫着一枚腰片,红色的汤汁微微翻滚,"为狗的事,吵了好几次,张素娟不喜欢狗,说狗把家里搞得臭得很。"

任铁围为什么会捡回一条狗?

"那,狗呢?"

"任嘉阳说，任铁围出事那天还是前一天好像就没见到狗了。可能是跑丢了。还有件事，任铁围以前也有一个要得来的朋友。但后来不往来了，原因不明。此人叫田家兴，原来跟任铁围同一个办公室的。不过，这些我明天还要继续核实……"

何饭饭述说时，他的手机响了，一个陌生的座机号码。

"喂！周老师吗？"

那短促的声音他辨认出来了，是刘艳芳——问他晚上有没时间，到家里去一趟。

放下电话他问："愿意跟我一块儿去吗？"

"噢！"她故意说，"你怎么又放心叫我一块儿了？"

他有些苦恼地摸着鼻子。

进家后，他发现屋子里并不只有刘艳芳，而多了一个十二三岁的小女孩——比照片上更加生动、俏丽。从面貌和身材上，她更像爸爸一些，扎两根麻花辫，一双瞳子黑得发亮，但微微上噘的嘴角藏着一丝不易察觉的倔强。他发现这女孩有一种超乎寻常的冷静，至少比她妈妈镇定多了——一双瞳孔始终跟随着自己。今天，刘艳芳少了一些昨晚那种防备和冷漠。

孩子在场有点出乎他的预料。刘艳芳垮着脸。"就是她让我给你打的电话，她——特别爱她爸爸。"

小女孩接着她妈妈的话，一点也不怯生。

"周叔叔，你认识我爸爸？"

"是这样。"

"那我爸爸认识你不？"

"认识。虽然我们只见过一面。"他说，"你爸爸帮过我，不是一件小事。"

小女孩迷惑地盯着他，似乎在确认什么。她的脸上，显露出与她年龄不相称的成熟。

他将目光转向刘艳芳："有一点，我没搞明白。"

"您说——"

"两个月前，李立冬刺伤了人，按常理，投案就行了。一般来说，这种情况通过私下协商解决的也多，警察也巴不得双方私下和解，他为什么要跑？"

"我也不晓得呀！警察来得很快，李立冬看到警察，扔下刀就跑了。我还问过他——"

"呃？"

刘艳芳的脸酡红酡红的，"我昨天说了谎，起初那个月，他确实给我打过电话。三次还是五次。真的！"

"你知道他在哪儿？"

"他不告诉我。本来，我们商量好了，他先躲一躲，避下风头。事情由我来处理——想的是，无非就是花钱，折财免灾嘛。"刘艳芳说，"哪晓得，受伤的那个小伙儿，他不是一般人，富二代，他要的就是一口气，就是要把李立冬整进去——还说他有关系，就要把李立冬弄到监狱里慢慢打整。他就是有那个本事，我听说，他压根儿就没伤到脾胃，早就出院了，可怎么就鉴定为重伤了呢？"

"好，"他制止她的絮叨，"我再问你个事，这很重要，可千万不能说谎。你，或者李立冬，之前认识任铁围吗？"

"不认识！"她举着手掌，着急地说，"我赌咒发誓，连听都没听过。"

他继续问："最近你跟李立冬联系过吗？"

"发布通缉令后我就联系不上他了。"

"李立冬平常有什么往来密切的朋友？"

"没有，"她眼睛又红了，"他并不是孤僻，平常跟街坊邻居处得也好——就是有点宅，很少结交什么朋友。"

他愣了："这么说他没上班？"

"他是家庭妇男。"刘艳芳瞥了一眼女儿，"娃儿都是他一手一脚带大的，买菜做饭、上学接送也都是他。"

"这个家……"他犹疑地环顾房间，"就靠你一人撑着？"

"那倒不是，咱们家的来源，大头还是靠他。他也要做活儿，只是不用坐班。他和一个广告公司合作，公司承包了一个报纸——叫《西部开发》——的版面，主要接政务广告，他负责撰写软文，也不用采访，由对方单位提供资料，多半是一些会议材料、报告文件、总结发言等等，有些材料是用电子版传给他，有些只有纸质的，他就去公司取回家，然后改写成新闻稿件。"

有这事儿？他下意识地抬眼看了看何饭饭，她微微点头——示意这类情况是存在的。

"这个活儿他做了多久？"

"哦，很久了，大概做了十一二年吧。"

"之前呢，这个工作之前？"

她苦涩地笑了，"我们是工友。"

"工友？"

"对，福建一个服装厂，我们同事了一年。后来确定了关系，他跟我回了重庆——我老家是长寿的。因为县城里没有太多就业机会，生完孩子不久，就到主城来了。"

他觉得奇怪，从烫工到媒体撰稿人，这个跨度也太陡了吧？

她解释说："他喜欢写诗，也写散文。他说文字都是相通的，写那种……报纸上的宣传稿不难。"

他想了想，好像也说得通，就问，再之前呢？

她突然叹了口气，使劲甩了甩头，脸上露出一丝不易察觉的幻灭感。"不知道，我是说，我也问他，但就是不知道哪句话是真，哪句话是假。"

他还想追问，但何饭饭在背后戳了他一下，对情绪低沉起来的女主人说，今天就到这儿吧。

他不情愿地站起身来，李婉梨突然低声说："周叔叔，你能留个别的联系方式吗，我要是有什么情况就联系你。"

回到车上，他嗔怪说，为什么要拉我走？

"这个你就不懂了，我是女人，还有采访的经验，这方面你就听我的。有些话，女人只会对女人说。"她胸有成竹的样子，"下次我单独来，保证挖到更多东西。"

"你发现什么了？"他来了兴趣。

"不好说，我觉得吧，"何饭饭的脸上浮现一种忧伤，"隐隐看到了一个悲剧。"她扣好安全带，"反正你不会了解的。"

"为什么我不会了解？"

"因为你没有家庭。"

他有些恼怒。"你怎么知道我没有？"

"哪个有家的男人连续三天都不换换衣服？"她探出手，在他胸前点了点，"你看，都是油污。我就奇怪了，你这么大个人，嘴巴还漏。"

"衣服脏是脏了一点，但我每天澡还是要洗的！"

"好吧，"她似笑非笑，"虽然你的皮囊很脏，但你的灵魂十分干净——还带着消毒香皂的清新脱俗。"

他绷不住笑了，居然还有比自己更刻薄的嘴。

"那你倒是说说，你看到了什么？"

"你没发现吗？这个家里，连审美都是由刘艳芳决定的。李立冬既然能作为长期撰稿人谋生，说明他文字能力很强——一般这样的人，都喜欢阅读。他家里到处都是书，一个以文为生的人，应该是有审美能力的。但你看看，餐桌、餐椅，整个房子装饰都是浓浓的钛合金风格。这说明，这个家里，最有威权的、说话最管用的人是刘艳芳。你看啊，女儿看她的眼神都是顺从，而女儿最信赖的是谁？是爸爸。好了，我的意思是，你如果要了解李立冬——首先得把刘艳芳刨开。她开始痛了，但还没痛到那个点上。尤其孩子就在旁边，很多话打不开。"

"看不出来啊，"他挑眉道，"你心思挺缜密的。"

"你也藏得够深的，"她毫不客气，"你——居然认识李立冬？"

"你都听到了，我只见过他一面。"

"你说他帮过你——"她很感兴趣，"怎么回事？"

"就是这回事呗，他帮过我。"

"你不想说？"

"我会告诉你，但还不是时候。"

她挤出一个笑脸，没再纠缠。"我会等的。"

他轻轻一笑。"我问你，就你刚刚见到的这个家庭，你觉得，李立冬应该是一种什么形象？"

她凝神回顾了片刻："李立冬，应该是个极能忍受的人，一方面，他可以服从妻子的心理压制；同时，根据女儿的表现，以及刘艳芳的描绘，他又是一个有吸引力的人。如果要给他画个像，他是那种一脸和善，喜欢说笑，跟街坊处得很好，比较欢喜的人。"

"你是说李立冬是非常珍惜这个小家庭的。既如此，"他话锋一转，"如果换成你是李立冬，即便面临被任铁围擒获的现实——你会果断为之杀人吗？仅仅只是一件很寻常的刑事案，为什么让他产生这么大反应？"

她随即反击道："这有点概念偷换。"

"噢？"

"你想想，这么个恋家的老实人，咋突然会那么暴力？仅仅只是刘艳芳跟人口角，他就拿刀伤人——这种反差你不觉得太大了吗？另外，你不觉得刚刚刘艳芳的反应也有一些问题吗？"

他没有否认。"你的意思，刘艳芳有所保留？"

"这就是我要单独去接触她的原因，必须要以一种更平等的方式，站在一个更贴近的位置，才能真正打开刘艳芳的心闸。"她停顿半秒，"很多时候，我们意识不到，决定我们的，往往不是什么未来，而是那些过去。"

后面这句话很是有些冲击力。他怔了一会儿，恢复到现实中，锁紧眉头："那小女孩，为什么找我要联系方式？"

"我也觉得奇怪呢。"她的嘴唇忽然紧缩起来，"哎，你说那孩子是不是知道点什么？"

他点点头。

回家已深夜。又是深夜，他憎恶这种晦暗的时刻。

他将自己扔在沙发里，就像一件别人不要的什么衣物。事实也是如此。电视开着，墙壁上闪烁着屏幕所投射的色彩光影，从那里传出的噪声丰富着整个房间的层次——如果这个孤单的空间也会有什么层次的话。那么，这里与任铁围那个悬空的阳台究竟有何区别呢？他无聊地注视着那些在屏幕中闪动的足球运动员——他们如此竭尽全力地奔跑，但并不可能清楚最终会得到什么结果，不过，不更加努力奔跑，结果却是注定的。

他打开自己的记事本，写下两个姓名：

任铁围　李立冬

他对着这两个人名看了许久，用签字笔在它们中间画了一道横线。如果任铁围是李立冬所杀，那么，李立冬杀人的理由是什么？蓦然间他想起了那个小女孩，李立冬的女儿——在她偷偷向他要去联系方式的同时，他已意识到，她跟自己父亲有隐秘的途径。

他在床上静静躺着，等候睡眠的降临。睡眠犹如一种恩赐，并不是每个人都能完整地拥有。突然，阳台外一声轰响——声音是从楼底传来的，好像是谁家的什么东西掉了下去。不是花盆，沉闷的一声，而不是炸裂的脆响。他瞪着天花板，忍住了。过不了多久，他想，最后一点好奇心都会被消耗完的。

六

清晨，他穿着褐色皮夹克和水洗牛仔裤出门。终于他记得换了一身衣服，干净的。雨落得不小，他抬起胳膊作为遮挡，经过阳台下时，他下意识地瞟了一眼：一只花狸猫蜷曲在角落，眼眶空洞地对着天空，身体浸泡在雨水中。它已经僵硬。

落在它身上的雨点，也会落在每个人身上；落在它死去的眼睑上的雨点，同样也会掉在我们死去后的眼睑之上。

他兀自想到这么一句，不知是哪儿看到还是从自己心里始发的。很难说清。一个所谓成熟的人，最显著的标志就是：复杂。你根本不可能分辨得出来自己身上哪块肉是得自哪顿饭，哪个经验来自具体的某事，你的性格里究竟隐埋了多少分支，何人对你构成了何样具体影响。事实上，你无法分辨你究竟是谁。每个人身上都有若干的人，隐隐约约的人，静止而又川流不息的人。

他轻车熟路将车拐进交通管理中心，随后一直坐在监控中心室。调取视频并不轻易，这种事就像淘金，在找到金矿之前你必须先要挖若干个坑，而且并不保管会有用——但你得挖，挨个挖，或者欣喜若狂或者绝望透顶。每一帧，每一秒，都是不能遗漏的，没什么是无效的，无效是有效的一部分。

他坐了足足五个小时，离开时是下午两点，其间他走出监控中心抽了五支烟，并靠在椅背上假寐了一刻钟。

之后他去了区人民医院，那是丝厂定点医保单位。这事儿要轻松一些，输入就诊人姓名，信息就会自动跳跃出来，一行行列在屏幕里。没有太多收获，最新记录显示，任铁围曾两次来院治疗。二〇一〇年十一月四日，他在门诊开具了治疗腹泻和止痛药物；五天后，又因剧烈腹痛就诊于该院消化内科，是急性肠胃炎。

这两则就诊资料比较接近时间点，但不是特别有价值的信息。

从医院出来，他驱车去凯斯特公司。眼前是灰白的阴雨天，天边尽头，有一点微弱但可辨的光亮。

看门那个老头儿还记得他，板着脸，唾沫四溅，责怪他给自己添了麻烦，被领导狠狠地吵了一通，说他完全没得责任意识，端着公司的碗，砸公司的锅什么的。

"哪个领导？"

"田家兴啊，就是那天拦倒你们的那个人哟，我们保安经理——这段时间都归他值班。"

这个名字听起来耳熟。"他人呢？"

"在办公室啊！"老头儿气呼呼的，"说我擅离职守！龟儿的，一个空厂子，有啥子好守？未必你不让我屙屎屙尿啊？哦，你自己不也当班吗？咋个天天也在上班时间跑医院啊？有本事你莫去啊，狐假虎威的家伙！"

老头儿絮絮叨叨时，他记起来，任嘉阳提到以前任铁围在厂里有个合得来的同事，就是此人。

"噢，我听说，"他套着话，"田家兴跟任铁围很要好啊。"

"好个屁！两个人话都不说一句。任铁围跟公司哪个都处不好！连老总他都敢跟你毛起！"老头儿梗了一梗，平静下来，"说他们耍得好，那是以前。"

"怎么了嘛，他们这是？"

他拿出烟，往老头儿嘴里塞了一支，用芝宝火机给他点上。

"原来，两个都是一个部门的嘛，你说咋不好呢？田家兴还是任铁围的下属。但是任铁围这个人呐，他犟吵，他脑壳是铁打的，他不懂得变通，不依教。他还跟老总呛起——你说，哪个还敢沾他的边？老总就把田家兴提起来，任铁围不就被晾起了吗？再说……"老头儿深吸了一口，忽然就停顿了，手掌一挥，"反正他们两个人就不丁对。哎，你啷个要关心这个？"

"你听说过任铁围买保险的事没？"

"我咋个不晓得？"老头儿忽然降低语调，"我给你说，任铁围死得值哦！听说要赔几百万咯！"

"我就是保险公司派来的。"他说。

老头儿愣了一下："啥意思？"

"就是负责保险理赔的，"他把名片递过去，刻意省略了后面"查验核实"几个字。

"真要赔几百万啊？"老头儿翻来覆去看着卡片，竟一脸艳羡，就恨死的那个不是自己，"是不是哦？"

"具体赔付我就不清楚了。今天我就是专门过来的，理赔之前都要走访一下，例行任务。"他摊开手，"我是直接找田经理，还是……"

"这，这个，"老头儿有点猝不及防，"可能我还是要通报一下哦。"

老头儿快步往办公区走去，这时，一辆黑色奔驰从背后驶来，经过他时，速度略微放慢，随后径直开了进去。

他看到车窗摇开了，一只手探出来，老头儿赶紧小跑过去，躬身与车内的人说了些什么。随后，车停在路边，一个圆滚敦厚的身影钻出来，进了办公楼。

约七分钟后，老头儿才从楼里出来，回到门卫室，言语忽然变得客气起来："周老师，你去吧。田经理在办公室等你，一楼第一间。"

他在门上敲了一声。

"请进。"里面说。

那天打过照面的那家伙，坐在靠背椅上，昂头看着他："原来是你嗦？"

他最讨厌的两种人，一是夹克里套领带，另一个是脖子上挂金链子。这人两样都占全了。

他忍着憎恶将证件递过去，田家兴摆摆手："听说你是为任铁围的事来？"

"常规程序。"他答道。

"程序？"田家兴鼻子里哼了一声，"人都死了，这还有假不成。该咋赔就赔呗。"

"跟你们保安工作是一样的，"他不卑不亢，"要先走完那个过场，拿到调查结论才能理赔。"

"好吧，"出乎意料地顺利，田家兴似乎并不想为难他，"你说，要我们公司怎么配合？"

"我要查看一下任铁围的办公室，但在此之前——"他从口袋里摸出笔记本，"我想了解一下，任铁围遇害当天的一些情况。"

"为什么要问这个，这跟他的意外有关吗？"田家兴问道。

"你怎么知道他的死一定是意外？"

田家兴的眉头皱起来，言语很不耐烦。"这可不要问我，明明是新闻里说的。行，既然是为老围的事，我不跟你争，"他拍了拍靠椅扶手，"说吧，你想具体知道什么？"

他直截了当："周五那天，任铁围是什么时候离开公司的？"

田家兴垂着头思考，随后说："那一整天他都在公司，但至于他什么时候离开，这就不清楚了。"

"其他职工呢，有没人知道？"

田家兴果断地说："没人知道。"

"你这么确定？"

"三十号晚上，公司聚餐。所有职工都去了，在老码头火锅吃到大概九点，又一块儿去了兴阳广场的英皇KTV。"

"就任铁围没去？为什么？"

"哈，那你要去问他本人了。"此言一出，田家兴自个儿也意识到不妥，神色转瞬又庄重起来，"你恐怕不晓得，他不是很合群，从不参加公司的这种聚餐啊活动啊，平时也不跟其他人来往。吃饭也是，自己抱着饭盒独坐一方。"

他要了那些聚餐者的姓名和电话，记下来。想了想，又问："公司应该有监控吧？"

"有。但不要抱什么希望。"

"怎么说？"

"你看了就晓得。"

田家兴起身，带着他走到隔壁一间小屋。"喏，你看嘛。"

他随之看到，电脑屏幕上有三格视频没有图像显示。他指着最上面一个问道："这儿是哪儿？"

"就是我们这里，办公楼。"

"另两块呢？"

"一个是公司大门，一个是那儿——"田家兴指着一株路灯，位于厂内主干道中段。

这么说来，他暗忖道，凡是重要的区域，都是盲点了。

"你有所不知，"田家兴如此解释，"这些监控是好几年前安的，摄像头早就老化了，我前不久还申请过，但老板不关心。也确实，最近一年，公司连生产都没有了——偷儿来了都没搞头，以前也没人关心，因为所有单位的摄像头，归根结底主要是拿来监控内部职工的，所以，"他带着一丝嘲弄说道，"就是一种摆设，聋子的耳朵。"

摄像头出现故障，他能理解，但是大门都没监控那可不是平常的事。

"其他摄像头呢？"

"我查查啊。"田家兴坐在电脑前翻查了一会儿，"查不到了，我们这个设备容量小，每周自动清零。"

他低头沉思了一秒。"那，麻烦你带我去任铁围的办公室。"

房门推开时，一股陈郁的霉味从晦暗的空间里扑来——连绵的阴雨使得久闭的房间里积蓄了太多无效的成分，以及微弱的热量。

田家兴伸手将开关打开，房间里顿时呈现了它的原貌：办公桌放在靠走廊的窗下，一张绛红色的木沙发则倚着里面的墙壁，一侧是饮水机，上方的书法横幅是装裱过的：天道酬勤。另一侧靠墙的是一具书柜，上面三层是滑动玻璃，下面是两块木质拉门。他走近查看，书柜里摆放的多是资料、手册、蓝色的文件夹，还有一些证书——历年任铁围和他的部门所获得的一些荣誉、红色证书。东西很杂，但一点儿也不凌乱。任铁围应是一个细心和守矩的人，大概这得益于他漫长军旅生涯所受到的培训。他拉开下方的柜门，里面放置的是用于午休的铺盖、被单，叠得如老豆腐一般，一种奇异的规则性和完整度。

他环顾着，觉得少了点什么东西，随即反应过来："任铁围的办公电脑呢？"

"公司的台式电脑收到库房了——那个电脑早就不能用了，经常开不起机，任铁围一直用的是他儿子的一个旧手提。喏——"田家兴望着办公桌，"前些日子他儿子过来了一趟，把可以带走的东西都收走了。"

他移动到办公桌前，右侧是一沓资料文件，翻开看了看——大约都是一些文件和通知，还有几份打印稿，从内容上看毫无价值。左手边有一个紫砂茶缸，内部包括杯沿口积满了厚厚的茶垢，显见是任铁围的日常用具。茶缸下边压着一张A4纸，他拿起茶缸，将纸片翻过——李立冬的头像，准确地说，是一张复印件，略微放大过的李立冬头像，来自警方发布的通缉令。

他用目光再次巡视一番，以便能加深对这个环境的印象，他问："这个东西我能带走吗？"

田家兴无所谓的样子。"你想要就拿走喽。"

两个人回到楼下，他还想多问几句。田家兴电话响了——接了电话，另一只手朝他摆摆，示意自己有事要先走，随后，他跳上路边一台白色的长安轿车，车屁股上贴了一对银色壁虎车标，车轮轧在泥泞上，轰然往大门口驶去。

他站在楼底，看着两只壁虎消失在视野，点了支烟，将复印纸叠成四方块，放入口袋。

晚上七点多，他走入老太婆蹄花馆。何饭饭坐在店堂最里面的角落，冲他高高扬起手臂。

热腾腾的蹄花汤摆在桌上，她将调和小碟推到他面前，他抽出筷子，拣起一块晶莹鲜糯的蹄花放在油碟里蘸蘸，放入嘴里，大口咀嚼起来。他一连吞咽了四五块肥糯的蹄花，心才掉回到肚子里，始觉胃里有了一些内容。总是这样，只有当食物进口才发现自己原是一只鬼，饿鬼。

她一直瞪着手机屏幕，手指上下翻个不停。"你也吃啊，"他说，"忙什么呢？"

"……乔布斯死了。"她有点没精打采。

"谁？"他很快反应过来，指着她手上的苹果手机，"就是这个乔布斯？"

"为什么我们这个时代最聪明、最富有洞察力、最有远见的人，会输给这么一个本来并不严重的疾病呢？"她脸上略带悲伤。

"个性吧，"他摊了摊手，"我听说他患癌后尝试过一些奇葩的疗法，比如针刺疗法、草药疗法，甚至还请过灵媒。可能他从骨子里就是那种以自我为中心的人，也可以说他太狂妄，藐视一切权威。"

"你这么一说，我想起来了。两年前，乔布斯做肝脏移植，打了镇静剂以后，医生往他脸上戴面罩。那时他已经几乎没有什么知觉了，可还是挣扎着把面罩摘下来，嘟囔说不喜欢这个面罩的设计，"说着，她笑了，"还让医生拿不同的面罩来，他要选一个最喜欢的。"

"所以他是天才，天才都偏执，总有些你想不通的思维方式。"

她深呼吸了一口，抓起筷子，在桌面上顿了顿。"但我们不是，"她问道，"今天有什么发现？"

他将口袋里的那张 A4 纸递过去，拿起麦香茶，慢慢啜饮。

"这是从哪儿来的？"

"任铁围办公室。"

她低头继续打量着手中的照片。

"任铁围为什么打印这张通缉令？"她自言自语，眼睛忽然亮了一下，"我知道了。这说明，任铁围见过李立冬，要不，他干吗专门去打印这张照片？"她带着一丝幻想的神情，"然后到曾经遇见过李立冬的地方逡巡，结果真被他又遇见了，接着跟踪李立冬，拨了报警电话……"

"精彩！"他嘟哝着，"有人物，有故事，有场景，还有转折，不愧是搞新闻的。"

她脸红了。这话背后的意思不难听懂，新闻是讲究从事实出发的，而她却在推测——不过，她自认为这个推测是极为合理的。"有什么问题吗？"

"你凭什么觉得，这照片就一定是任铁围打印的？"

"你不说它是在任铁围的办公桌上发现的？"

"但我也没说就是任铁围自己去打印的呀。"

"你把我绕晕了。"她有些恼怒，"我觉得好奇怪啊，这么明显，你凭什么就说不是任铁围呢？"

"这就是问题了。这个'证据'，你不觉得它出现得太显然，也太方便了吗？再说任铁围如果真见过李立冬，何必专门去打印一张照片？当然要搞清也不难，明天一早我到附近打印店问问。如果是任铁围，他不可能在解放碑打印，必定是就近、就便的打印店。"他剜了她一眼，继续说，"那天，我们一块儿去办公楼，二楼每间房我都观察过，我对自己的记忆力还是比较信任的，老实说，那天我没见到茶缸下有这张纸——当然，不是特别确切，因为房间太暗。但有个人应该是能佐证的。"

"谁啊？"

"任嘉阳。"他告诉她，"你可能要再去一趟任铁围家了。"

两人分别后，他去了夜莺小酒馆，就在小区附近，应当说，是脚带他去的。他删除了自己的过往，把自己与熟悉的朋友隔绝，甚至也戒掉了习惯的酒吧夜生活——除了这儿，这儿是他唯一偶尔来待的地方。就像孤狼舔舐伤口的泥沼地，带着酒精味儿的那种宁静之所。老板跟他很熟。年轻时是个拳手，犯过事儿，坐过三年牢，后来去阿塞拜疆待了七八年，回来做了这个酒吧。为人处世有一种云淡风轻。这是他喜欢的。他尤其喜欢的是这种清淡，即便再熟，但始终保持一种距离。他很喜欢这种距离感。当然这也是这一两年的事。也不用说多余的话，他找张桌子坐下来，侍应生就送来四瓶精酿手工啤酒。

在这里他从未喝醉过。在这里他是在享受喝酒而不是被酒驱使和左右。他独自坐了一个小时，抱着肠胃里那点舒适的酒精离开。

到小区楼下时，他望了一眼楼脚。那儿干干净净，没有任何证据证明有一只猫儿曾坠落于此，并且死去。

七

按任铁围的既定习惯，从小街步行，下坡，过金碧桥，经桥头观音，过金蓉桥，爬个坡，就到了金沙街，凯斯特就在右上角——对街的位置。然而，这一路上根本没有打印店。于是，他扩大了搜索的范围：一共三家打印店。最远的位于劳动路。三家店主均否认曾为顾客提供过类似服务——毕竟，专程来打印一张通缉令是一件很难叫人忘记的事情。可三家打印店主毫无印象，那么只剩以下可能：一、任铁围是在单位打印的，因他家并无打印设备；二、任铁围是在其他更远地方打印的；三、打印者另有其人。事实上，任铁围打印一张通缉令这并不符合常理。

从劳动路返回时，雨水毫无预兆地掉落下来。他疾步数百米走到丁字街口，当雨落得更大时，他不得不躲入桥头一侧的公厕檐下。就在避雨这刻他有了一个新发现，在斜对面——一栋庭院式中式高端餐饮店的门楣上——有一个微小黝黑的东西，似乎是摄像头，正好对着桥头的方向。如果任铁围要从家到单位，这是两条必经路段的其中之一——他总得过桥才行。

他穿街过去，站在雨点里凝望数秒，确定了，就是摄像头。而后，他顶着雨回到金沙街——这是任铁围的另一条必经之地。他记得从金蓉桥过来，那条陡坡的右侧是一座地下停车场。它的出入口不可能没有监控。

事实证明，他是对的。

此刻那个冰冷的瞳孔正尖刻地瞄着他。

调取私人监控并不容易，但假如你有一个深具说服力的理由和某个具有这种说服力的中介人的话，也不难。他找了一个熟人，辖区派出所一个副所长。"派出所"当然是有说服力的——尤其对这样一些服务行业来说。

如他猜测的那样，意外发生当天，任铁围出现在了金沙街——必须感谢这场雨，再晚两天，这段视频将会被清零——那是上午八点四十——那条消失的狗在他身前小跑，他手里牵着一根细长的狗绳，一条体形较小的吉娃娃，灰棕色，嘴部一圈以及四蹄为白色，看起来有点凶猛。但只有这一个画面——下班后，他并没像往常一样从这儿回家。从下午五点到晚九点，视频里都没有任铁围的身影。直到当晚九点左右他出现在劳动路。

他扩大时间范畴，仍无发现，就在气馁时，一辆依稀熟悉的车驶进他的视野——回放到第三遍时，他接连打了几个喷嚏，在擦拭鼻子时，他知道为何对它眼熟了——那辆长安车的车屁股上，贴着一对壁虎标志。

他将视频拷出来。此刻，电话在口袋里嗡嗡震动。

"我有故事，你要听吗？"何饭饭的声音从话筒里悠悠传来。

"在哪儿见？"

"较场口吧，新开了家不错的港式茶餐厅。"

他一眼就从沸腾的人群里找到了她，正埋头狼吞虎咽，面前摆着几屉虾皇饺、蜜汁叉烧。

他落座后，她推了一份肠粉过来，"喏，尝尝，很不错。"

"我不饿。"

"我去了刘艳芳那儿。确实，他们是在福建认识的，"她端起杯子，"就像这杯丝袜奶茶，丝滑中带着一点苦涩。我给你也点了一杯。"

他啜饮一口，如她所言，甜中带苦，滑中有涩——包括下面她所述的故事。

认识李立冬时，刘艳芳二十岁。

他们在同一家服装厂，她是车工，他是烫工。服装厂永远是这么一种情况，女孩多，男孩稀缺。在女孩当中，她算不上多俏丽，但脾性却是最泼辣的一个。她自己也觉得身上长着刺，她也想稍微温柔一点，但她不清楚那些刺到底长在何处。既如此，男娃儿们也就敬而远之——除了他。

对他，她硬不起来。他个头矮，但不让人讨厌，相反，看习惯了还蛮清秀。重要的是，他跟其他男工不大一样，很温柔，总是轻言慢语，从不说脏话——事实上，车间里那些妇女什么话都讲得出来——而且说得很有水平，听着总觉得有道理；再一个，他看自己的眼神很舒服，虽然说不清这种舒服从何而来。他经常有意无意地为她干点小活儿，工作餐时，喜欢挤在她旁边。

她隐约知道，但又不敢相信，她很自卑，但心底盼着他走得更近。

也许在恋爱时人的智商总是要低一些，特别是女人。后来她才发现这个事实——在几乎全厂人都发现了之后——李立冬是喜欢自己的。

工厂没有双休，天天加班，深夜下工后，大伙儿吃完宵夜就赶紧补瞌睡，但他总要拉着她多说几句，其实，什么内容都没有，到底说些啥，现在也忘光了。她就喜欢这样，他们是最晚回寝室的人。

月假总归还是有的，工期紧就一天；不紧时，两天。

他早早就跟她说，要是放假，我们就去爬山。随后，他在工厂宣布了这个计划，十几人热情地响应起来。

从工厂四楼窗户，可以看到远远的地方有一座耸起的山麓。他们每天都从山下走过，但没人上去过。工友们走得最远的，就是街的尽头。那儿有一座桥，过去，再走几里路就是一座大学，私立的。走出这条街的，除了工头儿，就是他了。他到过那里，因而大家才知道不远处居然还有一所大学，里面有各种各样的快餐厅，有网球场，有取款机——这条街真的很小很小，这地方有个很奇怪的名字，马甲镇。它不像马甲，倒像半把剪刀，而且是斜斜的、陡陡的，街小到连一台取款机都没有。工厂里基本上也没人需要取款机，他们来就是为挣钱的。

因为他的号召的缘故，大家开始关心起那座山来，甚至有人打听到，它叫作仙公山。

挨了二十天，终于等到月假，他带队，一伙人早早出发，爬山玩。

他第一个叫了她的名字，在女工寝室的楼下，她听到声，腾地就站起来。事实上她早就等着了，但她不好意思先下楼。

爬山有什么意思呢？她是不晓得的。又远，又累——像其他人抱怨的那样，累了一个月还不够吗，还来受这罪？三分之一的人，走到山脚，拐了一两道弯就撤了，还有三分之一，爬了十多二十分钟后也回头了。最后就剩下零零星星的四五个人。提前离开的人是明智的，因为山上除了石头和树林什么都没有。但她很愉快，并且她注意到，所有人当中，只有自己最优越了，上山前他已给她备好了矿泉水，还有一个苹果。

下山后，他带她去校园——原本她都不敢进去的，但他牵起她的手，就像是自然而然的一件事，或者，就像他们本来就是那里面的一部分——他带她在快餐厅，找了位置让她坐着。他端着餐盘过来那一刻，她有种莫名的幸福感，仿佛自己突然出现在电视场景里，成为了主角。对，尽管仍然如此卑微，但他就是比别人——身边她所认识的人多出那么点东西，她说不出来是什么。但她知道这是好的。

这是头一次，她觉得工厂的生涯并不那么枯燥，因为他。

因为他，她还头一次旷工了。

他不知道从何得知学校有露天电影，带着她偷偷去了。虽然被扣钱让她心疼，但比起这样的充盈的心情，那又算什么呢？

春节前，要返乡了。

离开前夕她是恐慌的，害怕一去就不会再来。父母不大愿意她继续在外，她回家的同时，也会跟往年一样，见各种各样的相亲对象，打工的人只有春节那段假期，也就是说，每个年轻人都要充分利用那极有限的几天，来决定自己的一生。她更害怕，当她回来他却离开了。对于工厂她是熟悉的，去年一起的人，分别时说再见，其实是再也不见的意思。绝大多数人明年都不会见面了，或永远不会再见。她吐露过这个意思，以委婉的方式，跟他在一起，她也学会了如何表达，或者说，至少到了一点表达的能力，而之前她说的话就像棍子，愣愣的，要么杵着，要么横着，或者倒下来打到脚背让人喊疼。

他懂她的担忧，但他无能为力。他说他不回家，父母已经不在了，他说，他在哪里家就在哪里。

这句话让她心悸，随后是心痛。

但是，他说想送送她。

在上大巴到泉州前，他提着一袋水果给她，两人都有许多的话，但只是默默的。沉闷中他忽然说，你等等我。随后就跑了。

不停有人上车，不停有行李剐蹭到她，她心焦得很，乱得很，烦得很。真想大吼一声。可她只能坐在那儿，无助地，无望地，不知道他到底跑哪儿了。

就在司机将要启动引擎时，她远远看见他跑来了，手里挥着一样东西，气喘吁吁地，趁着车速不快，从窗口塞给她——是一块女士表，小小的，低档货，但就这件东西也恐怕要花掉他积攒的大部分工资了。

她眼泪刷地就掉落下来，但又不敢哭出声音。

他站在原地，渐渐就变成一个小黑点，再后来，他被抛在了视野外。

她被大巴送到泉州，又无精打采地进到火车站，肚子很饿，但又毫无食欲。她枯坐在候车室，机械地从背包里取出水果——却掉出一张纸片。她从地上拾起来，是一首诗。他常常说他在写诗，但她从未瞧见过他究竟写过什么。此刻她马上意识到，这是他写给自己的，这是他留给自己的——可能是最后一件东西。标题是《致——》：

    那使我从混沌中
    苏醒的幼菊的脸庞
    那毫无征兆的微笑
    一直瞄准着我
    那使你不顾一切向我奔来的
    奇迹之诗：
    我们朗诵它

掏光它的绝望。

她拿着纸片看了四十多分钟，一边读一边流泪。上面每个字她都认识，但当它们连在一起成为一首诗，她完全不懂写的是什么；可她又完完全全理解了它的意思——她经历的挣扎一样也在他心里碾过，他跟自己一样清楚，一样绝望，有时，简单的一声再见，就是再也不见。

时间到了。在人声鼎沸的喧嚣中，她悲戚而呆滞地上了列车，从拥挤的臭气熏天的车厢里找到了自己的座位。她试了几次，想要把自己的包裹放上行李架，但都没成功，她赌气地，再次托举——但被一只臂膀拽住。她下意识地咒骂了一句，很凶狠地，用方言咒骂着，可是，可是，天哪！那微笑地看着她并从她手里抢过包裹的人，就是他，是他啊！她目瞪口呆，不知道他是如何赶来又怎么上的这趟车。

我想了想，我不能让自己留下这个遗憾……他抱着她的行李，轻声说，反正我自个儿没有家，以后，你在的地方就是我的家。

她眼圈一红，又不争气地哭了。

就这么回事，他跟着她回了重庆，回到她的家，那个村子。

父母都是老实人，一辈子农民，对他也满意，没啥缺陷，嘴脸也不差——在重庆，个头儿完全不是障碍，山地人家，没人在意这个。要说，这李立冬还勤快，懂事，说话方正，滴水不漏。唯一一点缺憾就是，没有父母，没有家，也就是无钱无人吧。自己女儿势必要比人家的姑娘多受许多罪。但有什么办法呢，人都带回来了。既然男方光秃秃一个人，那好整，这年正月初八，两人就成婚了——相当于入赘。这样一想，老丈人反而乐和了。要说，还有一个必要的背景，这座城市，婚后夫妻多半是跟老丈母一块儿过——谁让这是一座阴盛阳衰的城市呢。

夫妻俩没再外出打工，就在县城里觅活——勉强挨了一年多，总归是难挨。等孩子出生八个月后，还是往重庆主城来了。她在火锅馆做服务员，他找工作就难了，颇费了一些周折。几轮下来，他说干脆拿根竹棍去当棒棒，可他太文气，哪是做这个的。但让他做推销，他开不了那个嘴；他自己想做装修工，可没人带，进不了那个圈。闲了几个月，他看到街边有个报社发行站在招人，就进去应聘，这个不需什么文凭，问题是，需要驾驶证，或者得自带一辆摩托。他都没有。稀奇的是，他跟发行站长聊的时候，可能话说得挺大，站长揶揄他，兄弟，你好像来错地方了。既然你说比记者写得好，这种人才，那就应该去报社应聘啊。一气之下，他还真去了。一位姓傅的副总编和气地接待了他，耐心听完他对一些稿件的看法、诉求，告诉他，我们这儿暂时不缺人手，不过——傅总编说，我们有个关联的广告公司，他们承接了部分版面，一直在找我推荐写手，要不，你去那儿试试？随后，傅总把电话给了他。还特意提醒他，你去之前最好带上一些作品，会有说服力一些。

他回家后，打印了一份新写的五千字散文，就跑到那家公司去了，让她最觉得神奇的，丈夫居然被那边的岳总看上了。

实际上，得到这份工作的真正原因是：见面时，他很聪明地撒了一个谎，说是傅总的学生，是他推荐自己来的。

这才有了接下来的后续，出于一种礼仪，这位岳总拿起了他的打印件扫了几眼——很快就被文章带了进去，表情越发认真。读完后，岳总拍板，下周就过来吧。另外，你的这篇稿子，写得很好，很感人，干脆，我拿去给你到报纸上发了！两周后，这篇散文刊发在了《渝州青年报》的副刊上，一个整版，引起了一些反响。应该说这是个好的契机，但也奇怪，之后他再没有什么文学作品刊发。

总之他有了工作，写媒体软文。他从未写过这类稿件，但他擅长模仿、利用网络素材进行整合。在这种写作上他没遇到真正障碍，除了一点，他有交际恐惧，跟陌生人沟通让他压力很大。一度，岳总对他寄予很大希望，但始终不行，他不擅交道的毛病完全无法消除。

女儿一岁半时，被接到城里来。家里必须有个人才行。他向岳总提出，以合作的形式，按件计酬，在家办公。岳总同意了。之后，他就安心在家看孩子，一边给公司写稿——完全是来料加工，无须任何采访。每天固定写一千五到两千字。一千字一百块，也就是一百五到两百块钱。够支撑这个移植在都市丛林的小家了。

"挺好的啊。"他下意识拿起烟盒，又放下。这儿不让抽烟。

"好吗？"她白了他一眼，继而说道，"一个故事如果有个美好的开头，就总逃不脱一个悲哀的结尾。"

相爱总是容易，但婚姻则不，那是一个复杂的容器。他们当然无法幸免，但具体的矛盾是如何耸立在刘艳芳与李立冬之间的？从一种客观的视角看待，归纳起来其实只有一句：她长大了。

这十二三年，从荒芜的乡村到繁华都市，从卑微的服务员到独当一面的店面经理，刘艳芳再也不是当初那个怯生无知的女孩，作为成熟的城市女性，她有了自己——或者说是她在自己那个范畴里得到的——关于生存的哲学，对于物质的看法，以及，价值观。她在逐步变化，被重新塑造，她身边的人与事都是在变化中的。她会评判许多事情，也有参照与比较。她急于改变——始终是朋友当中最差劲的那个——现状，这完全可以理解，谁不愿过上更好的生活，让孩子接受最优质的教育，住进更好的房子？但李立冬不是，他始终安于现状，满足于现状。尤其最近两三年，她对丈夫的成见越来越深。他不再是自己崇拜过的那个男人，不再是带来希望的那个人。她甚至愤怒于丈夫的一成不变——当整个世界都在飞速前进，他却停滞不前，还做着十多年前的那些工作，连报酬也是。但你无法说服他，他不愿做出改变，他不敢尝试新的事物，他非常固执，认为自己只能做这个。这让她感到绝望，觉得没法指望他。

"……我觉得吧，女人总是这样，她们因为你是这样的一种人而喜欢上你，但在一块儿生活后，又常常想要把你变成另外一种人。"他放下手里的筷子，"李立冬又不是不挣钱，在家还能兼顾孩子。再说你又想让他干啥呢？非得逼着让他干他干不成的事啊。"

她又白了他一眼："女人都是很缺乏安全感的，尤其像刘艳芳那种女人，来自乡下，没有资源背景，在城市里她不感到恐慌吗？你想想，李立冬这个工作难道那么牢靠吗？说不定哪天，这个收入就没了。完全没有保障，她能不焦虑吗？再说了，她看到自己一些朋友，一天天，都比自己过得好，她心里能舒坦吗？"

"你非要这样说，那她怎么就不跟那些差的比，跟自己原先比？"

"看来，周老师你还真是不懂女人啊——女人哪里会跟你讲这些道理。"

那倒是。他摊了摊手。

"事实上，"何饭饭继续说道，"他们经常吵架，有时还动手。"

"李立冬——打女人？"他皱起眉头，这恐怕是最让他反感的事情之一。

"倒不是，"她解释说，"先伸手的多半是刘艳芳。李立冬蔫得很，慢性子，但她是那种很暴躁的个性。论讲道理，她肯定是说不过李立冬的。她自己也承认，吵嘴时，她完全不讲道理，一急什么话都说得出来——都是很伤人的话。她自己其实也后悔，但就是改不了。"

他没想到，刘艳芳看起来温顺，但只是看起来而已。

"她说看不惯李立冬那抖抖索索的样儿，气往上涌时，总是恨不得一巴掌扇过去。李立冬脾气是不错，但也有失控的时候——被女人打总是很难接受吧？总之他们打一次架就得闹离婚。而李立冬就会死死抱住她，跪在地上，忏悔，保证，甚至写在纸上。又有什么用呢，没多久，相似的场景就又循环，周而复始。这让他们的感情不停损耗。有一次，刘艳芳真的下了决心了，要离开。"

他静静地听着，掏出烟，在指间转来转去。

"哦，对！有个情况可能你会感兴趣——刘艳芳说李立冬非常懦弱，"何饭饭说，"来重庆五六年，他们还蜗居在一间窄小的租房里，比这更具体的是孩子，马上面临就学，没房子，就没户籍，孩子没法正常入学。她为这些事烦心不已。她天天幻想能有一个自己的房子。他们住城中村。每晚她下夜班时，必须要他亲自到街边来接才行，不然，她需要抱着极大的勇气穿越一条幽深黑暗的坡巷，经过隐蔽处的吸毒者、跟跟跄跄小便的醉鬼。可他并不是每次都能站在路口等候啊，每当只能摸黑回家时她的心情无比沮丧、愤懑。有一次，一个男的从黑处冲过来薅住她，幸好挣脱了，她回家报警时，被阻止了。他认为那根本没用。随后他提一把菜刀下去转了一圈——她告诉我，其实就是装个样子，在楼下蹲了一会儿就回家了。他根本没那个胆。总之她积攒了太多情绪。有次，他们又因为一件很小的事闹起来。他指责她——像往常那样指责她无理取闹——她第一次没有纠缠。她忽然意识到一个问题，我到底要不要跟这个男人继续这样生活？她想了一夜，做了决定。无论如何都要分开。翌日，她将孩子送回到老家父母处，正式地提出了自己的诉求，搬出了租房——你猜猜他干了什么？半个月后，他同意在离婚协议签字，顺便给了她另一份协议，一份房屋购买合同。他说，我只交了首付，写的是你的名字。这就是李立冬。永远出其不意。他其实知道妻子想要什么。在此之前，她一直以为，房子对于自己是遥不可及的。他告诉她，其实他准备了有些日子，白天没事他就四处转悠，跟着那种免费看房车跑了一些楼盘，积累了一些心得。发现买房并不是想象的那么遥远，有些楼盘首付其实并不多，甚至连首付都是可以分期的，比如他买的这套跃层小户，头期首付三万块钱就够了，还带小学指标。至于月供，就当是多付一点租金吧，他这样说，反正你以后租房也得出租金。于是她又被感动了。他是对的。房子给了她继续同他生活的勇气——对女人来说，房子带来的安全感，是世上其他任何物品都无法取代的，至少对她是这样。房子带来了生机，挽救了他们的婚姻，房子暂时遮掩了他们的矛盾，但矛盾并没真正消失。毕竟，价值观在变化。所不同的是，他越来越软弱，而她越来越强势，越来越霸气。每回争吵，她都会叱责他——不像个男人。不过每次吵架，孩子总是向着爸爸。刘艳芳说，孩子更心疼爸爸，觉得自己不讲道理，是个泼妇。

"她还讲了一个细节：有次他们一块儿挤公共汽车回家，司机一个急刹车，她被旁边的男人踩到了脚面，她痛得叫唤起来，骂了几句。那混蛋也不像好惹的，反过来还吼她不该出恶语。她跟那人争闹，可丈夫居然像个看戏的，气得她在车上大吼：李立冬，你到底是不是男人啊？别人在欺负你老婆！他慢腾腾挤过来，居然说磕碰是正常的。她彻底崩溃了。回家后，她质问道，你就这么看着别人欺负你老婆？他问，你觉得我应该怎么办？打他呀！她愤怒地说，这种情况打不过也要打呀！他说，其实别人也不是故意的，一点点小事，又不是深仇大恨，何必呢？他说，如果真有人欺负你，我会杀了他。都是屁话，他说的全都是屁话。刘艳芳说，他根本就没有卵子。"

他思忖了一秒，刘艳芳的意思是——丈夫根本是不敢杀人的。但是，他又真的动手伤了人。一切都是因此而起。

何饭饭似乎猜到他在想什么。"所以刘艳芳也反省说，是不是自己平常刺激丈夫太多了。"

"那天到底发生了什么？"

"嗐，刘艳芳老是抱怨挤公交受不了，去学了个驾照。后来李立冬给她买了一辆 Polo，二手的。女司机嘛，又是新手，她承认自己心态不好。但李立冬也喜欢指指点点，一惊一乍的。她就很受不了。每次上路两人总是吵架。她动不动就来一句：有本事你开啊？！所以她是有点路怒症，也爱跟人斗气。那天，情况是这样的。他们全家出门去看电影，拐进三峡广场时跟一辆前车别住了，对方不让，她也不让，女人嘛，性子急，嘴里还骂骂咧咧，你开宝马就了不起了啊你。李立冬让她退一退，说我们是带孩子来玩的，不要寻不开心。她就更加鬼火冒，明明我都拐进来了，应该是他退啊，凭什么要我让他？两车对峙，那是单车道，这么一来，前后积压了不少车辆，都在摁喇叭。那辆车纹丝不动，她还是慌了，倒车时，跟后车啪地贴上了。司机下来找她。她就觉得很冤枉，跑过去，找那个堵在前面的宝马司机——就是那个伤者——扯皮。敲开窗子就是一顿骂，那个司机直接把她按在车窗上，她就喊，李立冬你到底是不是个男人？后来她听孩子回忆说，爸爸有点奇怪，脸颊在抖，但看起来又非常平静。他还说，你趴在后面，不要动，也别看。说话时好像在发抖。然后将一件衬衣搭在孩子脸上就下车了。接下来的事你都知道了。刘艳芳看着李立冬从水果摊抽了一把刀，才意识到事情闹大了，那人比李立冬高一个头，又年轻十多岁。她是看着李立冬拿刀捅进去的，她说李立冬的那张脸非常吓人，整个脸都在抖，完全变形了，完全变成了另一个人。她永远都记得那个瞬间，她从来没见过他有那种狰狞的样子。"

他眯起眼，试图在脑子里还原上述场景，但还是无法理解，李立冬反应何以这般古怪。

思忖一分钟后他又说："你还是漏了一个事情——在他们认识之前，李立冬是干什么的？"

何饭饭摇头。

他觉得奇怪："怎么，刘艳芳不说？"

"不是，刘艳芳根本就不清楚。你知道吗，刘艳芳一直想要离开他，跟这个也有一定关系。至少，是她要离开他的主要理由。"何饭饭缓缓说道，"她所知道的，只是认识后的李立冬。"

"什么意思？"

"在此之前的李立冬，对她而言是一段巨大的空白，"何饭饭看着他，表情复杂，"毫无疑问，李立冬是一个有故事的人。"

他右眼跳了一下。

何饭饭回杂志社，他则去了交管中心。检索了好一阵子，但效率极低。坐在椅子上，感觉自己身体沉重，思绪昏沉，注意力迅速地丧失。鼻子也堵着，好像是鼻炎犯了。

很快到下班时间了，值班员催促他好几次，很不耐烦。他只得放弃了搜找。驾车回家，走到半途，电话响了。

"你在哪儿？"是安梅。

"你不是在度假吗？"

"我服了你！你简直不是人，是神！神戳戳的神。你过的跟我们过的不是同一个日子！我问你——今天几号？我们昨天就回来了。"她说，"今天我没送安晓去上学，在观音桥逛街，你过来一块儿吃晚饭？"

他敏感地察觉到她身边还有一个人。

"律师在陪你们逛街？"

"当然啊，你以为都像你。"

"果然好男人。"

对他话里的妒意她毫不在意。"哎，那你到底来不嘛？"

约半小时后，他将车泊在步行街的地下车库，坐观光电梯至平层，步行到星光广场与他们会合——一家叫作"上井"的日料自助餐厅。

服务员将他领到一间包房前，推开门，就看到安晓怯生生地扫了一眼自己，随后，侧着头，似乎要将自己躲藏在漆黑的瞳子后头。其实，他又何尝不是，半个多月没见了，他既渴望见到安晓，但又习惯性地惧怕与他相对。

安梅没在，大约是到洗手间去了。坐在安晓旁边的那个男人，应该就是"律师"了，身着阿玛尼浅灰色休闲套装，戴一副无框眼镜，头发上显然喷过发胶之类的，虽面色有点儿发黑，看起来不甚年轻，但整体比较精神。对方起身，很有礼仪地迎过来，伸出手掌："你就是周天树吧！"

他被动地伸出自己的手。

"终于见到本尊了——安梅还在北京时我就听她经常说到你。"那人握着他，很温和，声音很有磁性，给人似曾相识之感，许是普通话非常标准的缘故，"我叫李定一。木子李，决定的定，礼拜一的一。"

"呃……"

他不知如何接下一句，也不需要了。因为这时安梅来到身后，用她特有的爽朗而欢愉的语气说："这是一个历史性的时刻，你们的第一次握手。"

李定一哈哈大笑，他则有些尴尬地撇开眼，发现坐在皮具餐椅上的安晓正偷偷瞟着自己，他做了个鬼脸——这个鬼脸应该很难看，安晓马上就转过脸，一边甩着自己悬空的小腿。

"这是我以前很重要的一个男人，"说完，安梅又将脸庞与手指一块儿转向李定一，"这是我未来最重要的男人。"而这个最重要的男人此刻脉脉含情地微笑配合她。

他干咳一声，抓着一把椅子坐下，肩头不自觉隆起，就像个随时准备自卫的逃犯。

"安梅!"李定一带着一丝嗔怪提醒道。

"所以啊，这才是女人。"他朝李定一笑道，"知道为什么你女朋友特地叫我来这儿吃饭? 就因为我不吃海鲜。"

"也不全是海鲜，"李定一不禁莞尔，提起酒壶，"来，喝点清酒，没事，喝一点点不要紧的，清酒不算酒。"

他提起筷子，看着李定一。"我们以前是不是在哪儿见过?"

李定一定睛审视着他，展颜笑道："抱歉，还真没这印象。"

"不好意思，"他也笑，"我也不晓得为什么会这么想。"

安梅抢白道："梦里见过吧?"

"挺好啊，说明我这人啊，太大众化。"李定一说完，席上都笑了。

也奇怪，这"一家人"围坐一起，倒也不冷场。安梅的叽叽喳喳，是没心没肝;李定一呢，一看就是那种聚会中的稳定器，把控力极强，话不多，但总能说到点上——什么都能聊，天上地下都略知一点。重要的是，知道什么话可多说，就是那些完全不重要不相干的事。所以，他也不至于特别不自在。

菜还没上全呢，一刻钟过后，李定一接到一个电话，全程说着英语。通话之后，李定一面露难色。安梅看出来了："有事?"

"忽然来了一位外国友人，让我去招待，可这……怎么好?"

她很体谅地说，有事你就先走吧。

李定一看着客人。

他赶紧表态：你去忙。待会儿我送他们回家——除非，你对我有什么不放心。

"放心放心，一万个放心。"李定一拱手道，"对不住了，确实是不去不行。那——我就改日再赔罪。"

李定一离开后，他说："律师连鸟语也说得这么好。"

"他啊，语言能力强，喜欢模仿。"她浅浅地抿了一口清酒，"他唱张国荣的粤语歌，还上过节目，哎，听起来跟真的一样。"

"你家律师啥都好。"他酸溜溜地总结。

将李定一称为"律师"，是仅止于他们两人之间的特定代指，他一直这么称谓，以至于安梅有时自己也这么称呼男友。

"跟你比起来，他什么都好。就是太忙了。"

他略微困窘地看着孩子，但安晓埋头在自己的餐盘里——从进到这里开始，他一直试图与安晓找到某种交流，但这很难，他不知道从何开始，提起什么才是正确的，既然如此，他干脆闭着嘴听这对情人回顾他们此次的苏梅岛之行。不过，刚刚有个小小的细节，李定一剥掉大闸蟹的壳，将蟹肉放入安晓餐盘时，安晓却拿手挪开了餐盘。

他也学聪明了，适时地将对话的那个"餐盘"挪移了大概一厘米。

"欸，刚刚我们见面时，律师可是这样说的——你还在北京那阵儿他就知道我了。怎么，"他挤了挤眼，"原来是老朋友啊。"

"你啥意思？"她抬眼，白了他一下，"是想说，我们耍朋友那时，我跟他也有一腿吗？"

"你明知道我不是这意思。"

"你还记不记得我以前给你讲过，有个人，只要我有什么比赛、活动，都要到场，送来鲜花。就是他。"

他点头。"好像听说过。"

"我心里当然清楚，他是喜欢我的。但他从没提过其他要求，对我一直都很尊重。这个人，怎么说呢？没什么可挑——虽说年纪比我大多了些，又是离异。但就是让你觉得，跟他在一块儿很舒适。有个词，如沐春风。说的就是他。除了一点，"她哀怨地瞪着他，"我对他，只有好感，没有爱情。"

他假装掏东西，将脸移开了一会儿。

"现在呢，也没爱情？"

安梅嗤笑。"我们这个年纪还谈这个，不是幼稚就是骗子。"她说，"不过，现在的我，跟他倒是绝配，所有一切都符合了。都离过婚，都伤过心，也都不是特别刻意想要再钻到另一个笼子里。至于爱情嘛，毕竟我已经得到过一次了，刻骨铭心的……"

他连忙抓起筷子，朝一条石斑鱼伸去。

"这么说，他是专门为你而来？"

"那倒不是，"她轻描淡写地说道，"他来这边有业务，顺便联系了我。这不，正好，我们这对干柴烈火，完全吻合，很合拍，所以——就很舒服地沦落到一起了。"

"律师嘛，全国跑。"

"我看他现在没怎么接案子了，说在创业，乱七八糟的事情多。最近一两年，在捣鼓一个什么基金会，但工作上的事他从不带回到家里，不像你，抓个偷儿你回来都要复读一遍。"安梅夹起一片刺身，放在蘸料碗里搅拌，眼角垮了下来，似乎有点郁闷，"就是忙，应酬特别多！"

"现在都这样，啥事靠的都是人——人际关系、信息、资源。"他倒是蛮理解的，杨吉林不也是这样吗？

"那倒是，"安梅又拣了一只海蟹，手指不停，晶莹的蟹黄迅速裸露出来，"他总说，忙过这一阵儿就好了。他有个项目说也该收尾了。说寒假带我和安晓到欧洲去玩上二十天。呃，对了。安晓，你不是给爸爸带了礼物的吗？"

孩子有些木讷地从一旁的背包里，取出一个烟盒大小的铁盒，递给他。

他接过来打开，是小小的贝壳，大约有二三十枚，他用手指拨弄时，它们在里面发出清脆的叫声，像一群斑斓的小动物。

过了一会儿他才憋出一句："谢谢。"

安晓则愣愣地点点头。

父亲像个孩童，但孩童却像大人。安梅在一旁歪着头看，噗嗤笑了："你们还真是父子一对，太像了。哦对，定一也给你带了个小礼物。"她从包里掏出一个木匣子，搁在桌上。

"啧啧，古巴雪茄，高级货。"他拿起木匣子翻看几眼，也不客气，连同孩子的铁盒一同装进了背包里。

"你也少抽点！"她不满地翻了翻眼皮，"就这点，你们两个倒是相像。定一他不喝酒，就是烟瘾大。老是犯咽炎，经常咳咳咳。你说那玩意儿到底有啥意思？我规定他一天不能超过半包。被我说多了，他现在改抽雪茄，说什么雪茄不入喉，对嗓子好一些。"

"为余生安全着想，还是劝他戒了吧。"他有点幸灾乐祸。

她眼睛怒睁："你也是。该戒了！"

他苦笑附和，转而问，能不能带安晓到楼上的儿童乐园玩一玩？他记得那儿有攀岩和一些探险类的项目。但安梅说她累了，这雨兮兮的叫她心头不舒服，想早点回家休息。三人一块儿出来，径直驶回小区。下车时，他给安晓招手道别，但孩子——不知道是不是怪他没坚持到儿童乐园——头也不回跑进细雨中。下车前，安梅挎起自己的包，撑开伞，回头安慰道："其实，今天你表现挺好的，就是还需要一点时间。"

他点点头，看着他们消失在雨幕后。

回到家，在沙发上坐下来，他确认自己感冒了，刚才的鼻音他以为是鼻炎的缘故。洗完澡后，他觉得鼻腔稍稍松活了一些，身体也轻松了一些。但喷嚏一个接着一个，犹如身体里有一座小小喷泉。他从药箱里找出一盒感冒胶囊，取出两粒，用矿泉水送入嘴里。

他打开电脑，启动聊天软件，都是垃圾信息。他进入雅虎邮箱，有封无主题陌生邮件，发自昨夜十一点一刻。内文只有一句：

"你是掉进湖里的那个警察吗？我记得你。相信我，任铁围不是我杀的！"

他不自禁拿拳砸着桌面，电脑晃动了一下。

随即，他立刻回复邮件：

"对，是我！我现在已不是警察了。我相信你，但你也要相信我。不然，我没法帮你。咱们最好是见一面，或者，"他想了想，继续写道，"你应该知道我电话了，打给我。"

按了发送键后，他从冰箱拿出一瓶威士忌，倒了满满一杯，带着一种难以置信的情绪一饮而尽。

他躺在沙发上睡着了，但始终没有睡实，电脑开着，有次他远远听到嘀的一声，但爬起来查看，是幻听。邮箱始终保持着缄默。

再次睡熟后，他被电话惊醒——不是幻听，是真实的铃声——一个陌生号码。他的兴奋仅仅只维持了数秒。

"李立冬？"他急促地问道。

话筒里沉默了一会儿，忽然说道："让你失望了。"

这声音有点熟悉，他终于反应过来：

"姚南？"

"对，"声音冷冷的，硬硬的，犹如冬天河流里的卵石，"周天树，可能你要来警队解释一下了，为什么李立冬的口袋里有记着你号码的纸条。"

他僵立在房间。窗外，那些影影绰绰的景观树则站立在黑暗里，四周一片肃杀。

第二章

八

老天爷终于记起来拉了一把闸门，久违的阳光回到了街上——几乎所有居民都从潮湿晦暗的房子里钻出来，流入每一条街道，广场上堆满了人。老年人摆成一种特定姿势，享受着照耀，年轻母亲们更不会放弃这种时刻，或抱，或推车，带着婴幼在阳光里轻松游弋。似乎整座城市的人都拥出来迎接这犹如恩赐的阳光。他也不例外，他阴湿的脏腑和骨骼也需要它们的抚慰——尤其是因为感冒而敏感脆弱的鼻子。他想快点走到阳光里。

由于市区耸立的两座山以及腰间两条江流的缘故，重庆的秋冬，分界十分模糊，一不注意，就如电梯一般急速下降，直接坠出季节。这时节，对这里的人来说，好天气就意味着好心情。一座城市的"心情"怎么"看"出来？你只消看街边林立的露天茶座，看看簇拥茶桌边的人们，就知道了。

上午十一点，坝坝茶摊人声鼎沸，盖碗里的白雾升起，又轻微地泯入茶客们的言语之间。人人都是快活的，但他的心却停留在阴郁中。

他刚从警队出来，留下一份笔录，带走姚南眼里投射的冷漠目光以及严厉警告："别再碰我的案子,有多远给我滚多远!"

李立冬是凌晨一点左右被抓获的——他刚进到网吧不久,菜园坝火车站附近。除了那张纸条,身上还有一张车票,再过三小时他就将离开这里。他运气太差了,并不是被谁举报,也不是被网警捕捉到了踪迹,而是这座城市又掀起新一轮治安临检——甚至询问他的治安警也没把他与通缉犯联系起来,但李立冬慌了,他觉得警察就是冲他来的。他夺门而逃,旋即被捕。

路过凤凰山时,他刹了一脚,车停在路边——他发现,这片区域成为了一处工地——任铁围的死亡现场,包括那个被封存的房间,被一圈绿铁皮遮挡起来了。

他从豁口里进入,看到山底几排房屋已被推倒,瓦砾堆积得如同一座小山,几台运输车歇在一个碾平的坝子上,几个戴着安全帽的工人在里面躬身拾捡着什么。他走向一个戴袖章的保安。

"这儿怎么了?"

那人莫名其妙地看着他。"拆迁啊,很难看懂吗?"

"这儿不是刚死了人的吗,现场还在这儿——怎么允许拆啊?"

那人肃然问道:"死的是……你哪个?"

"不是我哪个。"

"那不就结了!兄弟,就是因为这里死了人啊,不然哪里拆得恁个撇脱!"

他有些茫然:"这里要建什么?"

那人奇怪地看着他。"你管它建什么?赶紧拆,赶紧建——"说完,背身往工地里踱去,用沙哑的川剧唱腔吼道,"好还你们一个新人间哪,新——人间!"

他茫然地站在这凹陷的山谷,看着眼前疮痍的拆迁现场,一时不知身处何处。不过有一点他很清楚,李立冬大事不妙了。

留给自己的时间也所剩无几了。

不知怎的，他兀自想起了前几天清早见到的那只死猫，想起了它因痛苦而扭曲的尸体，想起那被雨水淋洗的瞪向天空的无望眼睛。

如果那晚，要是立即下楼，它会不会就此得救呢？他摇了摇头，这很荒谬。根本不会。但是，下楼的意义在于，自己不会因此而怀有任何的后悔。

他在江边的乱石岗坐着，江面上升起一层氤氲的白雾，天空低矮而明朗，一种舒适的开阔，但隐藏静态的压抑。他一直盯着下边，江畔停泊着三四艘渔船，在那儿有真切的生活，男人，女人，细密的渔网，以及他们燃起的炉火，炉火上的铁锅，锅里微微沸腾的汤汁。他无法想象为什么他们宁愿将自己放置在这种逼仄摇晃的环境，不肯将肉身挪到陆地上生活。反过来，那些黝黑的渔民也许同样这样怜悯在陆地上生存的人们。西装革履的人们，难道不是像狗那样竭力工作才能偶尔得到一丁点可怜的馈赠？渔民蓬头垢面，远离都市，漂流在水面之上，但他们却并不因此而少了什么生活的内容。这样说来，互不理解才是人生应有之义。刚刚有两对年轻情侣，饶有兴致在这里拍摄了婚纱照，带着对未来的期冀，带着对婚姻的向往，而这条微微荡漾的江，这一片嶙峋的乱石岗，这陡峻的石坡，这几艘富于异质生活气息的渔船，成为了他们情感的纪念物，一种特别的背景。除了他佝偻的背影——他相信摄影师会将他充分排除，就像命运曾对他所干的那样。

这时声音从背后传来。

"刚刚我在背后看，你就像一个动物。那晚上你喝醉后也是。"

他似乎静止了一样。

"知道吗，你像一个刺猬，"何饭饭接着说道，"刺猬之所以全身是刺，是因为它的内在很脆弱。"

若是平时，这话会让他跳起来。但他没有。确实如此，外界看到的人都只是人的壳而已，而非人的真实本身。那些壳越厚的人，心里的褶皱越多。

她轻轻坐在一侧，与他保持同一姿势，同一视野。

"杨吉林告诉我，李立冬归案了。"

他像是静止了。

"杨吉林说，以往都是他求着你，只有这一次，是你主动要求的。"她问道，"你之所以接这个案子，就是因为李立冬吧？"

他从口袋里掏出烟盒。

她用胳膊肘挨了他一下。

"给我一支。"

她叼着烟，用手掌挡住江风，点着后，将烟盒与火机一块儿还给他，随后缓缓吐出一圈白色的烟雾，悠悠地说："你以前是警察。"

他点烟，习惯性眯上眼。"你还知道点什么？"

"不多，就这些。"

"你说谎。你肯定在网上搜过，也打听过。"

"好吧！"她吸了一口气，缓缓吐出来，"光看面上的信息，你是不折不扣的混蛋，滥酒，行为不检，涉黑，坐过牢，妻子因此跟你离婚……之前我也这么认为，不过相处一段后，我发现好像并不是那样。相反，你有职业性，有同情心，并且，我觉得——你很可爱。"

"可爱？"他头一次听到这种说法。

"就是你调查案子时那种认真的样子，就像一个……孩子。以前实习时，我的指导老师说过一句话，我印象特深，她说判断一个男人是不是可靠，你要看他做事情——专注的男人最可爱。她说，这种可爱可能显得木讷，但那才是最值得信任的。"她一口气说完，脸颊忽而红了。

"当然你脾气也臭得可以。"她歪过头，继续说，"杨吉林一再警告我，千万不要问你这些事情。虽然我很好奇，你经历了什么，变成这个样子，又为什么到了杨吉林那儿，但我不会问你。我只想知道，你是怎么认识李立冬的？"

他将烟雾深深地吸入肺中，望着氤氲的江面。

"我不能单独回答这个问题。你刚刚提到了至少三件事，其实对我来说，它们是一件事。"

"你还是不想说吗？"她很失望。

"我可以告诉你，"他眯起眼，看着缓缓的江流，"我是怎么遇到他的。"

有阵子我犯了一个错，工作上的。上级部门对我进行调查，工作暂停。事情了结后，没回到原岗，而是被放到了内勤部门，一个闲差。那阵儿我有点自暴自弃。天天喝酒，就滥酒嘛，基本上没哪天是清醒的。有天下午，在酒吧，我喝得断片了。具体发生了什么事我也不清楚，或者是惹了谁，或者是被谁惹了，又或者是有什么早就看不惯我的哪些家伙——我得罪的人太多了，数不过来——知道我已经不是刑警了，而是一个捡不起来的废物，把我从酒吧诳出去，带上一辆面包车，好像是面包车，把我塞进一个麻袋——我在麻袋里居然还能睡着——带到了歌乐山的天池水库。当然，我完全麻木。这都是我后来才知道的。他们——大约多少人我也全无印象了——把我从车里拖下来，拿木棒抡，用脚捅。那次我晓得了，肉体也有很强的适应性，疼痛到了一定程度，就是机械反应，也不觉得多么疼了。我下意识想到，可能是被哪个我逮过的害过的人来报复了。他们好像也并不是真的想要我的命，只是要给我一点教训，或者泄愤而已，因为将我丢进水库前，有人把扎口袋的绳子扯开了——让我可以钻出来。

可是我压根儿就不会游泳。我被扔到水里，水灌了进来，从我的耳朵、鼻子、口腔里灌进来。前一秒，我还在想，就这样死掉似乎也不错，但当我大口大口呛水，缺氧，没法呼吸……我感受到前所未有的畏惧，我还是怕死，我怕死。我死命挣扎，但麻袋就像死神紧紧地包裹着我……

也不知多久，我醒过来了，非常虚弱，手脚麻痹，视线也模糊，但毕竟，我还在呼吸，我还能看到远处的树、近处的草，我嘴边都是水，草地上还有一堆呕吐物。但我并不能分辨我到底是在人间还是地府。

我翻了个身，看到一个人湿漉漉地坐在我旁边，用力地绞着自己的T恤。对，就是李立冬——我还是在电视上看到通缉消息才知道他名字的——是他从河底把我捞了出来，从阎王嘴里把我硬生生地拽了回来。

他忽然开口道：兄弟，你到底欠了多大的债，还是搞了人家的婆娘？

我呆呆地看着他，这个人清秀得像个小姑娘，个头很小——不知道他是怎么才能将我这么大块头从水底刨出来，又拖回到岸上的？

都不……

我一开口就剧烈咳嗽起来，咳得整个肺腔都在颤动，还有一些积水留在那里面。然而这咳嗽，身体积蓄的疼痛感使我真正意识到，日他坟！我还活着，真鸡巴有意思，老子还活着！不晓得咋搞的，那一瞬间，毫无预兆地，眼睛一热，泪就涌出来了。老实说，我不记得我曾为什么哭过，从来没有。但我在一个陌生人面前哭了，哭得稀里哗啦。这很怪。这真的很怪！

他也不劝我，更不安慰我。等着我慢慢平复下来。他给我几张纸巾，又点了两支烟，递了一支给我。

我擦了泪水。抽了几口，再次确认了这个事实：刚刚，就是这个人救了我。这种死而复生的感觉——你完全无法形容，这不是你丢了一样什么东西又被你捡回来。不是，这是真真实实的感受，你以为你死定了，但你还活着。还有比这更有意思的事吗？

我们在岸边坐了好一阵儿。应该说，是他刻意陪着我。

他的一盒朝天门香烟几乎被我们抽光了。他话不多，但他给我感觉却是——值得信任，我还从未这样毫无保留地信任一个人。他整个人就是一种怜悯——又不是让你不舒服的那种居高临下的怜悯。怎么说？这种感情我很难描述，我也解释不了。就像是一种走了很远，忽然碰上一个同类的那种感觉。

你是警察？他问我。

看我有点疑惑，他解释说：你的腰带。

算是吧。我说。

你居然不会游水啊？他问我。

我承认我不会。

他开玩笑说：下次，如果你再被人扔到河里，我告诉你一个办法，哪怕不会水也没关系，保管你能活，至少，能撑到别人来救你。然后他慢悠悠地——很认真的样子——教我：落到水里你不用怕，只要你能屏住气。那时刻要活命，就只一点，一定要屏息。人的身体相当于一个瘪的游泳圈，气虽然不多，但总归是有气的。你如果咬住，不呛水，相当于是抱着一个游泳圈，瘪的游泳圈那也是游泳圈啊。

他没问我其他的事。就像是一个很熟的朋友，他完全了解发生在你身上的任何问题。就像他完全知道我经历了什么、遇见了什么障碍，从他的神情里我能看得出来，而且他说话总是让你觉得挺有意味，也有智慧。

抽完最后一支烟，他将烟头弹到水里，告诉我，你已经死了一回了——不管你做了什么，不管你欠了什么样的债，也应该是还上了。说完，他带上收拾好的鱼竿和网兜，向我告别。

我问他的名字。他说，咋了，还想我再救你一回啊？

不是，我说，觉得有点难以启齿，但还是说了——兴许，哪天你有什么事了，我也能帮你做点什么。

他站在原地，忽然笑了笑：如果真是这样，我希望永远都没有那天。

"……这就是我跟李立冬相遇的整个过程。"他用力挥臂，烟蒂甩得远远的，掉落在裸露的岩石上，仍在冒烟，"接下来的事，你已经知道了。"

"原来是这样。"她胸脯微微起伏，低头沉思几秒后，问道，"你犯了什么错，要接受检查？"

"这跟我们现在跟进的事没有半点关系。"

"听你的意思，"何饭饭眨了眨眼睛，"涉黑好像并不是事实。"

"你没必要知道。"

"好嘛，"她说，"那我可不可以问，你为什么要离婚呀？"

"不可以！"他粗暴地终止了这个话题。

"不说就不说，这么吓人干吗？"她吐了吐舌头，"不过，我知道了，这就是为什么你肯屈尊到杨吉林那儿的原因。"

"'屈尊'这个词不太准确。"他歪着头想了想，"应当说，是杨吉林收留了我。他从警察学校毕业后跟我实习过三个月。人不错，很机灵。但没能留下来，但也不是坏事，他自个儿也干出来了。今年五月我被释放，已经臭得像一坨狗屎，只有他来找过我——"

"因为你的查勘能力和经验对他很有用。"她接话道。

"对，他这个行业是全新的，很缺人手，尤其是现场调查。他打听到我出来了，专门找到我，希望我能帮他对一些雇员进行行业务培训。我似乎也没选择的余地。"

"杨吉林说，其实很多时候他不需要刻意求你去干什么。他说，你对查勘是有瘾的。"

他吃了一惊，细想又觉得是那么回事。"大概吧，只有在任务中我才觉得自己还算是个人而不是别的什么废物。"

"当然不是！"她很冲动地挥出手臂，似乎这样可以打消他那脑子里消极的东西，"不过，我总算也知道了另一个秘密，你为什么在李立冬这个案子里表现得毫无原则。"

"毫无原则？"他反问道，"难道你不觉得有很多蹊跷吗？"

"但是，你也拿不出对李立冬有利的证明。"她回击道，"仅仅只是因为李立冬救过你，你就觉得他是一个好人，不可能是杀害任铁围的凶手？或者说，就因为你曾承诺过他？"

"我不用'好'或'坏'这样简单的评判词，人都是复杂的。"但他承认，"不过你说得对，这就是我接这个案子的原因。我对自己的判断力还是有自信的。"

"李立冬现在警方手上，马上就知道了，到底你是对的，还是错的。"

"很多人以为，当警察抓到人，意味着案件就结束了。实际上，对一桩案件来说，抓捕到嫌疑人仅仅才只是一个开端，还早着呢！除非……"

"除非什么？"

"你不知道的，警察自有一套办法。现在，"他甩甩头，仿佛想用力驱除什么，"你可以告诉我了，这几天有什么新的进展？"

"两边都有，任铁围和李立冬的。有好消息，也有坏消息，不知道你想先听哪个？不过——不管哪个，都得先去找饭吃。"她调皮地看着他，"你买单。我饿了。"

何饭饭每次领他去的餐馆都很特别。要么深藏僻巷，或隐于闹市。但比那些常见诸美食指南的富丽堂皇的餐厅，不知道鲜活了多少个层次。推荐语往往简洁，就那么一两句：哎呀，莫问那么多，你跟我走嘛。或者是，那个味道，不摆了。

这个小饭馆就藏在闹市长街，但恐怕少人问津，因为招牌挂在极为逼仄的巷口上方，甚至是手写的：七哥私房菜。七哥就是老板，也是大厨，还是丘二——整个店就他一个人，一角音响放着喜庆的节奏强烈的流行歌。她进门就问，"七哥，你家堂客呢？"那个在灶上忙活的粗壮黑汉转头回应道，"跟别人跑喽！"

她给他转述这段传奇故事：小学肄业的七哥，跟一队泥瓦工在南山做工，居然把师范学校一个有知识也有姿色的少女给哄骗到手了。两人在一块儿过了二十多年，有个儿子，大学要毕业了。

七哥端了一盘花生米出来，怔了半秒。"莫说了！她把我抛弃了。真的，离婚证都打了。"

看到七哥严肃的神情，他方才觉得——这并不是一个玩笑。

他忍不住说："老婆跑了你也不伤心。"

"伤心有卵用！你就是把她五花大绑逮回来，她的心不在，日子过得还有甚意思？"七哥杵在店堂中央，大声武气的，"跑就跑了，女朋友嘛，女的嘛，街上多得是，我还怕少了？"

他和何饭饭对视一眼，忽而会心笑了。有些人就是这样，天生散发着浓郁的乐观精神，你觉得天塌的事，他觉得凭肩膀还能扛一扛。

他把这个观点给七哥说。

七哥也笑："我再加一句，肩膀要是扛不动了，你干脆坐下来，好好生生喝杯酒，没得啥子是几杯酒搞不定的。"

说完，七哥兀自端起桌上的透明杯，将剩下的桂花酒一饮而尽，又梭回厨房忙活去了。

他瞟了她一眼，明白了这个事实，有些人对应这个世界的割裂和痛苦是这样子的。有些人就是这样的，活得极尽卑微但也有一种宽阔的豁朗。

第一盘菜是干烧鲫鱼，没装饰，没看相，但就是好吃——甚而你说不出它好吃在哪儿，只觉得就是舒适。还是她评论得准确，"在这里吃饭就像回家一样，他做的菜，就像是你爸妈做的，或者是你家族那些做菜好吃的亲戚长辈"。她告诉他，七哥从未在什么烹饪学校进修过，也没从过哪怕一个师父。这也不是什么天赋。就是天生好吃，喜欢吃而条件又不怎么好的人，总是擅于学习——而学习的目的只是为了犒赏自己。这个观点他颇认同。兴趣才是最好的老师。当然，七哥也是很聪明的，他的菜单上只有八道菜。大多就是每家每户寻常的菜品，但这八道菜，是七哥本人做了三十多年的，可以说，烂熟在心了，几乎成了他记忆的重要组成部分，是无论如何都难以出差错的。这就是"家常菜"，天天吃但也吃不腻的那些。

他很认真，也很细致地吃掉了一整条鲫鱼。这样才是对一个手艺人的尊重。

她看着他，拿筷子敲了敲。

"好的和坏的，你想先听哪个？"

他头也懒得抬："这取决于你先说哪个。"

"太无趣了。"她噘起嘴，"好嘛好嘛！那就先说一个让你感兴趣的吧——今天我又去了任嘉阳那儿，他看了我带去的那张打印件。他说，到办公室收拾遗物的时候没看到有这个东西。原话是：如果桌子上有这么一张纸，无论如何我也会注意到吧？还有一点，他说他还拿起茶杯看了一眼，他说记得茶杯下面好像没压着什么东西。原本，他想把父亲的茶杯带回去，但看到里面满是茶垢，有点嫌恶，就搁在那儿了——有价值吗？"

有，他认真地告诉她。

她笑了，带着一点满足和羞喜。

"那么，"他问道，"接下来，你要开始讲坏消息吧？"

"对，也不确定到底是不是坏消息。任嘉阳是礼拜一下午——也就是他父亲死亡第三天——去的公司，也没什么可带走的，就只有几本闲书，是任铁围生前看的，另外，还有一台手提电脑。任嘉阳开过一次电脑，他发现，电脑内存被清盘了。"

"嗯？"

她喝了一口老荫茶，解释说："就是格式化了。任嘉阳还特地打开电脑让我看了看，空空荡荡，什么都没了。"

他沉思了一秒："应该可以还原吧？"

"我觉得很难。"她摇摇头。

"至少能查到电脑格式化的时间吧？"

"应该可以查到吧……我有点搞不懂，任铁围干吗要把自己的电脑清空呢？"

"电脑的清空，到底是意外前还是意外后，搞清楚这个很重要，还有什么情况？"

"今天，其实我本来也去了张素娟那儿……她太忙了，连插话的缝都找不到。"她兀自感慨起来，"女人哪，做点事情也真不容易。"

这个他当然清楚。茶楼其实多半就是麻将馆，做的就是人脉。要稳定老客人，也要引入新客人。服务还要到位——很多时候，客人们的赌账你得先垫着，缺角时你也得顶上去，一个人要当作一支队伍来用。能做得下来茶馆的女人，基本上就是人精。张素娟就很精明，滴水不漏。

"哦对!"她又说道,"刘艳芳跟我联系了,约我们明天见面。"

"还有没?"

"就这些。"

"现在,"他将上身坐直,扭了扭头,脖颈骨节噼啪响了几下,"请你将这些信息综合起来,联想一下,谁——或者什么人,跟这些东西——打印件、电脑,最为接近,或者说最有可能。"

她迟疑地回答道:"任铁围办公室的物品,除了他本人,还会有谁?"

他提示:"是谁通知的任嘉阳?"

"这个,我倒没问过。怎么啦?"

他坐直起来,"现在可以大致判断的是,那份所谓的通缉照,并不是任铁围自己打印的。"

"你的意思是,有人打印了故意放在那儿给你看的?"

"我估计是。"

"难道不会是,他请别人帮忙打印的?"

"别人?"他反问,"你想想,谁会帮他?"

她有些迷惘地靠在椅背上。"欸,周老师,我发现了一个事情。"

他抬抬眼以示回应。

"我觉得吧,任铁围,李立冬,还有你,你们三个人可像了!"

"嗯?"他不理解这女孩究竟藏着啥包袱。

"我是说,你没发现么?他们都没什么朋友,一个也没,"她怜悯地望着他,慢慢说道,"你也是。"

送她到公交站的途中,她在副驾上喃喃道:"我还是想不通……"

他侧身看了她一眼。

"周老师,你这么投入,就因为李立冬救了你?"

他怔了一秒。

"不完全是。"他很轻易就打捞出那份回忆。当自己苏醒时，第一眼见到李立冬的那种感觉——一种非常确切无疑的感觉。那种亲切，还有信任，就好像可以把自己的什么都交付给他，正如他不计后果跳入水中将自己救起来完全不是为了别的什么那样。

"那是什么？"她追问道。

"我也说不清楚。就是觉得非如此不可。"他打了一个比方，"就像是一堵墙，那种整齐的空白让你特别想要钻进去。钻进去看看里面到底是什么。"

"哎，有点生死恋的感觉。"

他笑了。

"既然如此，当天你为什么不找他要个什么联系方式之类，过后也去找他，当面感谢什么的？"

"我要了。他给的号码是空号。"

她沉默少顷，说："对你来说，这件事是特别重要的；但对他来说未必。他甚至可能都忘记了你，也忘了救过你这件事。"

"或许吧，"他目视前方，"至少在我心里，我已经把他当作了朋友。"

"所以你一直记得他，你想救他。"她的神情严肃起来，"可是，你又能做什么呢？"

"做我能做的。"

她的眼眸里闪烁着好奇。

"我一直搞不懂，也有点好奇，男人之间的友谊到底是怎么回事。"

他抬眼看了看她。

"假设他真杀了人？"她继续说道，"又或者，为救他必须做一些违背原则的事？"

"一样。"

她似乎被这个答案镇住了。"就算你是警察？"

"这跟我是什么身份无关。你刚问我朋友是什么，我想反问你，为什么古人结拜时要歃血为誓？如果你把一个人当朋友，朋友就是誓言，誓言就是鲜血，你的血为我流，我为你流血。这不需任何理由，只要是应该的、正当的。"车子缓缓刹在街边，他一字一句说道，"人无诺，跟死了有啥差别？"

他走在九街。这是另一种世界，或者说这才是都市，潮男潮女的集群地，酒吧一条街，街边每一处酒吧门口，乞讨者成群结队，这么说好像也不甚准确，你要说他们是艺术家也成立，每个人都有拿手的才艺，其中好些都是老外——他们不傻，知道哪儿才有利可图。更精明的是酒吧的投资者，他们知道用这种白皮肤高鼻梁的老外更能吸引年轻人。总之，入夜后这条街就成了城市的华丽部分，炫目，狂放，红男绿女，激烈的电子乐、烟雾、威士忌、摇头丸。他进了一家叫作"夜巢"的酒吧，在那儿待到接近凌晨，随着某群人一同离开。

当回到家，已深夜两点。他在流泻的淋浴里站立了很久。他习惯在这狭小的空间，在流水里思考问题。温热的水流总能给他带来一种奇特的安全感，虽然这很奇怪，他甚至不敢下水，但他又迷恋这种水流冲刷的感觉。每晚他回家第一件事就是进到卫生间，水不仅能够洗掉他带回来的疲乏，并且让他拥有足够的神智，而这种清醒也是让他长久失眠的另一种原因。不过相对于自己的工作而言，足够的清醒比足够的睡眠更为重要。

半小时后，他裹着睡袍回到卧室——就像来到一个明亮的封闭世界。他在思考一个问题，正如何饭饭所说的，办公电脑、打印纸，都是出现在办公室的物件。而与这些物件相联系的人，应该就是公司的人，准确地说，有条件出入任铁围办公室的那个人。

——田家兴。

他双手作枕，望着天花板上的吊灯，发现银色金属边框上布满了蛛网。他很感兴趣地观察着那些蛛网，不大能理解，它们是用何样的方式进到自己完全密封的房间的？

窗外淅淅沥沥。雨丝正从一些看不见的高处向下滴落。

它们最为擅长寻找缝隙。

九

上午九点半，他穿着工作服，抱一个快件包裹走进江北国际金融大厦，这是一栋高耸的写字楼，伟达网络科技有限公司位于三十三层——他穿过格子间，径直走向最里面的总经理室——那面透明的落地玻璃就是阶层的体现，刘世伟在里面可随时观照到员工的一举一动。

他走进去将文件袋搁在桌上："您的快件。"

刘世伟——跟昨晚嘻哈的形象迥异，正装，严肃，不苟言笑——在电脑前继续敲打了一会儿，稍稍抬眼："搁这儿就行了。"潜台词是，你可以走了。

他站得更近一些，低声说："请你签收。"

刘世伟停下手头的事情，满脸疑惑——又很不满地——瞪着他。"签什么签？"

他提示："或者你先看看，文件袋没封。"

刘世伟不耐烦地拿起文件袋，抽出里面的物件，是一叠照片。看到它们时，他差点就从软椅上摔下去，脸色顿然煞白。"谁指使你拿来的？"

"没人指派我，是我拍的，然后我来还给你。"

"你是谁？"

"我是谁不重要。"他看着刘世伟惊惧的眼睛，"重要的是，我能为你保守这个秘密。"

"你他妈！"随后，刘世伟降低音量，狠狠瞪着他，"你想敲诈我？你知道我是谁吗？"

"哈，你是谁？以为我不知道你是谁呢？不就是一个小白脸吗？"他原地转了一圈，看着外面忙碌的职员们，轻轻说道，"但是他们，包括你老婆，可能就不知道了，原来你的业务这么好，都是你那个局长表叔给的，哦不，不是，其实，真正的幕后帮手是你表叔的二房，玩得挺嗨啊，看来你在床上挺下功夫的。"

"别——说了……"刘世伟赶紧求饶道，"你说，你要多少钱？"

"我不要你的钱，只要写几个字，你的秘密会烂在我肚子里。"他将手里的另一份文件抛过去，"我说话算数。"

"刑事谅解书？"

"对。都帮你写好了，你只要签个名就能换到这些照片，还有，"他将一个 U 盘拿出来，放在桌上，"这个。"

"谁雇你干的？可，"刘世伟摇摇头，"那个李立冬，他不是刚刚被抓了吗？"

"那你就不用操心了，你签名，我交货，两讫。"

"操！"刘世伟恨恨地将文件抓在手上，眼睛里几乎喷出火来。

"听我说，签吧！"

他弯下身，牢牢攥紧刘世伟的肩头。"别想着报复，别也想去欺辱人家妻女，我会盯着你。知道么，对付你这样的流氓，我有一万种更下流的手段。"随后他猛然撒手，拿起协议大步离开公司。

他驾车从停车场离开，路过收费亭前，将换下来的那身服装准确地扔到蓝色垃圾桶，踩着油门，将自己甩入到汹涌的车流之中。

收音机里女主持人正跟嘉宾讨论天气。"天啊，明天又阴——"她在追问，"真的吗？"嘉宾和蔼地说："真的，明天可能还会稍许出一点太阳，但后天就又是雨，接下来，嗯我看看，接下来这四五天大概都有雨……"

这时手机嗡嗡震动起来，他调低收音机音量。

"你在哪儿？"杨吉林问道。

他望着窗外。"我啊，我在社会上。"

"哎，说正经的，哥！"

"观音桥附近。"

"那正好，你顺便回来一趟，有事。"

"现在？"

"对，我在办公室等你。"杨吉林挂了电话。

进到办公室，他意外地看到何饭饭也在，蜷腿坐于茶桌边。

"什么事？"他坐在沙发上。

杨吉林给他端来一杯咖啡，绕回到大班桌后面。

"咦，不对劲啊，杨总什么时候改行当服务员了？"

调侃完，他瞟了一眼何饭饭，她脸上挂着一丝忧虑。

"说吧。"他拍拍沙发扶手。

"……是这样，"杨吉林说，"任铁围这个案子，不要再跟了。刚刚我给何记者也解释过了。"

他不理解地倾起半边身子。

"这是保险公司那边的意思，"杨吉林摸出一支烟点上，"其实也是我的意思。现在李立冬已经归案，就等警方出鉴定吧。"

他冷冷地说："你的意思是？"

"就是说，这个活儿了结了，"杨吉林从抽屉里取出一个卷宗，"给，我们有新的业务了。"

看到他纹丝不动，杨吉林尴尬地收回了手臂。

他瞟着杨吉林。"说点实话不行吗？"

"嘻！"杨吉林苦恼地揉着头，"师父，不是我想干吗，这是保险公司那边的意思，警察全盘接手，也没咱什么事了啊。"

他笑了。"还是不说实话。"

"说什么？"杨吉林黑着脸沉闷一秒，也来了脾气，"说公司那边对你有意见，说警察对你不满，说你干扰案子？"

"这不就结了吗？"他轻松地笑起来，"放心，我不让你为难。"

杨吉林愕然，随后抚掌而笑。"还是师父深明大义啊。"

"我是说，我退出公司。接下来的调查，将完全是我个人的行为，与安琪尔完全无关，有必要的话你登个声明，以免给你带来什么不必要的负面影响。"

"这，这，几个意思啊？"杨吉林急了，"就为一个案子，有这必要吗？"

"有，相当有。"

"为什么啊？"

"李立冬是我朋友。"

他大步离开办公室，留下一脸迷茫的杨吉林。回到车上，正要踩油门，另一边车门被拉开，何饭饭腾地坐了进来。

他板着脸。"你上来干吗？"

她白了他一眼。"我又不是安琪尔的员工。"

他笑了。

"走吧，"她指示道，"我还正要告诉你呢，刘艳芳催我们了，十二点之前她要回去上班。"

他和何饭饭穿过沙坪公园，沿竹林小径向湖边走。在人工湖岸的缓坡上，紧邻一座天主教堂的，就是国内仅存的一座红卫兵墓群，那些块石叠砌而成的灰墙，把墓园围成船形。而在湖岸的

125

另一侧，是露天茶馆，此时几乎没有什么人，一张张茶桌孤零零地守望着天空。刘艳芳之所以选择在此处见面，一是她负责的那间火锅店就在附近；二是这里比较适合密谈。冷僻，视野通透，一览无余。

他一眼看到了刘艳芳，一个敦实的男人陪着她站在湖边。当见他们走过来，那个男人说了句什么便匆匆离开。

刘艳芳将他们引到一张茶桌边，桌上放着三个盖碗，茶叶已泡了有一阵儿，茶汤发黄。一个塑料壳开水瓶搁在旁边。

"那是……"他望着那个男人的倾斜的背影。

"哦，是我们火锅店的后厨总管，恰好遇见了。"

这不像恰好遇到的时间和地点，但这种事不宜追问。这也不是他关心的问题。

"坐吧。"

刘艳芳拎起茶瓶为他们掺入滚开水。

他将随身的那份已签名的"刑事谅解书"放在桌上，推给刘艳芳。

她拿起这份文件，看着看着就微微战栗起来："你是怎么弄到的？"

"放心吧，是他本人签署的文件，具有法律效力的。先留着，可能会有用。"

刘艳芳的脸突然扭曲起来，眼泪瞬间漫了出来，她捂着脸，痛苦地说："要是早点有这个东西，李立冬就不会出这么大事了！"

"警察已经通知你了吗？"他问。

她点点头，抽泣着。"都是我的错，要是我不暴躁，不跟人吵，李立冬也不会伤人，怎么也不至于落到现在这地步。是我害了他！"

他端起水杯喝了一口，等着她。刚才第一眼见到她不安的神情就知道了，她有很重要的事情要告诉自己。

"说吧，"他看了看四周，"没旁人听得到。"

"我想了又想，还是觉得应该告诉你们，我有个预感，李立冬是犯过案子的，应该是不小的案子。"

他看了一眼何饭饭，心情不妙。

"你不是问过我，李立冬之前都是干什么的吗？老实说，我不知道。"她忽然又流出泪来，摇着头，"我什么都不知道。我经常问他，他也说，但是，他说的不是真的！没有一样是真的。"

"这样，把从认识他到现在你对他的观察，他的一些特别的行为，一五一十地，都告诉我。在警察追查他的过往之前。"

"其实我早就觉得不对了。刚认识他时，他说他是安徽人，后来有一次看电视，一个美食节目，他说那种蒸菜是他家乡的，小时候常吃。问题是，后来我发现那根本不是安徽菜。就那次之后，我开始察觉到，他对自己之前的描述都对不上号，以前跟现在的说法并不一致。他说是农村长大的，但他小麦和大麦都分不清，甚至连蓖麻都不认识。他说他没有家人，是孤儿院长大的，我问过他，是哪儿的孤儿院，他说了一个。我不久前也查了，根本没有……这么说吧，他给我说的很多事都不是真的。这么多年了，很多事情他始终瞒着我。"

"你一直就没去过他老家？"

"从来没有。"

"我看他的身份证是你们现在的住址。之前呢？"

"我正要说这个事，身份证是我们买房后在辖区派出所换的，现在回想起来我觉得是有问题的。我们是先办席，再拿的证。扯证时我发现他身份证上的年龄有点大，都三十三岁了。他解释说，这是以前为了当兵，找关系把年纪改大了几岁。为什么要改这么多，也说不出丁卯来，说是写错了。另外，登记照上，那张脸比他瘦，他说年轻那会儿是这模样。有段时间，我不是想离婚吗，背着他按身份证上的地址联系上了那边的村委会，回复是，李立冬家两个老人明明都在，活得好好的。但这事我没挑穿……"她停顿了一秒，"还有，他出事之后，我在他书柜里翻到了一个献血证。是，献血很平常，但他献了十年，将近七千毫升——这就有点怪了吧？而且，他为什么要瞒着我？"

"确实。"他揉揉鼻子。

"另外，原先我用他的电脑，发现他的收藏夹存着追逃信息网。"

"嗯？发现他具体搜了些什么吗？"

刘艳芳摇着头。"没，我也是回想起来觉得有点问题。"

他思忖数秒，继续问道："刚才你说他看到了那种蒸菜，叫什么名儿，是哪儿的？"

她的瞳孔收缩起来，似乎在脑子里使劲搜索："……好像，叫什么'三蒸'。"忽然，她眼里亮了一瞬，"还有，有次我们吃过桥米线，他说他老家镇上有一种糊糊米粉，这种小吃在别的地方是没有的。"

他看了看何饭饭，但美食专家表情茫然，显然对此一无所知。

"还有别的什么情况吗？"

"暂时没了。"刘艳芳迟疑着说，脸庞急遽哀伤起来，"周老师，你说，李立冬是不是已经捡不起来了？"

他没法作答。但他很清楚了，李立冬的身上必然存在不能揭开的一个黑洞。

刘艳芳还想说什么，但她手机震动起来。她接通电话，站起身走往湖畔围栏处。这时一行人从湖畔疾步走过来。他一眼就认出姚南，脸膛黢黑，目光阴鸷——但已没有回避的可能。他们应该是从火锅店追过来的。

何饭饭也发现了，这群人的阵势让她有点不知所措。

"别担心，"他告诉她，"是刑警，是来找刘艳芳的。"

姚南拐过来，挥了挥手，后面的人便下坡到湖边，手里执着证件，往刘艳芳而去。自己则径直走过来，站在他面前，居高临下："你怎么在这里？"

"我怎么就不能在这儿？"他毫不示弱。

"看来，你是完全不听招呼。你老板好像传话也没到位啊？"

"我已经没老板了。"他冷冷地说。

"噢？"

"今天上午我把杨吉林炒了。"

姚南咯咯笑出声——像啄木鸟在树干上发出的那种空洞的声响——"我晓得了，你是铁了心，油盐不进。"忽然收住笑容，"周天树，你到底想图个什么？"

"我不是都交代了吗？"

"为了李立冬？我觉得不是。"姚南冷冷地说，"我问过李立冬，他对你一无所知，他妻子也不认识你。"

"那你觉得是什么？"

姚南背起手，围着他转了一圈，又扫一眼何饭饭。"我觉得？你是想浑水摸鱼，是吧？你出来了，一穷二白，你想搞点事，弄点利益，是吧？"

他笑了，懒得争辩。

姚南弯下腰，直视着他眼睛。"要说你如果还是杨吉林那边的人，你掺和这个案子，倒也情有可原，现在，你已经不是保险调查员了，还死死咬着不放，你到底想干吗？你想从这里捞到点什么呢？告诉我，是谁让你这么做的？"

"谁？"他摊开手，"确实，没有谁。就是我自己。我好奇心强。"

"好，"姚南的脸色更加阴沉，抬头纹顿时折叠起来，"那你要小心，千万，千万，一丁一点，一丝一毫，都不要犯到我手上——"

"我知道，"他打断说，"我知道你的手段。"

姚南朝手下甩甩头，就带着刘艳芳一块儿离开了。小白也在当中，勾着背，装着不认识他的样子，躲避着他的眼神。

"你认识？"

看着他们走后，何饭饭问道。

"姚南。新上任的刑警队长，李立冬的案子是他在主抓。嗯，打黑英雄，"他伸手，示意茶倌来换水，随后又说，"当初，负责审讯我的也是他。"

"喔……"她追看那个背影消失的方向，"我看，他好像在警告你。"

他缩着脸，不想说话。

"可是，"她觉得不可理解，"我们又没真的妨碍他们办案，根本就……"

"你不懂。"他截住她的话。

"要是真有铁证的话，警察也没必要警告你呀。"

"迟早他们会拿到的。"他有些沮丧地叹了口气。

她忽然严肃起来："我记得你说，你能做多少就会做多少，但你现在这样，是不是要放弃了？"

他呆呆地看着她数秒，咧嘴笑了。

"你不是一直都说我是先入为主、主观意识吗？怎么，现在反过来了？"

她红着脸："那是之前嘛，现在我觉得，真的有很多疑窦。就像你分析的那样，李立冬为什么要杀任铁围？即使被发现，他也可以逃呀，干吗要杀人呢？再说了，如果任铁围真是想要得到一笔奖金，他跟踪就够了，他也报警了，怎么傻到去亲自抓人？还有，他的狗呢？我认真地想过，这真的不合理。"

"除非——李立冬有同伙。"

她摇头。"没看出这种迹象。"

"一切皆有可能。"他叹道。

她忽然低下声，忐忑地问道："当时你被关在里面时……是不是也遭遇了什么？"

他没说，但他的表情已经作了回答。所以她赶紧转换话题。

"对了，有件东西，"她翻找着手机，"今天上午任嘉阳在手机相册里翻出了一张夏天拍的照片，他刚传给我。"

他接过手机，这是他第一次看见任铁围：一副高大的骨架，体态消瘦，整个人松松垮垮的，但双肩端得十分平直——这是军人特有的显征，多年正步训练出来的印记。

"任铁围大概有多高，你觉得？"他问道。

"大概一米七六吧。"她回答道。

"李立冬呢？"

"通缉令上好像写了，我没注意。"

"我告诉你，李立冬——一米六五。"他说，"任铁围是机械性窒息——也就说，是被勒死的。只是现在不确定是皮带还是其他什么工具。一般，这种犯罪手段，多半是凶犯比受害者强壮许多，要么，就是熟人作案，受害人毫无防备。你可以想象一下，如果他们是正面遭遇的话，李立冬，一个矮小、文弱的书生，要怎样才能勒死一个比他高一个多头的，还是当过十几年兵的具有武力的人？"

"啊，还真是……"她深深吸了口气。

他将手机拿到眼前，眼神忽然炽热起来，指着屏幕，照片上任铁围牵着一条杂色吉娃娃。"你看这是什么——"

"那条不见的狗啊。"

"我是说，这根绳子。"

何饭饭盯着手机，合拢的嘴唇慢慢张开。

他会心微笑，就是它。

"你是说——"她也意识到了。

他站起身说，我去一下。

"哎！你去哪儿啊？"她着急地叫起来，可他已经走远了，像一阵风那样。

他开车去了交管中心。

这一趟耗费了将近四个小时，但很值得。拷贝文件出来，他给何饭饭电话。她还在为被甩掉生气，声音里藏不住那种委屈。

"干吗？！"

"晚上一块儿去捉蛇？"

何饭饭马上懂了，转怒为喜。"好啊！咱们在哪儿碰头呢？"

他略微思索了一秒。"就在磁器口吧，码头那儿我记得有一间茶馆。你不用赶，慢慢来。七点左右咱们在那儿见面，先吃饭。"

沿正街往江边走，行至龙隐门，在石梯坎右侧，可见醒目三个大字：码头会。边上站着一二十岁左右的伙计，一对男女刚走近，就作揖相迎，把抹布往肩膀上一甩，亮开嗓子招呼："大爷、小姐，各一位。"这就是码头，男的一律称大爷，女的则称小姐。

作为一座悠久的水码头，磁器口最富特色的一景便是茶馆——码头上的茶楼都兼有多种功能，是茶馆，也是餐馆，还是曲艺书场。当然更是各色袍哥大爷的堂口，是谈买卖议事的地方——还是民间法庭，在法律并不完善的时代，大部分的民间官司都是在这种地方完成的。当年，那些水手、袍哥大爷、社会贤达都爱出入此间，最受欢迎的是说书，茶客络绎不绝，座无虚席。人缝里是报童和兜售瓜子花生的小幺妹。码头茶馆的高潮是晚上——能在黄金时间登台说书的人，都是上品高手。码头会就是这样一间茶楼，既可饮茶喝酒，也能听戏看演出。

何饭饭进来时，戏台上正表演变脸吐火。小二将毛血旺端了上桌，满满一大盆，汤色红亮，麻辣鲜香。

她坐下，抽出筷子挑出一根土黄鳝，颇为满足："嗯！就是这个味儿。毛血旺还是得到这儿吃。"

他没想到为图简便点的毛血旺——这么寻常可见的菜竟意外得到她的赞许。

"有什么讲究不成？"

"告诉你吧，毛血旺的故乡……"她伸着筷子头，"就在这片码头。"

这他还真不知道，但觉得她过于夸张了，说，全国到处都是这个，滥大街了。

她噗嗤笑出声。"您可别闹笑话了。我只能说，你熟悉的只是这个菜名——实际上，也许你连菜名都不一定理解，比如毛血旺的'毛'，是啥意思？这个'毛'字，就是泾渭之别。"

"有什么不一样？"他的好奇心被调动起来了。

"外地的'重庆毛血旺'，制法是这样的：先熬好火锅汤汁，然后把鸭血、午餐肉、黄豆芽等原料大杂烩似的煮成一锅，简便、快速。但是，磁器口毛血旺先是熬好杂碎豌豆汤，把鲜生猪血旺入汤锅内烫好，盛在盆里，然后加入糍粑辣椒、姜水、蒜泥、葱花、味精、胡椒粉，最后舀上豌豆、肺片、肚片、心舌片、肥肠盖面。再将滚烫的热油及干椒、姜、蒜粒淋在盆内，才算完成。这个区别看出来没有？"

"没有。"他老实说。

"哎，笨！外地'毛血旺'一锅煮，本质上就是经济简易小火锅啊，有形无魂。何谈'五味'？毛血旺必须淋滚油，而且重油，"她指着那钵铁盆，"因为断火后，必须要维持一定温度，才能持久保存毛血旺麻辣鲜香的味道。懂了吗？"

他若有所悟。"懂了。但你刚刚说那个'毛'——是啥意思？"

"就是'生'的意思。既是指原材料是未经加工的，也是一种制作方式——毛手毛脚，意思是，啥都可以往里放。"

"好吧，"他摸了摸鼻子，"跟你再多待几天，我也成美食家了。"

"哎，周老师……"她不再闲扯，低声道出自己的忧虑，"公司门口明明是有门卫的，还有监控，高高的围墙，咱们怎么进去呀？"

"这你就不用操心了，论吃，你是内行；但偷鸡摸狗嘛，那属于我的专业范畴。"他咧开嘴笑，"你得多吃点。"

两个小时后，她才理解这句话的意思和笑容背后的那丝狡黠。

饭后他们在酒吧闲坐了一会儿，随后他领她拐进横街，右拐，往江畔步行。约五分钟后，他们到了乱石岗。当看到江边那盏飘摇的马灯，她顿时就明白了——什么是老司机？这就是！不服不行。她气喘吁吁。"亏你想得出来！"

事实上她也想过，从公司正门没法进到厂区，除非你给看门那老头儿下迷药。即使半夜扒墙进去，也只得一条大路可走，难保被值夜的保安看见，再说还有监控呢。她想不出来。他的办法是，提前来跟船夫协商好，付了酬劳，租赁渔船，趁夜黑划到九石缸那截，轻轻松松就进来了。踏上江岸就是厂区——那堵一米多高的围墙只能拦住短腿的狗。他戴上手套和口罩，给了她一套。将事先准备的工具包甩到里面，扳着墙沿轻轻一跃就翻过去，把她拽过来。

借助电筒，他们很快就找到了那根狗绳。他将它小心拿起放入卫生袋密封起来。随后踮起脚尖，在沼泽地轻轻蹚来蹚去，俯身，几乎将鼻子贴近水面。几分钟后，他确定了位置，让她蹲下掌着手电，自己则用铁锹向下挖掘。渐渐地，她感受到了那股味道——虽然戴了口罩，但仍旧强烈，像是臭鸡蛋，又有些像沼气，还有一种陈旧腐败的粪便味。当他从沼泽里将死狗提溜出来，那种味道瞬间就叫她大脑暂停。她嗓子本能地"呃"了一声，差点就吐出来。这是她第一次知道，原来高浓度的臭味甚至可以切断你的脑神经。这就完了吗？并不，他让她凑近点，灯光再稳定点，用手掌在这具高度腐败的尸体上轻轻滑过、按压——不光臭，而且辣眼。她眼泪都被刺激得流了出来，哇地吐了。

返航时，她吐了一路——晚上享用的各种美食统统都还给了自然——直到胃里什么都吐不出来，虚脱地靠着船沿，像是重病初愈。

他开车到鉴定中心楼下，让她在车里等着。待李晓波电话响了两声，再挂掉——也是下午就联系好的。

李晓波随后下楼，两人在暗处吸烟。好几年没见了，但他知道李晓波会帮这个忙，毕竟老伙伴，这点默契还是有的。

"牙齿上有血渍。"刚刚他已仔细检查几遍，狗尸已变质严重，皮毛上很难检查到有效附着物。但口腔里存有微量血渍——他已取样。还有那根狗绳，他从口袋里掏出卫生袋。

"好，"李晓波接过来，"还有别的事没？"

他想了想，但欲言又止。

李晓波吐出烟雾，它们循着光线而散。

"说吧，趁我还没反悔。"

他低语道："关于任铁围的鉴定……"

李晓波沉默了几秒，重重吸了一口，将烟蒂甩在地上。

"头上，身体，都没有明显伤痕，颈部喉结附近的舌骨骨折，应该是用皮带勒死的。"

他"哦"了一声。

"另外，检测胃部时，测出了铅毒。但跟他的死没关系，应该是之前食物中毒什么的,有毒素残留。"李晓波用脚底将烟蒂揉碎,"我上去了,你也要小心。上头已经把这个案子定性为重点案件了,你也知道是谁在主办。"

他点点头。"最后一个事,"他问,"皮带还没找到?"

李晓波没有作答,但这沉默几乎就是答案。

他回到车上,看着萎靡的她:"要不,咱们去整点宵夜?"

她哇地打了一个干哕。接着,她说:

"去啊!干吗不去?"

他并不饿,但需要一种嘈杂的环境让自己得到一点缓冲。坐在熙闹的夜市当中,他不禁开始佩服起眼前这个大口吞咽啤酒的女孩。她有一种看不见的韧性,这种韧性就像一种轻盈的隔绝物质,能够涂抹在某个地方而使她忘却刚才的痛苦。

她昂着头:"我吃相很难看吗?"

"不难看。"他说。

她勇敢地抓起另一把烤串——那种叫作"骨肉相连"的肉串。

"受点罪是值得的,至少我们知道了,任铁围的狗死了。"

"而且,很可能是跟任铁围同时死的。"他补充说,"狗的头部被击打过,但真正的死因应该是窒息。被埋在沼泽里闷死的。狗脖上也有被勒的痕迹,与任铁围被害的方式相似。"

"还有,这条狗不可能是李立冬弄死的——如果他就是凶手的话。"她将铁签放入垃圾桶,脸色凝重,"谁干的,为什么要杀一条狗?"

他喝了一口啤酒,感受着它们缓缓流经喉咙,"为什么弄死它我还不能百分百确定,但是谁弄死了它,我大概已经知道了。"

"谁?"她很急切。

"你还记得我们第一次见到田家兴吗?"他看着暗处,那里有只猫耸立着背脊，从草坪里穿过，"好好回想一下。"

她认真回顾片刻，泄气地摇头。

"他手臂上的抓伤，是动物利爪的抓痕，"他说，"上次，门房老头儿告诉我，田家兴每天都上医院，而且这不难查证。"

"怎么查？"

"如果你被狗咬伤或抓伤，你第一件事会做什么？"

她恍然大悟。"我会去打狂犬疫苗。"

清晨六点，他忽然醒了，醒得非常彻底，就像有什么将他拽出来，没一点拖泥带水。他躺着，发现自己有几天没做噩梦了。这是个好消息吗？也许是。至少现在是。被噩梦缠绕让他乏力、虚脱，就像昨晚的她，吐不出来，但呕吐的惯性却强烈地存在着。而此时，因为幸运地得到深睡眠的原因，他的身体、四肢，包括呼吸，都是舒畅的。往往如此，压力在重压你的同时也让你充盈，这是本能，你的内部充满弹性。他发现，这样的时刻人的听觉更为敏锐：很远的公路上，车流的声音是混沌的，但小区里，老人咳嗽的声音很近，树木是静默的，但围绕它们的鸟儿的鸣叫是清脆的……这个世上没有谜团，根本没有。一切都是清晰的，前提是你要获悉它的途径，就像窗外的树冠，你站在下面仰望它是混沌的，但你搬个梯子爬上去，它的内部，附着的鸟巢、疤印、枝节，就是一目了然的。

他有预感，故事到了收尾的时候。

不管故事如何开始，从哪处开始，它总有一个尽头。

十

周五。十一点四十，田家兴驶离公司，拐了一道弯，经过三个红绿灯，降下车速，缓缓拐入右侧路口——将车停在烈土墓广场。下车后，田家兴点了支烟，将空烟盒扔到路边，沿街步行，走了百米左右，闪身进入新世纪超市，出来时，胳膊里夹了一条天子烟，叼着烟继续往坡上走，不一会儿到了香满阁冷锅鱼门口——张素娟站在梯坎上，手机贴着耳朵，正与谁通话，侧眼看到田家兴，她腾出一只手挥了挥。田家兴走近后，很随意地将手搭在她腰间，她转了转身，指着店堂——示意他入内就座。田家兴仍站在原地，吸着烟，在她背离自己通话时，有些轻佻地从背后打量她的腰与臀。一分钟后，她收了线，剜了田家兴一眼，说着什么，两人一同走入店堂。

　　几位食客过街而来，拥入餐馆，他跟着蹿进去，穿大堂，往洗手间走去——经过牡丹厅时他瞟到了目标。包房里除了张素娟和田家兴，还坐了三四个人。他扯了一把卫生纸，杵在过道，慢慢擦拭湿淋淋的手，竖耳听着包房里传来的纷乱言语——有人在跟田家兴打诨，"恁个高端？你娃儿到底是发了啥子横财，都抽天子了？"又揶揄道，"别人买是买一包，你是动不动就拿一条。"田家兴回捋，"嘿，天子算啥，老子以后改抽软中——欠死你娃儿。"还有人提到，"老田啊，原来打个一二四，我老是怕你犯心脏病，整个手指都打抖，现在打二四八都还嫌小？你狗日的是不是把机床都拖出去卖了？"

　　……

　　"好好，到了？那我去门口接你。"张素娟握着电话站起来。

　　他提前一步离开餐馆，走到对街，站在学校门口的石狮子旁。四十分钟后，这群人酒足饭饱，从餐馆出来，步行三四分钟，鱼贯进入街边的"晴朗茶楼"——这就是张素娟经营的茶馆了。田家兴没待多久，持着手机出来，驱车回了公司。

　　他在路边停了十几分钟，扭转车头。他在地下商场过道里找到"董小面"——何饭饭坐在乌暗暗一群食客当间，周围全是哧溜的声响。他毫无胃口，胡乱塞了几口，出到外面抽烟。

她乘着电扶梯缓缓出来。"不好吃吗？"

"我不喜欢待在下面。"

没被囚禁过的人很难理解那种对幽闭的排斥与恐惧。地下甬道逼仄的空间里塞了太多的人，空气比地面浑浊，说话时总带着一些混响。因此，回到地面后他感觉自己像是丢下了一种难受又贴身的包袱。

"那，"她抬眼看了看，"我们找个地方坐坐吧。"

他们坐在步行街水幕广场的露天茶座。成千上万的人在身边来来往往，但没谁真关心坐在此处的人在说些什么、想些什么，这让他感到很轻松。

坐在靠椅上，他又掏出烟盒。

她将烟缸推到他眼皮下。

"跟你预料的一样，"她表情复杂，"我去了防疫站——的的确确，田家兴一大早去打了狂犬疫苗，做了消毒和破伤风处理。因为是国庆节第一天，所以医生还记得。病历我拍了照。"

他接过她手机，看了几眼，还回去。

"现在情况就明朗多了。"他停顿了一秒，"狗是被田家兴弄死的。至于是用什么勒的，也许很快就会有答案。"

"用什么勒的很重要吗？"

"对办案来说，没什么比物证更关键的了。这也是为什么现在李立冬还无法定罪的原因——要找到凶器，这个案子就该结案了。"

"你的意思是？"

"我怀疑，任铁围跟这条狗是同一时间段遇害的，并且死于同一方式——所以，物证也是关键的关键。"

"田家兴为什么要弄死这条狗呢？"她皱着脸，思索着，"会不会只是巧合？又或者，任铁围死后，那条狗跑回公司找他，结果咬伤了田家兴？"

"田家兴告诉过我，任铁围死亡当晚，他先是跟同事们聚餐，接着又去了KTV——不过，"他迟疑一下，还是说了，"我后来去调取了路面监控，事实并不完全是田家兴说的那样，他中途开车回过公司。"

"呃？"她显得有点震惊。

"他的车很好认，屁股后面贴有两只银色的壁虎标志。"

"田家兴？至少现在我们可以确定，杀狗的不是李立冬，他不可能同时出现在两个地方。只是……他为什么要这样做呢？"

"可能有一千种，"他摊手道，"但事实只有一个。"

"我们是不是应该赶紧将这些信息上报给警方？"

"还不到时候。"

"还要到什么时候？我们有田家兴的就诊信息，有在案发时段的影像记录，还有狗的尸骸……"

他打断她。"这些东西不能坐实什么，也无法完全指证田家兴与任铁围遇害相关——这些信息过早暴露，只能让我们自己陷入被动，事情更加复杂。"

她有些茫然。

他又点上一支烟，盯着她。"你猜猜，田家兴中午跟谁一块儿吃饭？"

"这怎么猜得到？"

"你见过的人。"

她脱口而出："张素娟？"

"你怎么猜到的？"他愣了。

"直觉，"她笑，但笑得有点苦涩，"怎么，他们之间有什么？"

"不清楚，"他仔细回溯之前的所见，"感觉他们比较亲密。怎么说呢，有点暧昧。"

"要真是这样，田家兴就有了作案动机。"她倒吸一口气，"你是不是觉得，张素娟跟这个案子有关系？"

他摇头。"再跟跟吧。"

"那好，我约了任嘉阳，把任铁围的电脑拿给一个懂行的朋友，看看能不能复原。"她补充说，"我自己去就行。"

何饭饭爬上楼顶，看到房门虚掩着。她停顿了一秒，对这个微小细节有点感触：一点点暖意，也有点不知来由的怜悯。她轻轻敲了下，没有回应，便径直推门走了进去。客厅里弥散着茶香，热气从透明的玻璃水壶口袅袅升起，泡的是茉莉，还细心地加了几片黄菊——一个干净的空杯子放在一旁，显然是为她准备的。但任嘉阳没在。

她在房间探视一眼，走到阳台上，看见任嘉阳低着头，瘦削而孤单地坐在简易床上。

"你怎么把你爸的这张床打开了？"她走近前说。

"嗯。"他回应着，但语音低沉。

"怎么啦？"她坐在他身旁，挨得很近。

"我妈要把床扔掉，"他抬头环顾周围，"还有一些别的，他的衣服啊什么。"

"这很正常，都这样。人走了，一些用不上的东西就要扔掉，不过，"她松了一口气，"你可以找几样保存起来，作为纪念。"

"我整理了一些，他的吉他、钓竿……"他停顿一下，忽然说，"我恨他。"

"为什么这么说？"

"原来我恨他，是因为他让我觉得丢脸，现在我恨他，是他连一句话都没给我留，就这么走了……"

"我理解，我能理解。"她靠过去，握住他的手。

"昨晚我梦见他了。他活着的时候我从来没梦到过他。"

"我也是，"她松开手，试着安慰他，"我父亲死了之后，我常梦到他。不过，他死得早，所以在梦里他基本上没有脸孔。"

"我们说了很多话，在梦里边，"他呆呆地沉默了几秒，"但他活着的时候，我们几乎不怎么说话……其实，是我不愿跟他说话。"

"父子之间，都是这样的。"

"我跟他打过架——我还给同学吹嘘。现在回想起来，不是他打不过我，而是他不想伤害我。"

"你能这样想，我觉得很高兴。"她凝视着他，那双眼迷茫，哀愁清澈可见，"这说明你真的长大了。"

她的夸赞让他有点羞赧，又似乎得到了什么鼓舞，任嘉阳站起身来。"对了，你先喝杯水吧。我去拿电脑。"

任嘉阳回到卧室后，她走到书柜前打量，看看有没有什么被疏漏的东西——刚刚来之前周天树如此提醒。这里被整理过，第一次看到的那些自制的鱼漂、鱼饵罐什么的都不见了，也许被当作垃圾处理掉了。这让她能够更清晰地浏览书架上的内容，那些层层叠叠的书籍，都是任铁围生前所翻阅过的，就像某种隐形的秘史，能够提供一个人的趣味。的确有所发现——书架的书大约可以分为几个部分：一种是资料工具书；一种是老旧的流行读物如《红岩》《平凡的世界》等；杂志的体量最大，军事类刊物居多，如《兵器》《世界军事》，都是陈旧的兴趣了。近些年他看来没怎么购书，除了一套上下册的《亮剑》，横放在最右侧，明显是盗版。书架前还有一摞日本推理小说，什么《爱的成人式》《空中飞马》《假面山庄》《金田一探案集》……她从当中随意抽了一本，一个册子被带出来，掉在地上。

她捡起这本厚厚的书，《每天一个谋杀故事》，书被翻得略显蓬松，里面还裁了几页。

待任嘉阳抱着电脑过来，她好奇地问："你爸还看这种书？"

"这都是我的，架子上那些旧书才是他的。"他说，"姐，你要拿走电脑是干吗？"

一声"姐"叫她脸红了一瞬，有点不自然。

"我想请人看看，兴许里面有一些可用的材料。"她撒谎了。

"这样啊，"任嘉阳说，"那我试试吧。"

这个回答是她始料未及的。

"你？行么？"

"我试试，"但他语气又是坚决的，"应该可以，这不是什么高科技。再说，反正我一个人待在家里也是无聊。"

听到最后一句她忽然就理解了，其实这个小男孩是希望以这样的方式挽留她——他害怕孤单，他渴望有人，比如她，可以在这孤寂的房间里多陪他一会儿。或许，他更怕的是她在得到自己想要的东西后不会再来了。

下午四点一刻，田家兴从公司出来。过桥，停车，从街边ATM机取了一叠钱，大约两千。

他远远看着。如果能查询田家兴的银行交易，事情就会简单得多，但自己已不再拥有这种权力。同时他也渐渐适应了这种转换——不是从警察的鸟瞰广角而是从一种平行的——完全普通人的——视角来进入和解决问题。

取完钱田家兴往陈家湾方向继续开，六七分钟后，他将车停在街边，进了肯德基，出来时，提着一份全家桶。接着又驾车往回走，最后把车靠在磁器口古镇牌坊对岸，钻进巷口，人就不见了。他跟进去，发现是一个居民社区，一栋栋查看也没见到田家兴。这时，一个接一个中学生走过来——社区里怎会有学校？他在人群里逆行，穿过小路，走到社区背后，眼前豁然开朗——在坡坎下面，是一条溪流，上面是一座小小的拱桥，通过这座石桥，一条小径穿过田野，将一百多米外的一座校园连接起来。孩子们三三两两地从一个铁门里钻出来。他环顾了一眼，赫然意识到这就是二十八中，这是学校的后门。

他重新回到社区，找了一个合适的藏匿处。

不一会儿，田家兴——身边多了个男孩，手里捧着他刚买的全家桶——朝这边走来。

他正要侧身走出楼道，忽然心头一凛。一个落落寡欢的女孩无精打采地从眼前走过。是李立冬的女儿。她叫什么？李……婉梨，对，李婉梨。

他跟出来时，田家兴的车已开走，李婉梨往左侧公交站而去。手机震动起来，杨吉林打来的。不屈不挠——持续嗡嗡震动。他只得放在耳边。

"师父，"杨吉林说，"晚上一起吃个饭。"

"不空。"

"有事儿，必须得见面说——不是我请客，小白订的。晚上七点，北滨路，江枫渔火。"

他沉默了一秒。"好吧。"

任嘉阳坐在电脑前操作，动作熟练。何饭饭问，能够恢复吗？

"我先下载一个万能数据恢复软件，"他埋着头，"一般情况下是没多大问题的。"

"嗯？"

"这样说吧，电脑硬盘就像是一张白纸，你下载的软件、你保留的文件，就相当于是写在纸上的字，如果清除硬盘，好比是用橡皮把纸上写的字擦掉，但是——"

她脱口道："也就是说，不管你怎么擦，纸上总要留下一点痕迹的。"

"也不一定，"任嘉阳看了她一眼，"如果删除文件足够专业，硬盘是不可能恢复的。"

"怎么说？"

"只要把硬盘格式化一次后，往里面再存大量文件，再格式化一次——就像是在手写纸上重新覆盖一层字体；或者是，把硬盘低级格式化。这样，硬盘里的文件基本就找不回来了。除非是用那种顶级专业设备。要保证别人不能恢复硬盘数据，必须格式化十次后删除所有分区！重新分区成一个大分区，然后再格式化十次！这是最资格的情报删除标准。"

"你从哪儿知道这么多？"她有点诧异。

"都是小说里看到的。"他有些得意，又有些腼腆，"我爸不可能很专业。我们试试就知道了。就是下载软件有点慢，得多等等。"

望着眼前这个男孩，她心底忽然涌出一层温柔的成分。任嘉阳看起来像是浑身长着刺，冷漠，排斥周遭一切，对外界毫不关心，实际上，他并不封闭，也不冰冻，相反，他比更多人更渴望情感的触接。他也值得拥有更好的生活。

"对了，"她想起来，"今天中午田家兴跟你妈妈一块儿在吃饭，他们很熟吗？"

"算是很熟吧，"他回答道，"以前田家兴经常来我们家，喝酒啊，吹龙门阵。后来跟任铁围闹翻，再也不来了。"

"因为什么原因呢？"

"不清楚，"任嘉阳摇头，"不过，他跟我妈关系一直不错。茶馆有时差角，我妈就给他打电话，喊他来参个角。今天是……我妈叫了一些朋友吃饭，主要是商量一个事。她叫我也一起，但我没去。"

"什么事？"

"丧葬的事，"他说，"公安局通知我妈了，要我们尽快去接收
遗体。"

天由淡墨变为深黑。霓虹次第燃放开来，尤其嘉陵江两岸，
辉煌的灯火投射在黝黑的江面上，形成一种凝滞的油画感。当然，
也不全然是静默漆黑，岸边停泊了十几条趸船，每条船都同样通
体透明，金碧辉煌——隔很远就能听到从船上传来的喧嚣，夹杂
在稍带腥味的江风里。在船上吃鱼，或者吃船鱼，是所有江城的
特权。虽然那些从水里捞出来的其实并不是什么野鱼，但在微微
摇晃的趸船上，即便是假的江鱼，也会叫人产生真实的感受。环
境和背景总是比内容重要，世事如此——或者说，越来越如此。
他绕下江滩，将车泊在坡道旁——挨着杨吉林的那辆丰田越野，
径直朝"江枫渔火"走去。

走进包房，杨吉林独自坐在长背凳上，苦着个脸。

"小白呢？"他问。

"他让我们不用等，"杨吉林示意他先坐下来，"说不一定来
得了。"

小白和杨吉林是同期跟随他在警队实习的同学，所不同的是，
小白留下来了。相比张扬的杨吉林，小白更加沉稳，谨慎踏实，
但这也限制了他不可能有什么出挑的地方。某种意义上，这种个
性在集体里更易生存，不显山不露水，无害。他被调往新区分局
后，小白也从派出所调入区局刑警队——不刻意翻看档案，现任
领导不大可能知道小白与他的同事关系。

他拉开椅子坐下，服务员端着一个铜盆进来，满满的红色汤
汁，青碧色的黄辣丁显得尤其鲜嫩。

杨吉林拧开一瓶五粮液，歪着头看他。

他挣扎了半秒，抓起茶壶给自己倒了一杯水。

杨吉林往杯子里倒了大半杯白酒。他告诫："等会儿你还要开车。"

"这点没事，"杨吉林将酒瓶放回桌上，有些凝重，"师父，你是不是遇到什么麻烦了？"

他从盆里夹了一条黄辣丁放到碟子里，忽然警觉起来。"小白给你说什么了？"

"不是不是，"杨吉林快速摇晃着头，"我就觉得有点儿预感不好。风声鹤唳。"

他将主刺挑出来放到渣盘。"你听到了什么，谁来找你了？"看杨吉林左右为难的样子，他问，"不好说？"

"是说不好。"杨吉林点上烟，眉头皱成川字形，颇为苦恼，"最近有几拨人来打听你，都是云山雾罩的，所以我才问你——是不是惹上啥麻烦了。"

"几拨？都是些什么来路？"

"问了，邪门！就是摸不到底。我也不知道背后到底是谁——都他妈是人托人，"杨吉林喷出烟雾，手掌一挥，"不过，你怎么连警察也惹上了呢？"

"小白告诉你的？"

"不是，他队长，姚南给我打了个电话，让我转告你——你晓得，那个狗日的很讨嫌，说话张狂得很——说要你离他的案子远一点。"

"我们已经打过照面了。"他苦笑。

"哎我说，"杨吉林低声问询，"这个案子，我觉着没什么毛病啊，你干吗一直追着不放？"

"你不懂。"

"我是不懂，"杨吉林急了，"你说是你朋友，但事情就是板上钉钉的啊，你还能翻案不成？"

"嗬，怎么还吵上了。"这时，小白出现在包房门口，先给他打招呼，"师父，好久不见了。"

待小白坐定，他问道："怎么，你也是来劝我的？"

"老实说，"小白苦笑，"我倒是想，但你能听我劝吗？"

说完小白瞟了一眼，杨吉林随即意会，抓起烟盒和火机。"我出去打几个电话，你们先吹。"

杨吉林出去后，小白起身朝外面张望一眼，谨慎地将门带上。

他问："姚南让你来的？"

小白摇头。"他不知道我俩认识。"

"那你担心啥？"

"我担心你啊，师父。"

"怎么说？"这话背后有玄机。

"我不能说，你知道的。我只是想告诉你，这个案子是定调了的，甚至，"小白忧心忡忡的，"真正做主的也不是姚南。反正，你没必要掺和进来。"

他马上清楚了小白的来意，这个案件背后，还站着更高层次的领导。

"不就是一个普通刑事案件吗，"他拿起火机，点了支烟，"怎么领导也这么关心？"

"局里压力很大，"小白说，"你想想，市里正在打黑，这个案子又被媒体捅了，舆论起来了；再说，现在市、区都有重点园区项目在全球招商，本来招商就不顺，不就成背锅的了吗？有人提出，就是这种案件影响了城市的招商形象。听说，市局大领导暴跳如雷，要求限期结案。"

"那么，案子有进展吗？"

"你知道我不能说。"

他换了一种说法。

"李立冬现在怎么样——这个总能说吧？"

小白犹豫了片刻："情绪不是很稳定。"

"呃？"

"我感觉他这里有点什么问题，"小白点了点太阳穴，"很容易激动，控制不住。"

"什么状况？"

不难想象，出现极端的情绪和行为，也说明李立冬的精神状况——已经脆如薄纸了。

"李立冬，到底跟你什么关系？"小白却反问道，一脸严肃。

"朋友。"

"朋友？"小白瞪着他看了几秒，似乎在竭力分辨这个词语的真实性，终于告诉他实情，"受审时，他反应很激烈，狂躁，完全不配合，几次有自损的举动，"随后他摆摆手，"当然不可能成功。"

他心悸了一下，忍不住问道：

"他应该是认了吧？"

小白没作答。

"应该是这样。他认，但是他交代的又跟现场对不上。还有，那件凶器也始终找不到……"他玩味地摇晃着酒杯，"咱俩不是外人，你不觉得，这个案子疑点太多了吗？"

"但他也没法自证清白。"小白打破沉默。

"我能猜到。"他嘲弄地回应道。

"你有所不知，"小白说，"虽然李立冬的交代跟事实有些出入，但在现场那租屋里提出大量他的指纹。"

他愣了愣，问道："任铁围命案当晚，他也在那儿？"

"他当然不承认。"小白说，"这个也不重要了，因为，他交代的藏匿处离现场也不远，基本上就在同一方位。"

他立即想到了凤凰山上的那些旧房子，李立冬真的藏在那里——既然这样，他为何又在山下那间房里留下大量痕迹呢？

"就算是这样，"他告诉小白，"虽然我没有明确的证据，证明李立冬无罪，但是我有明确的线索，证明还有其他人牵涉在内。"

"谁？"

"我也不能说，"他顿了顿，"但是快了。"

"好吧，看来你是铁了心，油盐不进。"小白站起身，"我是溜出来的，警队都在加班。我就是想提醒你，现在大环境不好，别跟姚南硬碰，他现在满身都是汽油，一点就着。你——注意自己的安全，要小心。我先走了。"

一会儿，两人也下了渔船，分别点上一支烟，缓缓走向自己的车。

上车前，杨吉林忽然想到什么，侧身说了一句："哦对了，那小丫头把我们都耍了。"

"哪个丫头？"他一时未能理解。

"就那个何饭饭啊，"杨吉林说，"不是几天没看到她吗，今天我去了《今日城市》，我心想对门对户的，过去串个门，问问她的稿子写得怎么样。你猜，什么情况？"

他吸了一口烟，燃烧的烟头顷刻在黑暗里膨胀起来。

"结果，狗日的！编辑部根本就没有她这一号人，"杨吉林愤愤地说，"也太邪了吧？"

他夹着烟的手指头微微抖了一下。

"老子想不通，她干吗要冒充杂志记者，你说她为什么要骗我？还搞得煞有介事的，什么'起底理赔侦探'……这到底是个啥意思？"

他迟钝地摸出车钥匙。

"你说，"杨吉林将烟头弹得远远的，被江风吹落到漆黑的滩涂上，"我要不要调查调查她，看看她葫芦里究竟藏着啥闹人的药？"

"不，"他摆手道，"你先别管。"

他拉开车门，跳进驾驶室。

在家里，他认真地回顾了一遍。这里面最为诡异的是他完全找不到漏洞——要不是杨吉林偶然去了对面的编辑部，几乎毫无破绽。为什么？她为什么要骗杨吉林？

他忍不住拿起手机拨了过去。

"有何吩咐？"她的声音懒洋洋的。他听到话筒里电吹风的呼呼声响。

"我想请朋友去宵个夜，你给推荐一个地方。"

"几个人？在哪一片？"

听起来她成竹在胸，于是他说：

"两个人，江北。"

"那——"她略微思索，"九村烤脑花。"

"好吧，"他说，"出来，我请你吃烤脑花。"

四十多分钟后，他坐在街边，看到她从出租车上下来，头发随意地散开，披在肩头。

"这么晚喊我来，"她坐在他对面的塑料凳子上，"有什么特别的事吧？"

"没事就不能叫你宵个夜吗？"他对丘二吼道，"再烤五份脑花。"

"多啦多啦！"她看着桌上的一堆烤串，嗔怪道，"就这我们都吃不完。"

"没事，"他撬开一瓶啤酒，递给她，"我没开车，陪你喝点。"

"可是，你一喝就要出事！"她瞪着大大的眼睛。

"放心，只喝点啤酒。"他拿起酒瓶，跟她碰了一下，"我想来想去，总觉得我们漏掉了些什么重要的东西。"

"你的意思是，除了田家兴，还有什么别的线索被我们省略掉了？"

他汩汩地喝了一大口，沁凉沁凉的，真他妈舒服。"只是一种感觉。对了，今天有个重大发现，田家兴的儿子跟李婉梨是一个学校。"

"嗯？"她先是吃了一惊，随后反应过来，"那，田家兴跟李立冬有可能是认识的了？"

"我问刘艳芳，她对田家兴这个人完全没印象。"

"接送小孩、开家长会这样的事，一般是李立冬，"她说，"刘艳芳不认识，不代表李立冬不认识吧。啊！这样的话，李立冬跟田家兴会不会有共同作案的嫌疑？"

"要那样，田家兴干吗不跑？"他又喝掉一杯啤酒，这样的季节，微寒的天气，让啤酒的滋味释放得更为细密，"不过你说得对，如果田家兴认识李立冬，那么他有可能知道李立冬的藏身处。还有一件事，当时我在任铁围办公桌上发现李立冬的通缉令，田家兴要是知道或认识李立冬，为什么要表现得完全陌生？"

"这确实有点不寻常。"她附和道。

"先不管了，"他又新开了一瓶啤酒，漫不经心地说，"今天跟杨吉林见了一面，他向我打听你的稿子写得怎么样了。"

"目前主要还是收集梳理资料，我想等这个事件结束了再拉通写。"她甩了甩发丝，洗发水的香味溅到他鼻翼，"怎么，他急着要看稿子吗？"

"我没问。"

"最好还是让他等等。"

"急的人是他，又不是你。不过，你成天跟着这个案子，不耽搁工作？"

"目前这个案子就是我最主要的工作，当然，杂志社安排的其他事情我都得做，不是太影响，晚上加个班就是了。"她仰脖喝掉杯中酒，将空杯子放在桌上，"噢，对了，任嘉阳告诉我，今天中午，张素娟请客是为了商量明天任铁围的丧事。"

"明天？"

"对，"她停顿一下，表情复杂，"明天早上，任铁围火化。"

走在大街上，一粒雨滴砸在他的鼻尖上。又开始飘雨了。

深夜，身边只有车轮疾驰的噪声，没人跟着，前面也绝少行人。但他仍感觉有什么追随着自己——从坐上出租的那刻他就意识到了。他提前下了出租，看见一辆黑色尼桑很不情愿地但又不得不从他身边滑过。他看不透玻璃里的人。无所谓了。此刻他觉得很舒适，微醉让他感到满足，他对自己的控制也感到满意——在啤酒刚刚产生那种特定满足的瞬间，他拉住了内心的刹车。他知道不踩刹车的后果，但他甚少能做到如此坚决。只有将一个人放在绝壁上，他才能真正瞧清自己的位置。在世界的某个角落，某个层面，某种危险。

他独自行走在微雨里，那些藏匿和被抑制的酒精此刻蠢蠢欲动，在身体里吱吱地尖叫，一种说不出来的快活。他情不自禁地舞蹈起来，在路灯下，这使他看起来像是一只蹩脚的鸬鹚，浑身充满静电，浑身都是缝隙。

洗完澡后他就清醒了——在从冰箱取出啤酒时他意识到了这个。作为对自己的一种奖励，他又多取了一瓶，拿手将瓶盖拧开。柔和地看着它们，并排站在那儿，矮矮的，小小的，坚硬的，如同一对沉默的士兵。他慢慢喝着它们，他想到那个女孩，一个不是记者的记者。她为什么要这样做？两瓶酒一会儿就流入到某种虚空当中，在回到冰箱前准备再开一瓶时，他的手臂呆滞在半空里——

记者？

十一

周六。天依旧阴着，但雨总归是止了。

他一起床就打去电话，安梅表示满意。"表现不错哦，晓得提前给我电话了。"说话的语气就像哄小孩一样。他觉得这是一种生活的惯性，有时她把对安晓的态度转移到他身上而并不觉得。她越来越哆嗦了。当然这也是女性幸福指数的一种标志。

"安晓说没说想去哪里玩玩？"他试探道。

"你自己问他吧，喏——"电话转移了，但那头除了细微的鼻息，一片沉寂。

"安晓？"

"嗯。"

"你——"他艰涩地问道，"有没有特别想去的什么地方？"

说完他期待着一个具体的答案，但话筒里迟迟不见回复。

"看电影？科技馆？自然博物馆？"他苦恼地搔了搔头，一连串报了几个地方。

"……都、行。"孩子讷讷地回答。

还是跟之前一样，毫无答案。通完话后他居然有一种疲惫之感。

手机响了，是何饭饭。

"昨晚上你不说要来的么？"

"去哪儿？"

"算了，"她说，"你也不用来了，马上就要火化。"

火化？他使劲地回想，他还记得她谈到过任铁围的葬礼，但完全不记得要跟她一块儿去殡仪馆。看来酒这个东西始终都会屏蔽点什么信息，哪怕你自以为已经控制它了。

"田家兴也在吗？"

"在。"她说，"这边丧仪完了之后就回，酒席安排在小街。"

"好，下午我们在小街碰头。"

接着他翻开记事本，找到一个手机号码。成中华——那个满嘴跑火车的棒棒居然还记得他。但矢口否认是自己通知的媒体。"我哪可能认得记者嘛，再说三魂吓得落了两魂。"棒棒说，"现场就我一个人啊，接着警察就到了。当晚？我没遇到记者。记者是第二天清早联系我的，说从警察那里要的号码。"

他给自己泡了一杯速溶咖啡，俯趴在阳台栏杆上啜饮。

这是什么状况？第二天见报，意味着当天下午——最迟不会超过晚上九点——就写好了稿件。虽然他并不完全了解这个职业，但起码的规律他是知道的，此前也不是没跟媒体打过交道。也就是说，也许当记者撰写这篇稿件时，死亡还没发生？打开电脑查询，经过核对，第一个刊发此报道的是《信报》，他掏出笔，在本子上记下了这个记者的名字：兰世秋。

他从报社热线里得到了记者电话。听到他的疑惑，她哈哈笑起来。"周老师，我们是早报。"她说，本埠的晨报与晚报，实际上仅仅只是名义的早晚报，上街的时间点是一致的：都是每天清晨。而《信报》，是本地唯一真正意义上的早报——当天新闻当日见。也就是，采编最终截稿时间是在上午九点五十，十点半签样下厂，约十二时左右即可派发上街。所以，凡昨天直至第二天上午九点半前（政府及商业的重要新闻发布时间都在此范畴）所发生的事件，都可以囊括进报纸。

据她说，这个线索并不是由警方提供，而是一位读者电话爆料——大约晚上十一点——大碑地界发生了命案，很惊悚。本来她不想动，但考虑到假期头一天缺稿是常事，而她很久都没出过一条大稿，加上如有读者爆料不去核实，漏稿被投诉，更惨，要被批，还会扣分。于是就不情不愿开车去了分局。毕竟是长跑口线的记者，被害人临死前拨打 110 报警的细节让她敏感地意识到——这个稿件应该是可以做大，做成主稿。等采访完毕，分局领导才匆匆赶来。当晚她写完稿交编辑后，自己也没想到这篇报道会被提到头版。

"那个爆料人的联系方式您还有吗？"

"应该查得到，"女记者说，"请稍等，我发给您。"

他坐在阳台上，一支烟抽到一半，短信息到了。一个 186 起头的联通号码。他习惯性蹙起眉头。

果然，如自己所料，是一个黑号——电话始终无人接听，也查不到来源。

他握着电话发了一会儿呆，杨吉林来电话了。

"小白要我告诉你，李立冬出事了。"杨吉林的声音飘忽不定，"他把舌头咬断了，死是死不了。哦对，小白叫你千万别再联系他，他说如果你他妈的真有啥鸡巴线索，就赶紧吧！"

他握着电话，身体如窗外的秋叶一般战栗。他强迫自己做了几次深呼吸，让气息慢慢平静下来。穿上夹克，将脚伸进皮鞋，下楼，跳上车，径直开到"哑巴厂"。开门后，李婉梨看到是他，并未感到特别吃惊，这孩子有一种超乎寻常的冷静。

"我妈没在。"她说。

"知道，我就是来找你的。"

小女孩有些愕然——手里还握着笔，显然刚才在做作业——但仍非常礼貌，"周叔叔您坐，我去倒茶。"

"不用，"他坐到沙发上，"我也不想耽搁你太多时间。是这样，我知道你跟你爸爸一直保持着联系——虽然我不知道你们用

156

什么样的方式在联系。我想了解的是，从任铁围死亡到他被警察抓住，这中间有个空白期——他跟你联系过吗？"

"联系过一次。"小女孩想了想，回答道。

"你知道他躲在什么地方吗？"

"我问过，他不告诉我。"小女孩的神情不像是虚假的，她低头思索一会儿，"我觉得不会太远。"

"嗯？"

"我们学校有个足球场，他说如果下课时我站到球场中间，他就能看到我。"

"他是怎么联系你的？"

"小纸条。很早前——那时他还没有牵扯到后面的案件里——有天中午，一个快餐店送盒饭到我教室，我打开发现了纸条，上面还有他的一个QQ号码，但他让我不要主动联系，他只说如果我按他说的，他就能看见我。"

"纸条呢？"

"烧了。"她低声说。

"为什么？"

"他告诉我他没伤害那个死者，他要我相信他，不要听别人的议论。说总有一天会真相大白的。但我不信，我觉得他是在骗我——报纸上都写了。"

他回味着女孩转述的这段内容。

"其实，"李婉梨又说，"最开始他给我纸条时，我也没按他说的做。那时我有点恨他，觉得他被通缉，让我感到羞耻。过了大概五六天，我在上学的路上——就是学校后门，从过桥到校门口，看见了他留下的记号。那是他折的纸兔子，我认得出是他折的。我属兔，从小他就给我折，他折的兔子跟别人不一样，是跟着电视里一个日本折纸师学的，耳朵特别长，特别大，很滑稽。我知道他就在附近，他能看见我。"

"这些事，你有没有告诉过别人？"他补充道，"比如你的好朋友、同学什么的？"

她摇头，很坚决："我连妈妈都没说。"

他想了想，梳理了一下措辞："那我问点别的事，你们学校，有个叫田壮壮的男生，你认识吗？"

李婉梨有点惊异："知道他，我们不同班，也没说过话。为什么问这个？"

"没什么，只是想了解下而已，"他尽量轻描淡写，"我在想，他爸爸跟你爸爸是不是也认识？"

她的脸凝重起来。"这就不清楚了，我从没听爸爸提到过。"她歪着头，停顿了一秒，"不过，也可能晚自习接送的时候他们会遇到吧？只是我没什么印象。"

"好吧，今天这个事你不要跟别人说。"随后，他从沙发上站起来，凝视着女孩，"你是我见过的最懂事也是最聪明的孩子，一定要集中精力学习——这也是你爸爸的心愿。你爸爸也许做错了事，犯了错误，但他不是坏人。只要他愿意，他原本有很多机会离得远远的，可是他选择了最危险的那种。我想，他只是想看到你，让你知道，他就在你旁边。他不应该是你的耻辱和污点，他是一个好父亲。"

在小女孩的泪水涌出前，他咬紧牙根，扯开门，大踏步走了。

他带着一种难以言喻的伤感上了凤凰山。

在《楞严经》的诵声里，他站在凤凰寺后院，看着门洞上的封条，有种不可思议的恍然——就在这儿，他曾经站在这里，与李立冬一门之隔。他与李立冬就这样擦身而过。如果那次他们能见面，情况也许就将完全不同。假设只是假设，现实是，他已没时间用来浪费。

踩着小巷深处飘来的哀乐，他远远地看到街上搭建了长长的塑料雨棚，任铁围的肖像——一张放大的标准照，他生命里一个相对年轻的时段——悬挂在棚壁上，黑纱和白花镶嵌在相框外沿。

约二十米长的雨棚里，摆放着十几张方桌，街坊们在打麻将，地上全是瓜子皮和烟蒂。他经过时，人群里陡然传出一阵哗闹，夹杂着女人的尖叫——一把让人意外的牌局。

这是川渝地区独特的殡葬仪式，人走了，但送行没有悲伤的气息，而是极尽欢闹和喧哗。很多人家办白喜事，还会请专业的演员唱"死人板板"——一种奇特的演出，死者的奢华。有哭腔，但没有悲切，显然欢乐的气氛无论对于生者还是死者都更为可贵。

他在巷口的老茶馆找了一张凳子。隔壁小卖部，柜台上的电视节目很应景。旅游卫视在播一个关于古埃及的什么话题：在那儿，人生来就有两个灵魂，它们叫"BA"和"KA"——当 BA 死去，KA 就复活。KA 就像一个压抑已久的领航员，在墓地里吃喝够了，就飞到阴间，为死者缝合那条未知的道路。随后，它将回来，带上 BA 一同去到神秘的阴间——那里，世界与阳间没有丝毫的差别，甚至还有一条和尼罗河一样的河流，日夜地流淌。

此刻他觉得自己就在蹚过一条漫长又看不见的河流。不知道如何到达，不知道能否到达。"死亡不过是灵魂重新披了一件衣服。"死去，有时也许仅仅只是为了让自己轻松点。不知道此刻任铁围会不会觉得自己完全轻松了。但有一点是肯定的，死亡仍然是残忍的，不是那种永无止境的孤独，而是死去的人无法重新起身——他们彻底丧失了表达的权利。

他弓着背坐在茶馆冷眼旁观。熙闹的人群中，一个女人吸引了他的注意：一袭青色长裙，身材娇小，佩戴一副无框眼镜，无论对谁都保持着一种职业性的热切之情——这指的是，她非常主动地接触了很多的人，显然，她是一个推销员，给每个搭话的人留下名片。其中一位街坊转身将名片随手丢弃在街角，他将卡片揣到兜里。观察着那位未亡人——身着素装的张素娟依旧风风火火，她是那种深谙人情世故的女人，迎来送往间，尽显从容。她才是这个家庭的主宰者。那边桌上爆出巨大的喧哗，田家兴晦气地推掉面前的麻将，从口袋里掏出钱，甩到桌上，起身就准备走了——边上一个妇女赶紧拉着他，应该是说他这点钱还不够。他愤愤地说我去拿还不行啊。他走近张素娟身后耳语了一句，她伸手挥了一把，就像驱赶一只苍蝇。他讪笑着钻进公共厕所。一分钟后，他甩着湿漉漉的手出来，走下坡坎，在停车场找到自己的车，轰然离开。

他也跳上车，跟着田家兴。

田家兴没往城里开，而是朝双碑方向走，到了特钢厂附近，他将车停靠在路边，从银联 ATM 机里取了两次钱，应该是四千块钱。取钱后他并未掉头，而是继续往前面走，接着拐到一条背街，停在一个洗浴中心门口。

他拿着手机远远地摄下了这一幕：一个小姐从里面迎出来，满脸嬉笑地挽了田家兴的手臂进去。

半小时后，田家兴离开洗浴中心，开进路边一栋楼盘售楼部，与一个置业顾问在大厅里交流了约一刻钟，接着去看了样板房。从售楼部出来后，田家兴拨了一个电话——刚刚还趾高气扬的神情立刻卑微谨慎起来，像是挨训的小娃儿，连连点头。通话十分简短，不过看起来结果——不论那是什么结果——是理想的。田家兴小手指勾着车钥匙，嘴里哼着什么回到了车上，沿着滨江路走了约莫二十分钟，在一栋别院前缓缓停下，打开车窗，跟门卫说了什么，门卫放行让他进去了。这栋别院私密性比较强，仅有一道门禁入口——从这里也看不到什么内容，院子里植被茂密，葱茏的竹林形成了视觉的阻隔，隐约只能窥见后面的五层洋楼。此处或许是私人产业，他掏出笔记本，记下了门牌：

下土塆 88 号。

田家兴在里面待了大概一小时，出来时手上多了一个礼品袋——也许是几条烟，又或者是别的什么。但很快他就知道不仅仅是烟。路过农业银行时，田家兴刹了一脚，提着袋进到营业厅，从袋里取出两匝钱，存了进去。

重新启动后，他从后视镜看到后面有一辆黑色尼桑跟了出来——他依稀记得见过它。不过，当他随着田家兴从 212 国道拐进金碧街时，那辆车消失了——也许是自己过于敏感。但多点心总归是不错的。

小街上马上就要开席了，十几张桌子上坐满了人，田家兴钻进热气腾腾的宾客当中，红案师傅已经开始出凉菜了。

这时他才注意到一件事：一直没见着何饭饭人影。

"我在这儿。"何饭饭的声音在电话里有点儿空洞，又带着一丝低沉，"一直待在楼上。"

他意识到她陪着任嘉阳，那孩子特别敏感，平时就不愿见生人，想必这样的场合更是让他不甚适应。

"下来，带我去找点什么吃的。"远远看着宾客们围坐饕餮的景象，他的肚子配合地嘟哝了一声。

她却说："我还有点事，也没什么胃口。"

挂线后，他忽然发现，这是第一次，她对食物丧失了热情。她似乎是生病了，声音怏怏的。

张长梅下坡，走到车边时，他从车后转了出来，扬起手上的名片："张老师，我咨询一个事啊，就几分钟。"

看到自己的名片，她旋即放松下来："您说，您说。"

如他猜测的那样，张长梅即为任铁围的保险代理人——也就是说，任铁围的几张保单就是经她之手。咨询了一些她感兴趣的专业问题后，他很自然地将话题引向自己所关心的那些。她并不排斥，那圆圆的脸上决不缺乏热情。如果说总有一种人始终可以对外界报以热情，那应该就是推销员——这份职业的一种惯性。

"你问我是怎么认识他的？"张长梅得意地笑着，"很奇特，他是我在医院'捡到'的。"

张长梅是一名慢性肠胃炎患者，常在重庆医科大学附属医院就诊抓药，住家在谢家湾，基本上是刹一脚的距离，很便利。将近一年前，她像往常一样来求诊，那是下午三点过，专家门诊排着很长的队，女人嘛，总是喜欢抱怨。她嘟哝时，排在前面的患者——一个高大的中年男人回头抚慰了她几句，大意是别急，哪儿都一样。于是，两人就这样攀谈起来。要知道，推销员的特质是擅于搭讪，一旦跟陌生人搭上话，那话题必定就要转到自己的本职上去——不管怎么拐都拐得过来。她讲得绘声绘色，那人频频点头，对她提出的几种保险项目仿佛很感兴趣，不时插话，询问一些关于保险和理赔的事宜。自然，她不失时机地将自己的名片递给了他，并看着名片被揣进他的口袋。差不多过了半个月，她都忘记了这个人——对她来说，不管是上门推销与电话推销，绝大多数都是无疾而终，不管人家表现得多么感兴趣，真正成交的几率总是很低。要不是他在电话中提醒，她已不记得这个萍水相逢的人。就是那次，他告诉她自己可能需要购买意外险。那个人，就是任铁围。

"这么说，他是主动来购买意外险的。"他尽量让自己看起来像是热衷打听内幕消息的那种人，这种神情会使讲述者得到极大满足，从而往更为细节处进入。

"对。所以我说，他是我在医院'捡'到的客户嘛。"

"那他为什么单单要买意外险？"

"对呀，其实我给他介绍的是人寿险，但他最后购买的是意外险——幸好他买了，不然，这就亏大了是吧。"

"我看很少有人主动买意外险的，而他买了好几种。"他继续诱导，"你不觉得有点怪吗，他就没提到过？"

"老实说，我们当然会给一些专业的建议，但决定权在客户手上。至于你讲的这个事情，我们是从来不问的，也不去深究，我们当然是希望客户买得越多越好。"她的情绪热烈起来，"事实证明，他这个选择多对啊！"

"他去肠胃科……是怎么了？"

按理说，肠胃疾病多半是就近寻医，任铁围的定点医保医院离他公司只有五六站路。

"急性肠炎吧，"她努力回忆着，"他手上拿了个单子，好像做了胃镜还是什么检测。那天坐诊的专家是……王教授，对，王达明教授。"说完她瞟了一眼手机屏幕。他知道不必再问下去了。

散席了，街坊陆陆续续离开。田家兴跟另一些人下坡到停车场，叼着烟，略带醉意，钻进车里，轰着油门离开——回到张素娟的茶馆，继续开战。稍晚一点，另外又来了两组牌客，都是从酒席上直接过来的——晚上十点，张素娟也过来了，丧礼应该是全部结束了。

今晚的牌局散得不早不晚，有两桌在深夜十一点四十结束。田家兴那一桌最后才出来，已凌晨了——从那些人的言语和动作来看，赢家应该是田家兴。

除了张素娟还在清扫垃圾，其他人都散了，很快遁入漆黑的秋夜。田家兴却一直站在门口抽烟，没有想要马上离开的意思，过了一会儿，他扔下烟头，大步返到茶馆里面——上去就从背后搂住张素娟，她惊了一下，反手给了他一下，啪地打在脸上，结结实实的。这家伙不管不顾，双手强硬地伸进她的薄毛衣里，"干吗啊你！"她惊叱道。"装什么装，难道你不想啊。"他死皮赖脸的，嘴巴在她的脖颈处求索。"有病吧你！"她挣扎着，但这没用，甩不开他，再说他的力气也明显强了太多——将她一直抵到墙壁上，两张脸死死地贴着，让她根本叫不出声，一只手已经将她的短裙掀到腰上，嘴里喷着热气，"张腿啊！"

忽然，一块砖头从外面飞进来，砸到麻将桌的边角，又掉落在地板上。趁着那瞬，张素娟得以脱了身，飞起一脚。田家兴惨叫一声，捂着裤裆要害，趔趔趄趄，跑到门外张望几眼，鬼影子都没有。夹着腿回到车内一溜烟走了。

他慢慢从石狮子背后走出来。

原本他完全可以不暴露的。他有些沮丧。这是一个巨大的错误，会让田家兴提高警惕，有充分的应对。也许，追踪将会到此结束，事实上，已经没有太多时间了——尽管，他的拼图里还缺少那么几个小小的角，还有一点点难以捉摸的疑虑……但自己把事情搞砸了。

他揣着懊恼，还有这一天的疲惫感开车回家。经过新牌坊路口，拐入内环高速后，他从后视镜里瞥见有辆银色本田，跟了一段时间，车牌被有意遮挡住了。

走到鳄鱼馆时，他猛地甩盘子，带着脚刹，斜靠到路边仅有的一处空地，那辆车不得不加速从单行道上疾驰而过。

他加着油门，但那辆车已消失在视野当中——从鳄鱼馆右拐，是一个三岔口。他无法确定那辆车到底钻入哪个岔口。

驾着车回到小区，停到车库后，他捡起座椅上的手机——看到屏幕上微微闪烁，显示有一个未接电话，来电时间是两小时前，也就是他在茶馆附近盯梢的时刻。他拿起来看了数秒，肌肉紧绷起来，赫然发现，这是自己之前拨出的那个号码——也就是给记者兰世秋爆料的那个神秘号码。

他将抽了一半的烟甩出窗外，回拨过去，电话响了五十秒后，对方接通了。他试探地问道："喂？"

那边始终沉默着，但他仍然可以敏感地听到轻微的鼻息——那头，有人此刻正握着电话，贴在耳边。

"喂，你是谁？"

……

"是你给记者打的电话，任铁围被害那晚你在现场？"

……

"说话啊！"他吼道。

……

忽然，鼻息消失了。话筒里变成嘟嘟的忙音。

他浑身僵硬地靠在车背上呆坐了一会儿。有些焦躁，回到街上，一头钻进"夜莺小酒馆"。老板依旧让侍应生送来四瓶精酿手工啤酒。

他把它们喝完，心里挣扎了几秒，还是离开了卡座。结账时，老板站在吧台背后说，不用了，你朋友已经结了。

"朋友？"

老板指着一角，那儿空无一人。"已经走了。"

他没问，把钞票留在吧台上。

回房间门口时，他朝两边观察了一会儿，插入钥匙。探手将玄关的开关打开，黑黢黢的房间陡然明亮起来。然后蹲下来，仔细查看脚垫，没什么特别的发现。但这并不意味着没人进来过——他谨慎地，一步一步地走进室内，一边使劲地嗅闻。房间里没有任何翻动的迹象，但这浑浊的气息让他隐隐觉得，那双眼睛就在离他不远的地方。

他靠在沙发上，感觉整个大脑拽着什么沉沉下坠……在那里他觉得自己失去了重量，但意识仍然存在着。犹如柳絮一样，从天空飘落到水面上，又任由水波随意地推搡，漂到一片柔顺的水草丛里，那些沉睡的水草忽然舒展开来，摇身变成一个个颀长的女人，摆动着灵活的腰肢。他在这迷离的氛围里迷失了。

十二

这个时代，都市最拥挤的地方不是电影院，甚至也不是商场，而是医院。

上午十点，在门诊大厅，他突然想到了这样一句台词：机场比婚礼殿堂见证了更多亲吻，医院墙壁比教堂寺庙聆听了更多祷告。此刻，他不光目睹了拥堵的躯体，还发现了那些残缺的灵魂。医院无疑是一种富于秩序的复杂空间，这里残酷与冷漠交织。同时他也理解了，为什么人人都笃信人情与关系——在我们有所需求的地方，人总是太多太多，庞大的焦虑对应的则是稀缺性——人人都担忧于自己的权利被剥夺，因而他们首先寻求这种剥夺的权利。一切与整个现实世界都是呼应的。其中也包括自己，如果不是有作为院办副主任的同学王刚作为中介，他很难在任何科室插队，更不可能直接得到内部就诊信息。

他查询到了任铁围的就诊记录——一共在此做过两类检查，一是肠胃科，一个是男科。后者让他感到意外。于是他先了解了这个信息，对王刚提了第二个要求："带我去见王达明教授。"

王达明教授坐诊的科室在四楼，楼道里挤满了患者，手持号牌，面无表情，仿佛置身于某种独立的空间——被清洁剂的味儿覆盖。

王刚让他在门外稍等，径直进入门诊室，几秒后，探头示意他进来。

送走应诊者，王达明教授略显疲惫地捶了捶酸痛的后腰，抬头瞟了一眼，"说吧，你是怎么回事？"

"我不是看病，请您给我几分钟，我向您求证一个事情。"他坐在凳子上，一副不达目的不罢休的神情。

教授愣愣地看了他几眼，又看向王刚。

王刚解释："我同学，是负责保险理赔的，想要了解一个客户的就诊情况。"

他请求道："不会耽搁您太久。"

"好吧，"教授拨开袖口看了看表，"不要超过五分钟。"

"我刚刚在信息科调取了任铁围的就诊记录，"他说，"他是您的患者，但我还有些问题想要核实一下。"

王教授在电脑上输入姓名，摁了下键盘。

"嗯，有这个人，怎么，你想了解哪一点。"

"我看他做了毒性检测，铅汞成分超标，这是怎么回事？"看到检测结果瞬间，他想到李晓波也提到过这个。之前他在任铁围的医保医院也发现了关于肠胃的诊治记录。

"准确地说，"教授侧身告诉他，"是醋酸铅中毒。"

"醋酸铅？"他记下这个词，"他是怎么中毒的？"

"这我就不知道了。"

他换了一个说法。"当时他情况严重吗？"

"应该是很严重，上面显示检测出毒性沉淀物，也就是说，是长期形成的。你看，我给他洗了胃，做了驱毒处理。噢，看资料我记起来了，当时我还建议这个人做一个UCAD……"

“嗯?”

王教授解释说:“就是肿瘤筛查。看他的检测结果,尿液显示氨基酸代谢异常,从造影看,胃部也有细胞增殖。”

“您怀疑他长了肿瘤?”

“那倒未必。只是一个建议,但他显然没听我的,上面没有这项结果。”教授摇摇头,伸出手腕看看,“时间到了——外面还有很多患者。”

他跨进驾驶室,驶出医院停车场,一边拨出号码。直到拐上大路后,李晓波才慢腾腾地接通电话。

“醋酸铅是什么?”

李晓波对他这种粗暴直接的问询早就习以为常。“就是铅糖。”

“糖?是一种食物辅料吗?”

“不是吃的,无色晶体或者白色颗粒,也有粉末,可以入药,更多是用于各种化工制备的一种溶液,比方说抗污涂料、干燥剂、纤维染色剂之类的制作溶液。”

他脑子里念头一闪:“纺织类企业也用这个铅糖?”

“当然了,刚刚不是说了吗,纤维染色。”

“好,谢了。”接着就要挂线。

“哎哎——”李晓波说,“慌什么慌,话都没说完。上次你交给我的东西,那根绳子上有脱落细胞,要做 DNA 测试我没有权限。不过你采集的血样,初步鉴定是人血。”

“太好了!”他忍不住拍了拍方向盘。这个消息让他突然振奋起来,脚底不自禁地加了些许力量,车子变得轻盈起来,在风声里呼呼地奔腾着。

田家兴说谎了。

任铁围死亡当晚,同事们都在火锅馆聚餐,后去 KTV 唱歌。但监控显示,他中途驾车回了公司。

任铁围死后，他明显阔绰起来。甚至准备在新开发的高档小区购置房产，并预付了定金。

任铁围遇害当晚，小狗也被勒死，埋在江边。公司内谁能做到？只有他，值班保安经理。

他很可能认识李立冬，其儿子与李立冬女儿同校；

是他刻意将李立冬的通缉复印件放置于任铁围办公室；

公司三个关键位置的摄像头被人为破坏或清零；

任铁围办公电脑被清洗；

……

尚不清楚的是：

任铁围死于误杀还是蓄意？

田家兴的动机？

为什么要清理任铁围的电脑？

还有，最关键也是最为头疼的一点，怎么解释——那晚任铁围拨出的报警电话？

不管怎样，田家兴有重大嫌疑。但继续追踪很难——由于被惊动，对方会大大隐蔽和收敛，再想捕捉到漏洞极其困难。再说也没这个时间。审讯中什么可能性都有，小白说得很清楚，时间不多了。

好在，这条线索基本可以锁定，李晓波手上还有狗绳上提取的脱落细胞，以及狗牙里采集的血样。剩下的事情就交给警方，他提交的信息足以将焦距转向田家兴——拿到他，这棵笋就能全部剥开。又或者，把水搞浑。至少，这是唯一能拯救李立冬的线索。

回家后，他将电脑拿到餐桌——把收集的信息，包括那些拷贝的影像资料，依次复制到一个空白U盘。随后，他抽出U盘，放进文件袋。

他远远看着棒棒拿着文件袋进了警务大厅。

这就是这座城市有意思的地方，这样的一群人，棒棒。他们并不只是担货的劳力，还有更有趣的用途。如果你的朋友或你喝醉了，可以请他们将你挑回家；要是你的宠物死了，可以请他们来帮你哭号，他们可以哭得摧肝裂胆、涕泪纵横；你如果看不惯哪个，他们可以跳起脚帮你咒骂；你觉得孤独了，一个人喝不下，他们还能陪你喝酒；你如果有什么东西不方便自己出面，也可以交给他们，往往蛮奏效，就像这次一样。

回到车内，缓缓驶离。

走到上清寺时，天色忽然阴了下来，他看着远处，云层低矮、晦暗，压抑中带着强烈的湿润。这是一个讯息，又要下雨了。在雨点还未抵达前，整座城市犹如孤岛漂浮。孤岛上，出租车没有情绪，行人的脸上没有情绪，拱形的天桥没有情绪。城市就是这样，城市的本质就是疏离，但政治家们建立城市的目的——或曰他们的初衷——是为了美好。

他出神时，电话响了。

抓起手机看，是刘艳芳。

在这个过于沉闷的时刻，她的声音听起来飘忽又仓皇。

"我，我找到……"她似乎噎了一下。

"慢慢说，别急。"

"我在安徽宿县，也就是李立冬之前身份证的地址，我租了一辆车，刚刚才找到这个山村，身份证上的名字是真的，地址也是真的，但不是他！我见到了李立冬——有这个人，但那根本不是他。"刘艳芳的话语里充满绝望，"我该怎么办？！"

他蹙起眉头。"你先回来吧。"

"我不想回！"她大叫起来，情绪完全失控了，"我专门跑来，就是要搞清楚，这个混蛋到底是谁？"

"别急！"他略微思索，告诉她，"这样……你等我消息。"

他果断地拨了何饭饭手机。

"你现在能帮我查个东西吗？"

"可以啊，电脑就在我面前，"她问，"查什么？"

"你还记得刘艳芳提到的那两样食物吗？"他告诉她，"你帮我查查，那是哪里的特产？很急。"

一刻钟后，他行驶到红棉大道时，何饭饭的电话来了。

"李立冬提到的蒸菜之乡，有两个，一个是仙桃市，一个是竟陵市，都在湖北，而且挨着的。"她不慌不忙地说道，"但是，他提到过一种叫作糊糊米粉的小吃，这种小吃，又称黄潭米粉。黄潭，是竟陵的一个镇。"

他暗暗握了下拳头。

随后他给刘艳芳拨过去。"你记一记，竟陵市，黄潭镇——你去那里找找。"他换了一只手拿手机，犹豫一秒，"需要我过去吗？"

"不不，不用！"

"那，你随身带着他的照片吗？"

在得到肯定的答复后，他继续叮嘱："宿县跟湖北交界，应该不会太远。路上还是要小心点。但是，孩子一个人在家……"

"不用担心，我请了堂妹过来照看。"就这么几分钟，刘艳芳就恢复了平静，甚至可以说是冷静，"给你添麻烦了。"

这个电话让他有一种难以摆脱的无力感。

他不想回家，也不知去哪儿。

他在道路上飞驰，虚脱而且虚空。

他漫无目的地游走。

不一会儿，他发现道路将自己带到了江边——下土塆88号。

田家兴拨了一个电话，然后直接驶来。在这里待了一小时。

神秘的空白。这是跟田家兴有着直接关联的一个点。

他将车停在道旁，透过车窗可以一览这栋小楼的出入口。

晚上九点，一辆车牌尾数"888"的奔驰轿车——这辆车他见过——轻车熟路地驶入小院。仅此而已。在夜色中视野极为局限，而且，院落里栽种有排竹林，根本就看不到什么。

那辆车进去后便没再出来。

他扔掉指间的烟蒂，下车，往左侧方向走了六七十步——穿过街道，那是一处小区的入口。他仔细观察过，这处独栋小院背靠山崖，左侧——也就是自己站立的位置——是一栋新建不久的高端居民小区，而小楼另一侧是"创意产业园区"，该建筑俨然修建很久了，但空无一人，大门紧锁。穿过小区中庭，右行，他试图寻找接近小楼的缺口或路径，或者是，可以绕到小楼背后的办法，但这很难。小区高大的围墙完全遮蔽了它——小楼处于一片狭窄的凹地。他找了一栋高层，从电梯上到楼顶，俯瞰过去，借助路灯的照耀，可以看到下面的琉璃瓦顶，以及小楼背后——中间是一个弧形露天游泳池，四周是草坪，沿着山崖是黝黑的灌木，泳池的边上有几把蓝白色的阳伞，伞下是户外专用的木质茶桌和休闲木椅。在高处可以看到，这个后院与创意产业园区直接相连，仅仅只是两三排观赏竹将两者隔离。

从楼顶下来，出了小区，他又转到那栋创意产业园区门前，玻璃大门上蒙了厚厚的灰尘，显然荒芜很长时间了。他拽了一把黝黑的挂锁，这只是一种枉然的惯性。不过，既然里面没人值守，总有办法进去，这并不难。

但他现在还不想进去，至少此刻暂时并不需要。

站在台阶上，远远看到崖下——那是一片江畔露天酒吧区，人声鼎沸。

他的喉头咕隆响了一声。

不知道在露天卡座上坐了多久，也不知道到底喝了多少酒——起先是白啤，中间来了一瓶威士忌，后头又是啤酒。总之，他喝醉了，瘫倒在休闲椅上。当被老板叫醒时，江岸已空无一人。

　　他带着未完全散发的酒意，趔趔趄趄，爬上坡岸，找到自己的车。钻进后座继续呼呼大睡。不知什么时候，也不知是谁，在车外重重敲了两下。他被惊醒，但车外什么都没有。只有一个身着背心制服的清洁工人，若无其事背对着他。

　　他使劲揉了揉脸，走出车外站立了几秒。点了一支烟，吸了两三口之后，重新回到驾驶室。

　　清晨的道路，清晰而直接。车在风声里呼呼奔腾着。脑子也是，带着某种加速度——这时，他发现刹车踩空了。

　　在车头冲向斑马线上的一群学生之前，他用自己全部的力量猛地扭转了方向，车轮倾斜着改朝防护栏撞去。嘭。他觉得自己被炸开了。奇怪的是，在那瞬间他并没感到恐惧，而是很平静地对世界笑了一笑。

第三章

十三

入院第二天，安梅执意要来探望。

他不喜欢这样。相比不喜欢自己的脆弱，他更不喜欢自己的脆弱被人——尤其是她——看见。但他没法制止她，从来如此。万万没想到的是，那位儒雅的男友也来了，拖在后头，拎着一个富于仪式感也想必价值不菲的精致果篮。

何饭饭暂离了一会儿，给他们腾出空间。可她提前得仍不够——刚好跟安梅在门口碰了个照面——她微微点头，就侧身走了。安梅进到病房才反应过来。"哎，刚刚那个小女孩，是从你这儿出去的吗？"

他皱起眉头，苦笑道："你到底是来看我还是看别人的？"

李定一找了一个合适的地方将果篮轻轻放下，果篮里甚至置放了一把小小的水果刀。确实，这是一个细腻的男人。他看到了，这位新男友就像自己的反面——他再次承认，安梅的选择是对的。

他们说话时，李定一挑了一个红富士拿去洗了，削皮动作令人眼花缭乱。当这个似乎从魔术里变出来的苹果递给他时，他稍稍迟疑，接受了。他不懂如何拒绝。

"好些没？"李定一面露关切。

"只是脱臼，没伤到骨头……"他看着自己上了夹板的左臂，还是说了出来，"你们就不该来。"

"我们不来谁来？好心好意来看你，你还一脸嫌弃。摆个脸谱给谁看啊？谁在乎你啊？你呀！什么时候才能成熟点，这么大人了，怎么一点也不稳重呢？给你说多少次了，开车不要那么飞又又的，你总不听！心眼小，噢，出了事又觉得别人是来看你洋相的……"安梅那张嘴就是这样，一打开就合不上，他唯一能做的就是尽量闭合心眼鼻耳，"若不是定一提醒我，该给你打个电话问问周末咋安排，我才不会给你打呢，我不打，也就不知道你撞车了。"

"别这样，像放炮似的。"李定一走到女朋友身边，亲密地揽住她的肩膀。

安梅委屈地翻了翻眼皮。"他就是欠收拾。"

"过分了啊。"李定一微笑道，"你到底是来看病人还是来讨债的？"

她兀自笑。"我就是来讨债的。"

李定一走近他，俯身道："我刚刚去问了护士，问题不大。"

"是啊，"他附和道，"一些小擦伤，不碍事。"

安梅望着他。"还好，算你命大。不过，疼是免不了的。"

他躲开安梅的眼神，包括她眼里饱含的那种怜悯。

"我本来，"安梅继续唠叨，"是要带安晓一块儿来的，但定一说这并不妥。"

他感激地看了一眼这位继任——至少这件事上，他并不像自己想象的那么讨厌。"对，这是对的，别告诉安晓，又不是多大事。我晚上就出院了。"

"别啊！你怎么想一出是一出，胳膊上还带着夹板，你要去哪儿？"她皱起眉头，"既然医生叫你多住几天，你就安心休养呗。"

"关于这点，"李定一微笑道，"我必须站在她那边。"

他回应了一个笑脸。就像是一个总是扮演悲剧的丑角不得不被迫对着观众展露一下笑容——难堪的笑，也许不会比哭哭啼啼好多少。他暗暗决定，慢慢吃掉这个苹果，这样可以减少说话的机会。

在此期间，安梅充分发挥着自己的母性，对于他的种种不良恶行进行了大篇幅的总结与批评。接连絮叨了七八分钟，又是李定一挽救了他。"我看天树有点疲倦，"他拖着安梅，"那就让他好好休息吧。"走到门口，回头给他挤了下眼睛，他回应了一个苦笑。

他们离开不久，何饭饭在门口做了个鬼脸。"……那就是安梅吧？挺有气质的。那个男的是谁？"

他垮下脸，没好气。"还能是谁，男朋友呗。"

她讪讪的，看着走廊，悄声道："又有喜欢你的人来了。"

没多会儿，杨吉林那张油腻的大脸晃进来，一屁股坐下，差点压到他的腿，他有些恼火——他本就够窝火的了！

"你到底是来看我还是害我的？"

"师父，"杨吉林喘着粗气——他的脸和腰围，比上次见面似乎又圆了一些——声音急促，"小白让我告诉你，任铁围的案件有了新突破。"

"具体点！"

"具体就是，有新的证据指向另一个人——很有可能，任铁围被害，那个人也参与了。"杨吉林鼻孔朝天思索半秒，"……呃，叫——田家兴。"

"说重点！"他恨不得给他一拳。

"重点就是，人跑了。"

"呃？"

"昨晚警队去了他家，没捞着人。蹲守了一夜，也没见他回来。"杨吉林看了看房间，摸出烟和火机，四下张望，"能不能抽？"

他点点头。"给我一支。"

何饭饭剜了他一眼，气哼哼出去了。

杨吉林呆呆地看着她的背影，点上烟。忽然从口袋里摸出一张复印单据，递给他。

"给，跟这丫头有关——你说这邪不邪？"

他瞟了一眼，被烟呛着，干咳了几声。随即将纸片赶紧塞入口袋。

"这个事你先别大嘴巴，也别去查。"他低声叮嘱后，催促道，"说案子。"

"听说调了不少人在找，应该跑不了多远。说不定咱摆龙门这会儿，人已经拿住了。我估计，最多也就这一两天的事。哎，师父，你这个事也算是落定了啊。"杨吉林喷出一大口烟雾，俯身央求道，"我那小庙，还是离不开你老人家啊，要不，你早点回来帮我吧。"

"你总得等我这胳膊能动吧。"他敷衍一句，又问，"小白就没说其他的？"

"没，就让我告诉你一声。"

看来，小白没告诉杨吉林更多。小白当然知道那包文件袋是他叫人送去的——不过总算是交差了，今晚可以睡个安稳觉了，要是有点酒那就更好了。每每一个事情完结后，那个念头就会不自觉地从脑子里冒出来。

"跑了？怎么可能，田家兴是长了狗鼻子？"他蹙着眉头。

"关你屁事呀，"杨吉林说，"公安局又没给你开工资。你说你操个啥闲心？巴心巴肝给你开工资的，热脸总是贴个冷屁股，哪儿说理去？……"

杨吉林坐了一会儿就走了。他想了想，拨了时妍惠电话。

"帮我打听个事啊。"

"又什么事？"她提高音量，"姓周的，我可告诉你，我没领你工资啊。"

"一个小事，"他说，"有个地址——下土塆 88 号，我想知道业主是谁。"

她砰地挂了，震得他耳膜嗡嗡的。

几分钟后他得到了回复。"地是园区的，会所只有使用权，所有人叫康富强。"

"这人跟凯斯特是啥关系？"

"你说啥关系？"她没好气说，"就是凯斯特老板。哎，周天树，你这个死天棒！这种义务劳动，别再找我了啊！"

晚上八点左右，何饭饭离开了。原本她想留更晚一点——至少等他睡着之后再走。但他毫不留情地将她撵走了。"我又不缺胳膊少腿，"他说，"你也有你的事。"

他也想表达谢意什么的，但说不出来——那种柔软的话他怎么都说不来。从昏迷中醒来，他第一眼看到的就是她，交警按照通信记录里联系最多的那个电话号码，很快找到了她。所以，这之后所有的一切都是她完成的，从与理赔员交涉、定损，到医院挂号、缴费、三餐、陪护，让他觉得自己就像一个巨婴一样。所幸，还不至于大小便都需要陪护，不然就太丢人了。

她走几分钟后，他从床上下来，脚捅进鞋，披上外套，提着药物，躲过护士，从电梯口溜下楼。

在门口冲远处的出租车挥手时，他忽然有种预感。果然，侧眼一瞥，她抱着手臂，靠在护栏上，冷冷地瞪着。他赶紧将手臂垂下，像个做错事的孩子。但不得不说，这种感觉，真的，真他妈的有意思极了。再没有谁像她一样，把他算得死死的。包括接下来这件事——她并没强逼着他回到医院，而是说："我带你回去吧。"

她简直就像他肚子里的蛔虫——应当说，他非常讨厌这句话，从来都是，他对蛔虫这种形容是极为鄙夷的——怎么说呢，这种修辞，蠕动的，神经质的，让人生厌。但此刻他却服膺于这个比拟，再也没有比这更形象的比拟了。她真的就像蛔虫那样，猜得到他的肠胃在思考什么，在渴求什么。

他以为她真是要送他回家，但她带他到了鲁祖庙。

下车后，她带着他穿街走巷，行至花市门口，白天，街边是鲜艳纷呈的花店，晚上则是好吃狗的聚集地，各种夜啤酒大排档依次展开。

"我记得你说喜欢吃鱼？那我就选这里了。"她在民欣大排档停住，一个很不起眼的家庭小馆，俨然不少年头了。有些事物你一眼就能看出它们的沉淀。时间每时每刻都在流走，但时间总会留下一些印迹。

在吃喝这一方面她从没失手过，因为她从不推荐自己没尝试过的食物，另外她有这种天分，一般人对于食物的感受仅止于"好吃"或"好好吃"，但她总是能准确地提炼出食物丰富的层次，甚至包括很多菜肴背后的故事。比如这盆太安鱼——它的形象不是常见的切片，而是一坨一坨，看起来非常饱满；制作上也与传统烹调迥异，"大火煮，细火煨"，讲求火候；虽属水煮鱼系列，但并不重辣，讲究的是糯而不散，滋味的层次感。

他发现，当认真地品味美食的时候，对酒的需求就会自然而然地减弱了。当然，也不可能像以往那样无知无畏般牛饮，她给他限了量——两瓶。他遵从了这个规定，浅斟细饮之间，夜啤酒的滋味俨然也变得丰富而愉快。

"还满意吧？"她歪着头问道。

他举起酒杯，她也拿起杯子与他碰了一下："祝贺。"

"何贺之有？"

"首先嘛，你福大命大啊；再一个，要不是你，田家兴可就真成漏网之鱼了。"

他摇摇头："现在下定论为时尚早。"

"如果说有个人嫌疑最大，那就是田家兴啊。"

他望着四周，夜幕里饱蘸着浓墨，很多事物都藏在这墨色里面，难以分辨。但等到天亮，那些看不见的、模糊不清的东西就会自己暴露出来了。

她继续说道："任铁围被害那晚，他从 KTV 回过公司；他跟张素娟还有说不清的暧昧关系；死掉的狗……虽然不知道究竟是情杀、财杀，但这么多明显的线索，田家兴是逃不掉了。"

对这个他不否认。

起风了，街面的枯叶瑟瑟战栗，黑暗中似乎有某种力量推动着，它们悄悄挪移，从固有的角落交织到一起，说了些什么秘密的话儿，然后又告别——在风中翻滚着相互失散。这萧索的景象让他印象深刻。

回家后，他发现自己有些过于清醒。深夜了，但一点睡意都没有。很少这样，沾酒但却不贪杯。兴许是她的缘故吧。虽然她没有强制什么，但她在旁边坐着就像是一个仁慈的督查。"你可以喝一点"，"够了够了"……

一想到酒，那些虫子就在心里叫唤起来。他从冰箱里拿出一瓶威士忌，倒了半杯。打开电视，看了一会儿旅游节目。今天，主持人带着他去了一趟非洲，那儿有一座活火山，场景壮阔。他被吸引了。

节目结束了，一瓶威士忌也见底了。

他晕晕乎乎地走到阳台。整座小区陷落在夜雾里。风中带着强烈的湿润。有那么一刻，他觉得自己像是站在一艘微微摇晃的船上。

十四

天晴了。晴得有点不太真实。这个上午他无所事事，泡了壶咖啡，坐在阳台上晒太阳，音箱里放着久石让的钢琴曲。钢琴是一种具有魔法的匣子，然而只有少数人才能合理地运用它，让某种东西随着旋律进入你的心灵，让你安静——甚至不需要你有鉴赏能力。阳光实在太好了，跟音乐是如此合拍。连绵带都慵懒而昏沉。他享受着难得的舒适，直到电话铃声刺耳地响起，这一小块宁静碎了。

他回到客厅，从餐桌上抓起手机。

在日光的尘埃中，小白的声音听起来也有点飘浮不定：

"田家兴找到了……但我们找到人的时候，他已经死了。"

尸体是在青草坡发现的。

早上九点半左右，警方在青草坡发现了田家兴的长安车，但他本人不见踪影。经过一个多小时搜排，在滚柴坡的崖壁下面找到了他——气息全无，死亡多时。死因是堕崖。死亡时间大概是凌晨一点左右。初步结论是自杀。一方面，现场较干净，并无争斗痕迹，崖边留有他的烟蒂，指纹也只有他的；再则，警方从他手机里找到了一条未发送短信——是给前妻的。说自己欠了不少赌债，一死百了，不想牵连任何人。还忏悔说，要不是当初跟张素娟搞上，也不至于落到这般田地。

小白在电话里顾虑重重。

"你提供的信息基本有效，但你想过这么做的后果没有？……"

他右眼窝时跳了两下。

"姚南气惨了，你冷不丁来这么一下，等于是直接翻了他的舢板，把他彻底摔到水里了。他下得来台吗？"

他意识到，自己犯了一个严重错误。同时他更清楚地意识到，眼前只剩一条道，只有这么走下去才行了。

田家兴为什么来到青草坡？这是个问题。但在某种意义上，对一个想死的人来说，却是合理的——青草坡原为一片荒无人烟、长满茂密青草的坡地，处歌乐山脉东麓，坡陡石坚，土壤瘠薄，无法耕种，原居民极少。出租车载着他从蜿蜒的山道上爬行。裸露于道旁的土壤，是细碎的被风化的砂岩，在烟灰色与褐黄色之间，在青色与绿色之间，时不时就能见到耸立的墓碑和墓穴，这就是青草坡极少有外来人的缘故，当地有一句俗语："青草坡，死人多。"这里几百年来都是著名的坟场。可是，他很难让自己相信田家兴会主动寻死——一个每天活得兴致勃勃的人，怎么可能会这么脆弱；他甚至还交了一套小户定金。他死得也太是时候了，警方才开始布防和追捕，他便果断结束了自己的性命。这个转折突兀得不像是真的。

出租车离开后，他四处转悠了一圈——要经过一片农田，沿着一条狭窄的小道步行才能抵达当地主要居民点，也就是坡顶的青草坡街道。另几处零星的居民点，大多位于坡顶。除此再无人烟。

田家兴是在窑罐厂的崖壁下被发现的，这里与社区是相反的区位，原为沙坪窑作坊地，三百年来瓷器作坊在这里掘土制作陶泥，挖得满目疮痍；同时也是废弃陶瓷片的掩埋地——从地表和坡壁上可以清晰地看到大量瓷器残片。只不过，沙坪窑的历史终止于七十年前，也就是说，这是一段废止的区域。就算是大白天，这一片也不可能有人来往。

随后，他一直在窑罐厂周围转悠，并试着从这里步行到田家兴的车辆停放地——不到五十步的距离，那辆车被发现时，停靠在坡顶的一处崖壁下。这很奇怪，他想象着那个场景：田家兴驾着车抵拢坡顶，避开人多的街道社区，步行几分钟，找了个不容易被人发现的荒坡，愁眉苦脸吸了几支烟，一跃而下——干净利落，没一点点拖泥带水。就像他妈的用演电影的方式结束了自己，漂亮！他想，应该为这出色的表演鼓个掌才对。

他拐到青草坡街道，一条溪流横亘在当间，往二十多米下的山崖直落而下，居民房分别沿溪流两侧而建——一个崎岖而又独立的世界。在坡顶崖壁上，有一间吊脚楼茶馆，一些上了年纪的街坊躺在竹椅上，发黄的满是茶垢的搪瓷茶缸搁在手边，很是悠闲。茶亭是木板搭建的，黑得发亮，显然很有一些年岁了——茶馆一侧，应是古驿道的一段，俯瞰可见蜿蜒的青石板，被岁月踏得圆润光亮。

他要了一杯老沱茶，坐下来。亭子里三个老汉集体将注意力转向他。

"兄弟，你打哪儿来？"一位圆脸老头儿问道。

"噢，我是江北过来的，我喜欢搜集一些老瓷片，听说这上面原来是很有名的陶瓷作坊，"他掏出烟，给几个老头儿散发，"我就跑来看看呗。"

"那你来对了！"另一个白胡子老头儿说，"这里几百年都是窑罐厂，专门产陶器的，"挥着手臂，"都在坡上，到处都是，随便捡。"

"是啊，刚刚我从窑罐坡过来，"他漫不经心地说，"说那里死了一个人。"

"警察上午来问过了！我说，这不是我们青草坡的人，"圆脸老头儿说，"鬼晓得是哪里的，咋个想的——来这里找死。"

"听说是下面童家桥的人。"白胡子老头儿说。

"今天怪哦，"一直沉默的右手残疾的平头老汉忽然喃喃自语道，"清早八晨的，就有人往这里过。"

他敏感地注意到了潜藏的讯息：在这相对封闭的环境，一旦有陌生人出现总会被发现的。

"晨练的？"

圆脸老头儿摇头，哼道："跑步跑到青草坡，那应该是疯子。"

"确实。"他给平头老汉点上烟，附和道，"一般人不会摸到这里。"

"是啊，"老汉深深地吸了一口，指着下面的坡坎，"天都还只是麻麻亮——你想嘛，多早？从这边走了。"

"你们这儿应该很少有生人上来，"他很感兴趣，"什么人嘛？"

"没摆谈，"老汉说，"急匆匆的，就往下边走了。"

几支烟过后，他慢慢从老汉口中掏出了一个模糊的形象：三十五六岁吧，一米七六左右，上身黑色连帽衫，下身黑色运动裤。一般很少人无缘无故走到坡顶上来，除非搞地质考古的，或者是像他冒充的来挖掘陶瓷残片的收藏爱好者，但像这样，空着手，什么也不为的人少见。尤其是那么早。

他将上述细节记在心里，从这条坡道下行而去。坡道极为陡峭，扶手是新近才修葺的，走了七八分钟后，才见到一个平台，也有一座凉亭。下边接续着新修的登山步道，再往下十分钟，是一片仓储区——附近一些工厂的仓库区域，门前停着硕大的运载车，路面被轧得翻卷而破烂。穿过去就是212国道——对面就是金碧街方向。

在公交站等车时，他买了一份《信报》。没有关于田家兴的消息，连条边栏都没。当然不会有。可这让他感觉很不好。

一切都很糟糕。他感觉非常糟糕。

田家兴从哪儿上山的？

为什么来这儿？

他扔下报纸，横穿公路——他决定返回，看看自己是不是漏掉了什么。

从青草坡下山的地方，一个灰色的荒芜的豁口：左侧是一条窄小的水泥道，延伸至整片山坡的居民点；右侧则是一大片开阔地，耸立着十数个工业仓库，库房前后的几段水泥地面被重型卡车碾轧得残碎不堪，挤满了黑泥和污水。在这破碎的路面上回到山上并不那么轻易。他也是走了几次弯路才摸到了那条下山的步道。事实上，他发现，虽然看起来是两条路，但不管你从左边的民居道路上行，还是从库房那侧上山，最终都会经过一段陡峭的横坡——四周都是荒地和将要动工的拆迁地，被挖得空荡荡的，狼藉一片，这段横坡之上是一段新建的轨道，尚未通车。也就是说，如果要驾车上到青草坡，实际上它的路径只有一条。这样的话，也许只需找到一个监控头，就够了。

沿车道走到坡顶，累得气喘吁吁。但他有了新发现。

进入坡顶处，左侧是山崖，右边一侧是一块凹地——几乎像是一块飞地，与之前造访的青草坡社区彼此孤立，一个在左，一个在右，它们之间是一大片农田，以及一栋气派的宅院。之前，他就是从围墙背后的小路穿过农田，到达青草坡社区的。

这是之前被忽略的一点：这栋被白色围墙遮蔽起来的宅院正面是山崖，后面是农田，位于车道一侧，从这儿再拐个弯就到达坡顶，是车行的必经之地。

站在高处，可以俯瞰到里面，沿院墙是步道与长廊，当中一块长方形鱼塘，塘边设有全套钓具装备，立有休闲阳伞，休闲区域放着四台自动麻将桌，从这块露台通往后面三层小洋楼。度假山庄入户大门就在路边——紫云山庄。他叉着腰，对着门楣上的摄像头微微喘气。显然，如果有车经过——也就说，田家兴的车，不可能逃过这只"眼"。

只不过，山庄大门紧闭，无人应答。

绕山庄前行两三百米，他又回到了吊脚楼，看到他重新站在眼前，独自抽闷烟的圆脸老头儿眼珠子都快掉出来。

"欸，我说兄弟，"老头儿一脸蒙圈，"刚刚你不是打这儿下去了吗？"

"是啊，"他比画着，"我绕了一圈，又回来了。"

"你还好耍呢！"老头儿喷了口烟出来，"在量山的腰围？有这么绕的吗？"

他坐下来，点上烟，问山庄的情况。老头儿也不大清楚，说这山庄才建成不久。"可能一年不到吧，私人产业，也不知道主人家是谁"，偶尔周末有人过来。不过，老头儿说，认识给山庄做清洁的焦老二，就住坡下。

往坡下走时，他接到李晓波来电。

"虽然这很不职业，我还是忍不住想告诉你，"李晓波应该在外面走动，话筒里传来一些市井噪声，"田家兴的确是坠崖而死的，但在他体内检测出了镇静剂的成分。"

"这就是说，也可能被喂了安眠药？"

"你怎么臆测都行，那是你的权利。当然，也不排除出于恐惧事先服用了镇静药物。我找你，主要还是告诉你另一件事——"李晓波顿了顿，"你给我的狗牙，血样鉴定出来了，不是田家兴。"

"呃？"

他感觉自己的左脸像是被泰森揍了一拳，突然就丧失了意识，又像是酒喝多了，喝到断片那样，陡然空白。

"血样是 AB 型，但田家兴是 O 型。"

他皱着眉坐在崖边。

天色忽然晦暗起来，他就像一块痛苦的布料，被浸染、侵入。远处，色块一点点浮出来，一团团的，由远而近。他扔掉烟蒂，行到坡下。这是一片老民居，焦老二是当地人，就住坎下那排，顺数第二间。

焦老二开门看见这么个陌生人，表情有些费解。

他递上一对礼盒装诗仙太白——刚从街口小卖部顺手买的——焦老二的眉头就松动了。"你这是……"

"找您打听一个小事情，就几句话。"

"说吧，啥事？"

焦老二提着礼盒放到脚边，摸着口袋。他随即将烟递了一支，两人都点上。

"我在童家桥那边住，我家的狗，一条拉布拉多犬——"他比画了一下，"很大一只，有点憨，昨天被人牵跑了。有人说看到它在青草坡，被关起来了。青草坡上面两大片，也不晓得它到底被牵哪边走了。我看你们山庄门口装了监控，正好对着岔口——能不能，让我看看监控？"

"这个情况啊，"老头儿沉默少顷，呼出一口烟雾，显得有点为难，"我想是想帮，但我帮不了，我弄不来那个电脑。"

"带我去看看就行，也要不了多久。"他说。

"不得行不得行！"焦老二摇晃着脑袋，"那是私人产业，里面到处都是监控，你还没进去，就把你拍下来了。兄弟，我只是个清洁工。我要是带你进去——这让老板晓得了，还不给我除脱了哇。"

"实在不行就算了。"他也理解。

老头儿有点过意不去了。毕竟，东西收了，又帮不上忙。就开始费力解释，说这年头，这年纪能得到这么一个兼职也是很难的，再说老板对他不错云云。

他多嘴问了句："您老板是……"

"老板啊，他是丝厂的老总。"

他眼皮一跳。"凯斯特的康富强？"

"哟，你认得康总？"

"我倒是知道他，"他把烟蒂远远地甩出去，"但他不认识我。"

坐上出租车，司机问："哪里？"

"下土塆。"他说。

路过童家桥时他忽然就改变主意了。"师傅，"他拍了拍车靠，"麻烦你就在前面烈士墓路口停一下。"

看见他出现在茶馆，张素娟眼里略微闪露一丝惊异，很快平静下来。她俯身对牌桌上的人耳语了几句，便朝他迎来。

"走，"她轻声说，"找个地方说话。"

时值黄昏，静谧的街市忽然就沸腾起来。路边各种小摊贩已各就各位，下班回家的人们行色匆匆，附近一左一右两所大学，犹如开闸的潮水，那些骄傲的青春的身体把这段窄小的坡道塞得满满当当的。

街市尽头是烈士纪念陈列馆，馆前是一个宽阔平坝子，沿处设有休闲长椅——她找了个靠里的位置，在这昏暗的时刻没人会注意到他们，更不会知道他们交谈些什么。

"我不是为保险的事来的。"他坐下来，坦白说，自己已不再负责这个理赔案，所以，如果觉得有什么问题不合适也可以选择不答。

"我知道，你是为田家兴的事吧。"

他点点头。

她忽然说："谢谢。"

他有点惊诧。

"那晚上，我知道是你——我看到你了。"

"你跟田家兴……"

她忽然就沉默起来，似乎是不想就此交流下去。

"就我所知，"他果断换了一个角度，"任铁围好像在性方面有些问题。"

如他所料，这句话产生了效果，就像一个针尖将一个气泡戳中了。

她有些惊愕地看着他，似乎在分辨这句话的真实性。

"我在重医查到了任铁围的就诊信息，这两年他一直在看男科。"

她忽然瘫软下来，长叹一声。"都是错，一个彻头彻尾的错误。"

事实上，从丈夫第一次带田家兴来家吃饭时，她就窥见了隐藏在他目光后的欲望。他高大瘦削，是她喜欢的那种类型，比丈夫年轻，比丈夫帅气，还非常擅于跟女人打交道，懂得逗女人开心。他的目光经常无意在自己的隐私部位游走，她清楚这点但并不十分反感，甚至他当着丈夫的面夸赞她如何性感，也不至于让她生气。那时夫妻关系正常，感情依旧是丰盈的。关键转折在于任嘉阳的突然发病，夫妻之间再难有什么心思，性的乐趣被忧心忡忡的现实彻底覆盖了。那段时间，夫妻两人各自承受着家庭之外的焦虑，公司急速衰败让任铁围难以适应，脾气暴躁；而她，作为一个想要自立的女人，也在寻求脱离泥沼的渠道。当茶馆开张后，她感觉自己终于成了一个有用的人，这个评判标准就是，家庭主要支撑点，悄然从丈夫那儿挪移到她这边。经济不光是经济本身，它十分复杂，还能带来自信。孩子的病情也控制住了——虽然彻底祛除隐忧还有待时间，但只是时间问题。女人一旦变得自信，其特征有两个层面：一是对于仪容装束的投入；二是对于性爱的需求。作为一个久旱的中年女人，她发现自己的需求仍然存在，并且需求很大，只是它就像一个玩具被玻璃罐子密封起来。现在那个盖子打开了，但丈夫却不配合了。或者说，他配合不了了。这时，丈夫的心思已全不在家里了，她甚至不清楚他究竟在焦灼什么东西，他在外边做些什么。他从不说，两人冷却得很快，频繁吵闹。一次大闹过后，丈夫划了一道鸿沟——搬出卧室，单独住在阳台上。至于田家兴，是她主动联系的。那时，田家兴跟任铁围已经闹崩了。但她需要他。开茶馆，尤其是新茶馆，最缺的就是像田家兴这样的常驻班子。重要的是，长期混迹于各大茶馆的田家兴还能给她带来客流——他满口答应。应当说，田家兴是一个很好的牌搭子，他不光自己凑角，也带来不少牌友。很多熟客经常开他们两人的玩笑——在那种环境中，在中年男女之间这是极普遍的。好多事情都是这样，原本没有的东西，说着说着就有了，就像是水到渠成。有一次茶馆到半夜才散场，她请大家宵夜，喝了几杯酒，情绪高涨。他送她，一只手就搭到她大腿上，她躲了一下；他的手指强硬而又灵活地伸了进去，她的躲避仅仅沦为一种虚假的形式，她的心想要拒绝，但她的身体内部已经完全瘫痪了。她感到巨大的羞耻，同时又极度兴奋。不过她一直很清楚——他不是那种值得自己依靠的人，她知道他要的东西跟自己一致罢了，并且她清楚他在其他女人那里同样如此。她自以为能控制好这个界限，可不是这样。城市虽大，人际却是很狭小的。风言风语不知怎么就被任铁围听到了。有天，他提着棒子去找田家兴，田家兴挨了一棒子就跑了，他就把田家兴的车砸了。这事就闹大了，田家兴老婆当天就带着儿子走人。回家后，她以为任铁围要发疯，但他很平静，他说，你如果要找人我不反对，但你不应该找这种渣滓。之后任铁围再也不跟她说话了。他们之间的那盆火，彻底熄了——两人完全对彼此毫无所谓了，田家兴也成了光棍，可以毫无顾忌地光顾她的茶馆。

"可能外人看起来，我跟田家兴依旧打得火热，但老实说，再也没跟他有真正的瓜葛。"张素娟直视着他，"我说过，那只是一个错误。我们确实有过那种关系，但那谈不上感情，一丝一毫都没有。这个我可以对天发誓。"

"警察来找过你吧？"

"找过了！上午我去做了笔录，警察问了我很多跟田家兴之间的事，还装模作样说掌握了我大量的材料，说田家兴留下了遗言，狗屁！他们告诉我，任铁围的死，田家兴有很大嫌疑——还说是为我。咋个可能？亏得他们想得出来！这两年我跟任铁围关系不好是事实，但总归是一起生活了这么多年的夫妻啊。"

"那你怎么看田家兴这事儿？"

"我就是想不通啊！如果他谋杀了任铁围，为什么不早跑？跑得远远的——总归还是有侥幸心理吧？人为什么自杀，那就是没路走了啊。他不是还有路吗？"她恨恨地说，"这个龟儿王八蛋，要死你就死干脆点，死干净啊，干吗还捎上我，平白留下一摊屎！"

"其实，"他坦率地说，"我并不关心田家兴在'遗言'里说了什么，我更想知道的是，田家兴跟任铁围到底有什么矛盾。"

她愣了一瞬，眼神有些涣散。"就是为这个吧，但我完全不知道他得了那种病，我不知道他在想什么，他在做什么！"

所以，有些问题只能是从这儿寻求答案。

他在楼顶远远地观察下面。会所院内停了三辆车。那辆奔驰，是半小时前进来的。一身休闲西装的司机先下车，拉开车门，笨重的康富强抱着商务包从车里吃力地钻出来，很快就消失在小楼里。因为视角的缘故，另外两辆看不到全貌，在他之前就停在里面了。

两小时过去，没有车来，也没人出去。会所静得像是死的——要不是那些远远的灯光还亮着。门岗处的保安也不轻易离开，偶尔从岗亭里钻出来，伸展活动自己的筋骨。如果一直待在楼顶，他不可能看到什么，也不会听到什么。

从楼顶下来，经过会所前，保安在岗亭里斜坐着，一手举着报纸，另一只富于耐心的手指挖着鼻孔，抠出一点，反复捻搓着。

他抛出小石子，它准确地从窗口落入岗亭。

"哎！哪个？"

趁保安弯腰找寻的时刻，他躬身绕到岗亭背后。保安怒气冲冲出来，朝大门外四处张望一会儿，摸着脑壳回到岗亭。他直起身，快速穿过竹林，步上台阶。底楼大厅，除了天花板是白的，所见皆是金色，一种极尽富足的空洞。左右两边，结构一致。左侧过道，朝北一间倒是敞开着。应该是会客厅，布置得却如展览厅——靠墙处真皮沙发约有七八米长，上方墙面挂着上下五排巴人面具，铸铁材料所制，每具表情形态各不相同，感觉奇异。与之相对的展示架上，陈列着青铜灌注的十二生肖，形态夸张而传神。右侧是整壁水墨国画，磅礴大气，但运笔细腻，画面是山城吊脚楼——仔细观察，却是直接用画笔涂描于墙上的。落款是青苗子，本地美术大家。过道右手侧三个房间均紧锁。站在走道凝神静听，毫无声响。

回到大厅楼梯口，正要抬脚上去，楼上传来脚步声。他闪身避入走道尽头——蹿进卫生间。

屏息待了五六分钟，感觉再无动静，他出来，径直出大厅。经过小院时，他注意到奔驰旁是那辆黑色尼桑，曾在他车后尾随。他掏出手机记下车牌。还有一辆奥迪，从没见过，车牌尾数是8118。他没记，这个不用记。这个数字太好记了。

这时肌肉突然一僵——一只手从后面搭上他肩头，蓄满力量。

"你干吗？"声音干燥，冷峻。

他慢慢转过来，首先看到的是粗粝的手指，手腕之上裸露的部分，有个黑色的胎记一闪而过。然后才看清面前这个人：跟自己差不多一般高，脸硬得像铁，眼睛狭细，身着黑色休闲西装。他见过，是康富强的司机。

"不干吗啊，"他一脸迷惑，"我进来借用个厕所。"

"你怎么进来的？"司机盯着他看，"这是私人会所。"

"噢，不好意思，"他举起手，"我这就走。"

他正欲快步离开，保安却跑过来，叉着腰吼道："你啥时进来的？"

"不是你让我进来的么？"

他摊着手，很无辜地说。

"啥子？"保安鼓着眼，"胡说！"随后就冲着他拉扯起来，"哪只眼看到我放你进来了？是不是偷儿？"

两个人拉拉扯扯时，司机接了个电话，十分简短。挂后，突然说："让他走吧，看起来也不像小偷。"

保安顺从地松了手掌。

一会儿那辆奥迪开走了。九点半，奔驰从里面驶出。他叫了一辆羚羊在后头跟着。奔驰一直开到渝中半岛，停在洲际酒店。很多老板都这样，明明有别墅、有家——甚至好多个家——但就是喜欢住在酒店里。

在楼底转悠了一会儿，从八一路穿过时，街边坐满了黑黝黝的身影，手里捧着一次性便当碗，空气中弥散着微带着酸辣的气味。这是一条好吃街，尤以臊子酸辣粉最为著名，据说一天可以售出上千份。紧挨着酸辣粉小店，是胖子妈盐水鸭。

他被街边那些心无旁骛的吃相感染了。如果说早餐是城市的良心，那么，深夜的这些摊口才是城市的灵魂吧。在胖子妈的档口排队时，他想到了她。

几乎是心有灵犀，电话响了。是她。

"田家兴死了！"她的声音有些兴奋，"听说是畏罪自杀。"

"你怎么知道？"

"刚刚任嘉阳告诉我的，警察今天上午去他家搜查，"她说，"翻了半天，好像在找什么东西。"

"嗯？"

"他们翻了张素娟的卧室，把任铁围那台电脑也带走了。"她长吁一声，从牙齿缝里迸出一句，"你的判断是对的。警察一开始追查，田家兴就崩溃了，晓得自己脱不了爪爪。——哎，你怎么不说话？"

"不是在听你说吗？"他苦笑。

"你在哪儿？"

"我在排队买盐水鸭。"

"解放碑？"她说，"你怎么跑那儿去了？"

"做了个实验。"

"嗯？"

她在期待解答，但他没继续这个话题，转而告诉她："对了——今天我见了张素娟。"

"跟她有关吗？"她倏尔紧张起来。

他大概转述了一下见面的情形。"没什么特别的漏洞，我一直观察她的表情，我觉得她没说谎。"

"没那么简单——任铁围的死，不管死于谁手，对她肯定是有利的，她是第一受益人。"

"如果真像她所说，并不知道丈夫购买保险的事呢？"

"这对她来说并不具备什么难度。"

"田家兴死亡的时候，她有不在场证明。她自己也说田家兴不大可能自杀。"

"难道她还有另外的帮手？"

"也不排除。但有个事——"他说，"也许我的直觉是错的，为什么我总觉得你有点针对张素娟呢？"

她愣了一下，僵硬地说："莫名其妙——我为什么要针对她呀！"

他打到一辆羚羊。

一路上暗暗观察着前后，没有什么可疑的人与物，当然，这种夜幕下面，一切在视线里的事物也都是值得怀疑的。

不由自主地，他拿着手机，翻找出那个号码。

想了想，他拨了过去。

……

对方又接了，同样一声不吭。只不过这次，他也没吭声，就像一种耐力的竞赛游戏。

大约三十秒后，那边挂了。

这事儿让他觉得好玩的是，虽然那边一句话不说，但也并不排斥——让他知道自己是存在的。电话那头，似乎在等待着什么。究竟是什么呢？

回到家，他将胳膊上的绷带取下，躺在沙发上，很快睡着了。梦里，他在酒桌上，那个康总，挺着肚皮给他斟酒，语重心长地给他说些什么；一会儿又在街角，看到张素娟的背影，他尾随她走了很长一截路，可是，走到一段围墙边时她忽然就不见了。他双手扒在墙上，哗地，墙裂了，原来是一层涂了仿真颜料的纸，可是纸裂开后，里面还有一堵墙，水泥墙。他在那儿泄气呢，那个姓康的胖子又端着酒杯过来了，让他喝，他不喝，胖子勃然大怒，肉乎乎的手掌就伸过来，强硬地往他嘴边塞。他骂了一句"操你妈"，可酒就灌了进去，呛在气管里，咳得肺叶都在颤抖……

咳嗽将他从梦里拽了出来。迷迷糊糊抓起嘶叫的手机，一个失去控制的声音惊惶地闯入耳内：

"救我！"

十五

何饭饭裹着睡衣抱着膝盖蹲在街边，犹如受伤的小动物，背后是冷清的烧烤摊——但那一小片明亮会使她获得一点安全感。凌晨三点，看到他从车内钻出，她眼中的恓惶顿时少了许多。

她在前面领路，从一个巷口往里面穿行。虽然离解放碑步行街一步之遥，却是两种截然不同的形象，这儿大概是主城核心最老旧的生活社区，住宅楼犬牙交错，多建于上世纪九十年代，没有电梯。但对很多年轻人来说，租住在这种地方依旧较为实际，离繁华很近，交通便利，房租也相对实惠。

上到单元楼四层，她有点余悸地将钥匙插入锁孔，畏畏缩缩不敢进去。他踏进去，看到了让她尖叫和惊惧的景象——三十平方米左右的单间，地板、床铺上蠕动着十几条蛇。他把她推出门外，反手关上房门。探出手，准确按住脚底一条蛇的七寸——拿到眼前观察了几秒，找了一个口袋将这些不速之客通通收纳起来，放到卫生间。然后开门，她还处于强烈惊恐中。很多人都做过不同程度的噩梦，但极少有人真正遭遇过噩梦——要知道，在现实世界与在梦中的惊惧完全是两码事。两人从火锅店离开后，何饭饭回家就睡了。凌晨她起来上卫生间，打开客厅灯，顿时魂飞魄散：满屋子都是蛇，到处是蠕动的蛇，她勾起餐桌上的钥匙逃到房外。她算是反应很快，很刚强，差点点就吓哭了，但至少没哭。

"丢什么东西没？"他拧开龙头，在水池里冲洗黏糊糊的手指。

她摇头，自己也觉得奇怪。

"没报警？"

"我跑出去，第一个念头就是想赶紧告诉你……"

"报警也没用，"他找了张纸巾擦拭着自己的手，"我刚看了，你们这栋楼出入口没监控，有也拍不到什么，外面太黑。"

"天啊，吓死我了。"她终于松弛了一点点，拍着心口，"都不知道是怎么进来的。"

"应该也没想真把你怎么样。我看了，是宠物蛇，翠青、水蛇，无毒的。"他将纸巾扔到垃圾桶，环顾着四周，狭小的房间里除了一张床，就只有一台电脑桌，上面是手提电脑和一盆绿萝，一个组合衣柜挨着拐角，最多的是书和杂志——沿着床榻和墙壁摆放，大约一米高，形成一种很有意思的艺术环境，如同一间私家旧书店。他瞥见，靠近床边的杂志当中一摞是《今日城市》杂志。他克制住了想要去翻一翻的冲动。

"更像是一个警告。"他说。

"警告？"她瘫软在椅子上，"警告我什么？"

"你最近，没得罪别的什么人吧？"

"没有啊。"她脸上写满无力感和后怕，还有深深的茫然，"简直太恐怖了。我给谁说都不会有人相信的，门锁着，但他们轻易就进来了——并且你毫无知觉。你说，他们要是真想干点什么……"她一个寒噤。

"这里暂时不要住了，"他告诉她，"看看有什么可收拾的，先到我那儿将就一晚吧。"

她站在开敞式的厨房里煮方便面。

谁说的，食物是抵抗恐惧的最有效方式。他发现饿了——那种味道强烈地诱惑了他。

他横躺在沙发上，觉得简直有点不可思议，为什么即便是方便面，有人也能烹制出让人垂涎的香味。而他自己泡面，总是一股混合了味精与防腐剂的味道——就像从墓穴里的储存罐里直接取出来的那种食物。

他忍不住从沙发上跳起来："太香了，你怎么煮的？"

"先把方便面用开水过一道，捞起来放一边。我看冰箱里有两个番茄，去皮，切成小块，下锅煸熬成汁，再加开水烧开，捞出渣，再放面稍稍煮一下。喏，再浇上蛋花，撒盐。就这样，好了。"

"这么复杂。"

"很简单。"她已经盛出一碗，递给他，"吃一点吧。"

他坐在餐桌边，挑了一口，愉快地哼了出来。

"你真好养，"她笑道，"太容易满足了。"接着，那种忧虑又回到脸上，"你说，到底是谁在警告我——我刚才想了想，好像也没得罪谁啊。"

"也许不是针对你。"

"不是我？"她的眼睛瞪得老大。

"你还记得我说做了个'实验'吗？"

"记得啊，你也没说到底怎么回事。"

"我去了一个会所——那是田家兴死亡前最后到过的地方，是凯斯特老板康富强的会所。我溜进去，被康富强的司机发现了，后来我又跟踪了康富强。应该也被司机发现了——当然，我是故意被他发现的。意外的是，他们很便宜就让我走了。"他蓦然回想起司机曾接到电话，很短，几秒，可能就一句。

"故意的？什么'实验'？……"

"当你找不到目标的时候，也不妨反过来，弄点水响，让他们来找你。"

她呆呆地迟疑了一秒："我刚刚想，上次你的车出状况，是不是……"

"我查了，油管被做了点手脚。"他连汤带水哧溜地吸着，冷笑道，"我前脚才把田家兴的资料送到警队，后脚我就收到了这份礼物。"

她捂上嘴，一脸惊惧。"跟进我房间的是同一个人吗？"

"不确定。"他摇摇头。

"不对啊，"她不解地问，"案子不都结了吗？"

他放下被舔舐得过于干净的碗。"这个事情告诉我们，还有我们不知道的一些人隐蔽在四周，又或者，有人被逼急了，害怕这个案子的底牌被揭开。"

"我还是不明白。"

"你试着回顾一下，我们是怎么开始，又是为什么开始的？"

她把面碗推到一旁。"起因就是任铁围被害啊，也就是很简单的一个案子。这样的案子在每个城市都在发生，没什么出奇的地方，唯一让人……"

"不对，"他打断道，"你再想想，给你提示一下，要注意——联系案件的时间点，再认真琢磨一下，看看这整个案件有什么特别的地方。"

"时间点？"她认真地思索了一会儿，还是放弃了，"到底有什么异常？"

"那是长假前的最后一晚，但第二天这个案件就见报了。警方是断然不可能主动把消息透露出去的，所以，有人特意把这个消息捅给了媒体。"

她差点跳起来，"就是说还有现场目击者？"

"至少有一点是确定的。"他用手指在桌面上画了一个惊叹号，

"不管他是谁，是不是目睹了案发过程，但他的目的非常确切——想让这个案件成为一张明牌。"

她使劲地思考着。"你是说……"

"好，现在你可以反过来倒推。到底，什么人不愿，或者最害怕让这个案件广而告之？"

"当然是田家兴！"她脱口而出，随后摇头，"他死了呀。"

"狗牙残留的血迹是 AB 型，但是，"他望着窗外，摇摇头，"田家兴的血型是 O 型。"

"啊！"她蒙了，"不是田家兴？"

"更准确地说，不只是田家兴，现场还有其他人。"

"谁？"她苦苦思索着，"九月三十日晚上，到底发生了什么？等等，最接近事实真相的两个人，都死了。"

"尤其是田家兴，死得很及时。"

"田家兴自杀，到底对谁最为有利？"

他反问："你觉得是谁？"

"……张素娟？"

他摇头。

"我的直觉是，这事跟她无关。除非，她的表演太成功，完全没有破绽。"

她思索片刻。"我记得你说，这个案子有什么被我们疏漏了。但一定会有原因……任铁围，田家兴？跟他们两个人都有关联的，如果不是张素娟，还会是谁？难道——"她扬起脸，呆呆地看着窗外，似乎想到了什么。

他摸出烟含上，却被她一把抢走。"别再抽了！"

他无奈地摊开手。

"这件事情，你不要再参与了。"他伸出手掌，似乎那里的空气被按压出了一个什么形状，他告诫道，"到此为止！"

"那你呢……"她有点不知所措。

"我不一样。"

"有什么不一样？"

她还想再说，却被打断了。

"你跟这个案子没有关系。"

她冲动地站起来，又缓缓坐下去。

"先睡吧，"他站起来，从衣柜里找出一张床单，铺到床上，"你睡床上。"

"你呢？"她的眼骨碌碌的。

"我……"他转了个身，指着沙发，"睡那个。"

她顺从地钻进被子。

他关了灯，躺在沙发上。房间里突然多了一个女孩，这陌生的气息和变化也对他造成了一点不适。

"你也睡不着吗？"

她的声音突然从床榻上传来。

他愣了一瞬。"正在努力。"

"我睡不着。"

"喝点酒？"

他起来打开冰箱时，光亮瞬间涌了出来，他拿出一瓶威士忌。关闭箱门，那里霎时又被黑暗包裹。

她坐在床上，接过他递来的酒杯。两个人沉闷地啜饮各自的酒液。没人说一句话。

许久后，她放下空酒杯，说："你也睡床上吧。"

他耸了耸肩，继续沉默着。

"我感觉自己很失败。"几分钟后，她兀自说。

"嗯？"

她的嗓音怪怪的。"难道我就这么没有吸引力吗？"

"不是的。"他认真又木讷地答道。

"那是你没有欲望吗？"

他把手臂枕在头下，对着天花板说："听说，如果你长期吃素，欲望会慢慢消失。就像出家的和尚一样。所以，欲望是能抑制的。"

她噗嗤笑了出来。"可是，你明明就是个食肉动物啊。"

他不想再继续这个话题了。

"我说，你也不难看，除了工作还是工作，成天一个人晃荡，就没个男朋友吗？"

"嗯，只是'也不难看'吗？"

他苦笑。

她停顿一秒。"其实是有的，前些日子分了。"

"为什么啊？"

她忽然咯咯笑起来。"原来你真不记得了。就是那晚上——被你揍的那个男孩啊。之前我们闹了一些纠纷，我有段时间没跟他联系了。他疑心病重，以为我跟他分开是因为有其他人，移情别恋。他居然跟踪我，所以——"

他有些意外。

"我明白了，他那晚是专门在那儿堵你，不，应该是冲着我来的。那么，"他看着她，"我可以去找他，把事情说清楚的。"

"不需要了，这有什么可说的。"她这份洒脱不像是装的，"就算没有这个事，我们也不可能在一起了。其实……我应该感谢你。"

"感谢我？"他不禁笑了。

"真的，"她的语气慎重而严肃，"原本我只是知道要同他分开，但我并不清楚我到底怎么想的。后来，我知道了，我为什么要离开他。是这么回事，这段时间，从你这里，我知道了以前不曾了解的一件事——男孩跟男人，这里的差别究竟是什么。"

他的心就像一根琴弦被轻轻拨了一下。

"怎么，还需要我到床上睡么？"

"不需要了。"她调皮地说，"我想我现在能睡着了。"

她说到做到。面向墙壁，蜷曲于床，抱着枕头，几乎不需酝酿和前奏，马上就滑进了梦乡——并始终保持一种愉悦的表情。

他很难睡着。总是这样，身体累了，但脑子里还是激烈、眩晕的——那里似乎变成了一处海滩，浪涛卷着浪涛，每每就在前面的浪涛正要舒展时，又被后面追逐而来的后浪所覆盖，一层层推进，一层层覆盖。他轻微侧了下身，望着阳台外面——第一次意识到这个事实——不像电灯，天空不是瞬间变亮的，而是一寸寸、一点点渐变的；就如外面的黑暗本身，也不是一律的。黑暗也有深浅不同。

睡了两小时或更少，他赫然从梦中惊醒。他轻轻地下床，走到阳台，这是一整天最为清澈但也最为复杂的时刻。这世界就是这么矛盾。但无可反驳。

吸完烟，他泡了一杯热咖啡，然后他在餐桌上留了一张纸条，放在那把备用钥匙下面。

"我取车去了。"

从 4S 店取车后，他直接去了交管中心。

路面监控很奇怪，以田家兴死亡时间为点，一直向前移，始终没找到那辆长安车。检索三个多小时，一无所获。他疲惫地走出监控室，但又不甘心。进山车道只有一条，难道田家兴是飞过去的？户外清凉的风让他淤塞的脑子清醒了一些。点烟时，他赫然有了一种奇怪的想法。扔掉烟头，重新回去，将时间往后挪移，再往后，果真神奇啊，他看到了田家兴的车，自双碑方向过来。

原本他还想查询一下会所出现的那辆奥迪，那个印象深刻的车牌号码。但他实在太累了。下次吧。并不是什么要紧的东西。

回到家，他差点以为走错了房间。餐桌改换了形象，铺上一块蓝色薄棉布，几个崭新的白瓷碟搁在小竹垫上面——几道家常小菜冒着鲜活的热气：野葱煎蛋、芹菜豆干、青椒肉丝，还有一钵奶白的鱼头汤。地板上油光锃亮，那些随意扔放的杂物不知被收纳去了哪里，沙发泛着哑光，被子叠成方块，干净的茶几上多了个窄口花瓶，随意地插入了几枝春蓼，居中的是一株粉色月月红。仅仅只是出去了一小会儿，他那个晦暗角落忽然就变成了明亮的天堂。女人最不可思议的地方在于她们都是伟大的魔术师，她们天生拥有一种生活的魔力——大多情况下都是如此，只要她们愿意，这个世界就会变得奇幻而瑰丽。那瞬他心里突然十分柔软，也可以说，充满感激，这些年来，这是他第一次对这人世有了敬意。他想起有次好奇地问她，何以对食物这么在意和迷恋，她曾经这样回答他：生活总是从一张餐桌开始的，从一粥一饭开始的，而不管你是谁。

这顿午饭他吃得极其满足——一个人满足的标志很明确，就是吃什么都觉得香。他的样子让她忍俊不禁。"慢点慢点，没人跟你抢。"

忽然，手机响了。是安梅，问他下午有空接安晓不，她带训练课走不开。他马上说，我去接他。

事实上他没等到安晓放学——孩子午睡刚起来就被他接走了。何饭饭在后座陪着安晓，两人耳语些什么，孩子抿着嘴，很感兴趣的样子。

一路上他们在后座上聊天——同学呀，老师呀，包括一些对零食的交流呀，当然主要是她在引导，安晓似乎也不排斥。尤其当她提到某些小吃和零食，他显露出向往的神情——因为那些东西一律被他母亲概括为垃圾食品，严禁入内。但她如此轻易就破坏了安梅辛勤构筑的防线，她跟母亲是如此迥异，不光告诉他那些食物有哪些特征，而且背后还藏着一些有趣的故事。在下车时，他们已经成了一对要好的朋友了。这大概是第一次，他觉得带着儿子出行并不算是一件苦闷的事情——在此之前，他完全不知道该如何正确地与安晓相处。

他径直开到一处滩涂上——这是她的建议，既然是出来要，何不带安晓划划船？在真的江水里，在真的船舱里。她这么说的时候，他注意到安晓的脸上闪烁着一种压抑不住的期冀。

他马上联系了上次那个船老板。

此刻，船老板夹着烟的手远远冲他摇摆着。他们摇着渔船到江心，当然不是真的钓鱼，只是感受感受，吹吹江风，让手指像鱼儿游弋在微澜江水里。

游览了一会儿，他下船，船老板载着他们两个人去收渔网——里面的渔猎决定了他们晚餐的丰盛度。远远的，他听到欢呼声。

他在滩涂上生火，石头搭的灶，锅碗是从船上搬下来的。船老板和他憨厚的女人在水边杀鱼。

何饭饭带着安晓在这片空旷地追逐。他们跑得很远，跑累了就比赛打水漂——无论做点什么，都是自由和任性的……安梅担忧和害怕的事物太多了。他能做的，就是尽力在其中起到一点平衡——要是他能自如地跟孩子交流的话，可惜，他仍然不知道该如何相处——什么算是正确的相处？他不知道。这不是演戏，也不是下棋，每一步都有既定的路径和格式。不过，今天他开始确信，一切都会慢慢正常起来的，就像普通的父与子。他靠着一块石头坐着，忽然有种不可言说的愉悦。包括这顿荒芜滩涂上的晚餐，带着一丝不可思议的梦幻之感。

车停在街边，他正要带安晓下车，何饭饭却说，我去吧。她拉开车门，牵着安晓，轻快的背影朝小区走去——安梅就站在彩虹石拱门的下方。他注意到，安晓走向母亲前，与何饭饭勾了一下小手指。随后，两个女人站在原地聊些什么，很投机似的，说说笑笑，扔下他干等着。不要指望她们能意识到这个——如果说他在短暂的婚姻里得到了什么认识，就是——女人对时间观念这种东西通常都很一致，就是没有观念，就是拖拉，就是没完没了。

第二支烟要抽完，何饭饭才回到副驾上。

"聊什么那么久？"他将烟头扔出去，装作无意地问道。

"你是想知道，我们都说你什么了吧。"

他不自在地揉了揉鼻子。"就算是吧。"

"安姐说，你除了脾气臭一点，嘴巴刻薄了一点，总体上人还是不错的，还算有救……"

他苦笑起来。

"骗你的！"她撇嘴道，"别自作多情了，没谈你。主要是聊孩子。安姐倒是夸你，说你总算有点当爹的样子了。"

他不禁再次摸了摸自己的鼻子。

"安晓跟你说什么了？"他刻意省略勾手指的细节。

"噢！"她撩了撩刘海儿，"我答应他，下周再陪他出去玩。"

"你挺逗小男孩喜欢，手段蛮多的，"他有点心情复杂，但也是由衷的，"我还是第一次见安晓这么开心。"

"其实，"她侧身看着他，眼神温柔，"跟孩子相处并不需要什么手段，也不用太多心思，只需要你做到一点就够了。"

他干咳一声，略微有点不那么自在地问道："哪一点？"

"蹲下来。"

"蹲下来？"

"对，当你的目光跟孩子的眼睛齐平，你们就会是平等的。而不是父亲、长辈、老师什么的，他也不是儿子。所以，跟孩子相处，最重要的恰恰是不要把他当作'孩子'，把自己当作'父亲'。只要你当他是朋友，他就会把你当作朋友，毫无保留。真的，孩子都特别简单。"

"你怎么懂得这么多？"他觉得有点意思。

"大四那年，我在一个特殊学校做了一段时间义工。那些小孩，可能看起来呆呆的、笨笨的，各有各的缺陷，但真的，当你真的跟他们待在一块儿，待久了，你就会知道，成人可能有一万种，但孩子，无论什么样的孩子，其实只有一种。就像一种乐器，它不好听，只是你不懂演奏的方式。"

"听起来，我也应该去那里锤炼一下。"他被感染了，"什么地方？"

"不在重庆，不过你真应该去看看，"她笑了，鼻子轻轻皱起来，"是四川崇州，一个小镇，还有一条河，一个古码头……"

电话响了，将她从绵密的回忆里拽出。

她握着手机聆听着，表情严肃。

"有新情况。"她说，"任嘉阳说发现了一些他爸爸的东西，不知道对我们有用没。"

他当即扭转车头。

任嘉阳站在客厅，脚下是一个方方正正的赭色纸盒，约六十厘米，覆满灰尘和蛛网，扎绑的黄胶带被扯掉了，纸盒敞开，里面堆满灰扑扑的文件资料。他蹲下去，探手翻了一翻：卷宗、打印件，还有回忆录之类的手抄件。

任嘉阳递过来厚厚一沓打印文稿，"喏，在箱子里发现的。"随后道，"我是在床底下找到的。"

他接过来，将文稿标题念出来："《身边的历史——望江丝厂文史汇编》……编撰、整理。"他看着何饭饭，"任铁围？"

她将这部打印件拿到手上，走到一边慢慢翻阅起来。

"你刚说，"他看着任嘉阳，"你爸爸被拘留过？"

"是。"任嘉阳转头去了卧室，随后拿着一张纸条出来。

这张泛黄的纸片，是派出所专用收条，也可以说是专用于罚款所用的那种凭证——如果你嫖娼、赌博被逮进去，收到相应罚款金后，在释放前就会得到这样一张收条。收条上写着任铁围的姓名，罚款金额是两千元，时间是二〇〇九年十月，名目一项写着：寻衅滋事。

他当然清楚，"寻衅滋事"是一种模糊的统称，就像"投机倒把"或者"流氓罪"。有时"流氓罪"不是指你真耍了什么流氓。

"是为什么进的派出所？"

"我也是看到单子才记起来的。"任嘉阳说道，"印象中好像听到我妈跟他谈过这个事。他说自己是被人打整了。"

"谁？"

"那我就不清楚了。"任嘉阳搔了搔头。

他重新看着手里的收条。

"还有，"任嘉阳说道，"上次警察来把我爸用过的电脑带走了。"

"我知道这事。"他能感觉到警察在找什么东西，只是并不清楚那是什么。

"不是，"任嘉阳表情有点微妙，"我是说，被拿走前我已经查到了，电脑是一号清盘的。"

"确定？"

"嗯！"任嘉阳说。

他思索一秒，有点待不住了，看看何饭饭——她抱着那堆汇编资料，仿佛已经入神了。

"你们先整理，"他掏出车钥匙，"我去下茶馆。"

茶馆里烟雾弥漫，他进去待了一分钟，随即退出来，在台阶处等着。这是夜晚最丰富的时刻，黑暗与斑斓如此和谐并存——最耀眼的亮光和最深的黑暗交织于一体。这已不是黑暗本身，但人们已经适应了这种人造的世界。

不一会儿，张素娟出来了，一只手拿着一盒娇子细烟，另一只手握着火机。她掏出一支递给他，他摇摇头，掏出自己的红万宝路。张素娟点上烟，深深吸了一口。

"我记得你不抽烟的。"

"心烦呗，抽着抽着就抽上了，"她扬了扬烟盒，"有这么个东西叼着，心里平静一些。"

他颔首表示理解。

"有事？"她眯着眼问道。

他告诉她，任嘉阳在家里发现了一个纸箱，里面是一堆原丝厂的资料文件，还有那个被拘留过的收据。

"这跟任铁围的死有关系吗？"但她的语气里并无质问之意。

"我不知道，"他老实回答，"兴许毫无关系。但是——"他弹了弹指间的烟烬，低头看它们飘落，"多了解一点总是没错的。"

张素娟举着烟，另一只手托着那只胳膊。

"那是很早之前了，有个中央领导来丝厂视察，说你们有这么多荣誉和历史，应该好好地记录啊，把这些珍贵的故事和历史都留下来。陪同的当地主要领导马上说应该应该。既然领导发话了，厂里当然就当个事开始张罗。开会研究了几次，不知从哪儿找了两个作家来采风，想让他们撰写这本书。后来不知道是价钱没谈拢还是怎么，没写。厂里商量了下，还是自己内部来解决。就定了让任铁围来接续这个事——不管谁写，先把资料搜集归纳起来。为这，任铁围前前后后牵扯了几年，真完成了。可把这本书稿交

210

给厂里时，事早黄了。当时发话的区领导调走了，厂领导也换了，凭什么买这个单呢？反正，任铁围就是白干了一场，活冤枉。"

"那被拘留是怎么回事？"

"因为什么？"她仰望着远处，似乎在努力回想，"实际上，他被拘留的事我也不是特别清楚……要不是田家兴来说，我也不知道。这么说，你觉得我是不是太冷漠了？不知道你会不会理解，当时我对他的事确实谈不上关心。那段时间，我们闹得很僵，基本上互不说话了。我对他怨气很大，你想想，孩子突然犯了这么大病，为求保命，就够叫我心力交瘁的，他呢，一天不落屋，就盯着他自己公司那点破事！"

"跟公司有关？"

"是啊，"她重新掏出一支烟，接续上，"是田家兴通知我的，说任铁围在公司跟老总杠起来了，说着说着，可能是情绪激动了，他就上手了。人家马上报案，派出所来人，把他带走，就不放出来了。田家兴让我劝劝他，要认清形势，不要老是打逆风球……"

"具体是什么纠纷？"

"谁知道呢？"她撇嘴道，"也问，他就不说。反正不是找这个扯就是找那个扯，我也懒得管他。"

"现在公司还有老职工吗？"他问。

"都走了，田家兴死了之后，公司就一个老职工都没了。"

"那么，"他想了想，"你觉得哪些人可能清楚这事？"

"素娟！张素娟！"这时茶馆里有人高声喊道。

"哎，来啦来啦！"她应了一声，低声说，"应该有几个是晓得的，我要翻一下通讯录，稍晚点再发给你。"

他路口接上何饭饭，她自进到副驾后，那张脸就像是挂着霜的美人雕像。

"那东西——"他瞥了一眼她怀抱的打印稿,任铁围灌注多年心血收集整理的厂史,"你带走它干吗?"

她告诉他,这份书稿非常完善,资料齐备,辑录的内容丰富,比自己想象得更为专业,不像是一个毫无经验的人编辑出来的。"我想带回去认真看看。这个书稿,我有一种奇怪的感觉……"

"奇怪?"

"嗯,"她拂了拂额前的刘海儿,忽然有些泄气,"但我说不上来。你去茶馆,张素娟怎么说?"

"她提供了一点信息,但有些她也不太清楚。"

"这些事,跟任铁围的死有关系吗?"

同样的问题,张素娟也这样问过。

"我可以讲一个故事。"他说,"但我忘记在哪儿看到的了,只是忽然想起来,觉得挺有意思。说一群穷苦潦倒的农夫在草地上午睡,醒来,看到地上有根绳子,没人在意,一根绳子嘛,是吧?但一个孩子感兴趣,他觉得,这里怎么会有一根绳子呢?于是他就捡起这根绳子,可是这绳子很长,也越来越重,他卷了很久,发现在绳子的尽头,牵着一头牛。"

随后,他补充说:"我不知道绳子后头有没有连着什么东西,但如果真有的话,可能就很重要。"

何饭饭凝神注视着他。

"我好像听懂了一点。这段时间我跟你学到了一样,没什么是无缘无故的。"

他耸耸肩。"上午取车后,我去了一趟交管中心,猜猜我发现了什么?"

她屏息静听。

"很有意思,我调取路面监控,在视频里看到了田家兴的车,出现在212国道——从双碑方向过来,上了青草坡。"他神秘一笑,

"那个时间是凌晨五点零七分。"

"有什么问题吗？"

"田家兴死亡时间是凌晨一点左右。"

"等等……"她终于反应过来，"这就是说，田家兴坠崖后几小时，又死而复生，开车上了青草坡？"

"我又试着重新调取田家兴死亡前的录像，经过排查，又有了发现，凌晨四点二十，有辆车从青草坡出来，往双碑方向走了。也就是田家兴的车上山四十七分钟之前。这辆车一直没有返回。你不觉得有点太巧了吗？这个时间点。这是一辆黑色尼桑。记得我给你说过，曾经有车跟踪过我？就是它。但我看不到驾驶员。一方面，天黑，落着小雨；这个驾驶者很聪明，很老练，知道如何避开路面监控。不过，"他脸上泛出微笑，"我在下土塆的会所见过它。这辆车是属于凯斯特名下的。更有意思的是田家兴死亡的地点，离他死亡地点不到二十米的地方，有个山庄，也是凯斯特的产业。"

她吃惊地看了看他，沉默了好一阵儿。"看起来，我们走了一大截弯路啊，又回到了原点，这些谜还是得从凯斯特才能打开了。"她望了望窗外，"在前面停一停。"

"呃？"他有点不解。

"我要回去一趟——"

"回家？现在不是很安全。"

"是回我妈家。"她似笑非笑，"也不能老赖在你那儿啊。再说我总得换件衣服吧。"

他干咳一声，踩死刹车。

"那你注意点啊。"

"放心。"她机灵地回了个笑容，随后轻快地步入地铁口。他怔怔地看着她的背影消失在汹涌人流中。那里，黝黑的面孔忽隐忽现。每个人身上都带着你不知道的故事，每个人身上都藏着你看不见的伤痕。

他拿出手机拨小白的号码。嘀了两声后，那边挂掉了。

他有些烦恼，将手机扔在一旁，掏出烟。抽完一支烟，他重新驶入大道上，电话嗡嗡震动起来——是杨吉林。

"说了让你不要跟小白联系，他不方便接你电话。他让我告诉你，没戏了。"

"什么意思？"如果手机也有知觉，恐怕那一刻它会瞬间陷入昏迷——它被捏扁了，扁得透不过气。

"他说李立冬肯定脱不了爪爪。"

"为什么？"他几乎要吼出来了。

"好心好意替你传话——你对我凶啥凶？"杨吉林不满地撑了回去，"人家小白说了，虽然你提供证据牵出了新的嫌疑人，但问题是，你提供的那些线索也不清晰。田家兴虽然在现场出现，但并不代表任铁围是他杀的，也没有证据，更不能说明李立冬就此摆脱了嫌疑——警方目前正在寻求他跟田家兴之间的联系，而且，重要的是……"

杨吉林还想说些什么，但他忽然非常厌恶这种无力感，这种绵绵不绝的压迫感，以及对方的絮絮叨叨。

他粗暴地掐断了通话。

事情远远没有结束，至少目前还看不到结束的迹象——不管那个结果是什么。是什么都不重要了。

车从鳄鱼馆下道后，他踩着刹车，车子骤然减速，一辆银色本田跟着从转盘处冒了出来，带着既定惯性——也许可以说是不得不——经过他。他斜斜的一瞥并未收获任何内容。从那扇车窗里什么都看不到，除了防护膜上破碎的反光。

将车停回小区，他去了夜莺小酒馆。照例是自己那个习惯的靠窗位置。老板照例给他送来四瓶精酿。

喝完第二瓶时，他无聊地拿出手机，试着拨打那个神秘的号码。

嘟——电话通了。

酒吧的某个角落有手机铃声响起。他的肌肉绷紧了，循声而去。一个头发稀疏的中年人，鼻梁上架一副无框眼镜，从角落里走出来，一只手拿手机放在耳边说些什么，走出了酒吧。

不是他。他放松下来。

还是没等到对方应答，铃声戛然而止。当然他并不是真的想要听到什么应答，仅仅只是一种游戏。

他把手机搁在桌台上，开始喝第三瓶。

电话却来了。正是那个刚拨出的号码。

他迅速接通。一个沙哑低沉的声音。

"东西在你手上吗？"

猝不及防。东西？什么东西？但凭借经验他知道不能随便开腔，一句话不对就会彻底丧失掉这个联系。

"你先告诉我，"他将难题抛了回去，"你是谁？"

电话忽然挂掉，连"哼"的一声都没有，一如他忽然开口那么突兀。他摇摇头，发了几分钟呆，上楼了。

他脑子里塞了太多棉絮，但睡眠却出乎意料地好。得感谢那些酒，现在他终于不需思考了。

十六

每个清晨都是新的——不管昨天你过得多么糟糕。谁说的？无关紧要。重要的是他记住了这句话，并把它放进了自己的某个抽屉。嗯，人生某个抽屉。如果一个人像他一样经历了这么多，至少可以从中学到一点：悲观无济于事，但一小片乐观就能让你焕然一新。就像这个清晨，桌上这片面包，一瓶果酱，还有煎蛋——一个用白云镶嵌的小小的金色太阳。他就重新获得了振奋。事实上，得到好心情也不需特别刻意去做什么，只要一张床，一份适当的睡眠。他身上似乎有一层沉重的皮质被剥掉了，有一种轻松。失而复得的那种轻松。他甚至有心情做了一顿早餐。他坐在餐桌前，看着煎蛋——对这件作品感到非常满意。

他擦擦手，拿起手机，调出时妍惠的号码。

"有空吗？"

"没空！"

"我还没说找你什么事，"他轻笑，"兴许是好事呢？"

"哧！未必我还不知道？"

"没啥事，就是想你了，"他摸了摸鼻子，"请你吃个午饭。"

"别绕圈子了。说吧，究竟啥事？不过，"她警告，"办不成的事可别找我啊，我又不是什么大人物。"

他笑嘻嘻地说："放心，你办得成。"

"我说什么来着？你这个家伙，无利不起早啊！"

在小区门口等了没多久，时妍惠出来了，上车就问："真的就只是找一份笔录？"

"真的。"

"哎，你要这笔录干吗？"

他笑而不语。时妍惠不满地乜了一眼。"毛病，神秘兮兮的。"

几分钟后，车停在路边，他看着时妍惠进了派出所。

她在里面待了大概一个小时，终于出来了，一脸不畅。女人的结果往往首先体现在脸上。

"怎么啦？"他目不转睛地盯着她跨进车里。

"真是见鬼了，"时妍惠对着镜子撩了撩头发，有些烦躁，"就是没有。"

"怎么可能？"

他喃喃自语道。脚尖点了下油门，车子缓缓驶出街道。

"嘿！你啥意思？"在档案室里翻找这么久，事情也没办成，时妍惠也郁闷得很。

"没有没有！不是说你，我的姑奶奶，"他赶紧举手做投降状，"只是觉得挺诡异的，收进去不可能不做笔录啊。"

"确实……有点鬼，"她沉闷地揉着眼睛，"按说，笔录都要存档，被搞丢了吗？除非——真就没做笔录？"但她自己也摇头，"既然有签字和单据，就应该有笔录。"

他想了想。"当天的其他笔录都在吗？"

"都在啊，你说神不神，就你要的那一份没有。"她愤愤然，"太不严谨了，会不会是存档或者是转移资料时遗漏了。也有这个可能。"

这个情况他确实没预料到。

"今儿个所长不在，"她说，"要不我明天再来一趟，找找那天值勤的人？"

"别。"他果断制止了她的想法。

"你不是想要这个信息嘛。"

"其实，没找到，也是一种信息啊。"

"有病！"她耸起肩，别过头打量着他，像看个怪物。虽然某种程度上，是这样。

他也不争辩，笑了笑。"吃饭还早，我们先找个地方坐坐？"

"不坐了，跟你这灾星有啥可聊的。我一天的好心情已经毁了。"她皱着眉，"还是送我去单位吧，就是个劳碌的命。"

他无奈摇头，扭动方向盘，低声说："你没觉得坐着什么东西了吗？"

"啊！我说怎么硌得慌，"她从身下摸出一个小礼盒，打开，看到一串手链，中间缀着一颗绿松石——大概比弹珠略微大了两号——马上侧眼看着他，"什么意思啊这是？"

"只是一颗石头。"他微笑着，"别误会啊，不是定情信物，也没想腐蚀你，一个月前我到郧县出差，那里产这个东西，我顺便买了一些。上次就准备带给你，结果忘了。"

时妍惠惊奇地看着他，犹如看着一个陌生人。"啊！周天树，这几天到底是发生了什么？像你这样的天棒，竟然还会来这么一套啦。"她啧啧感叹几声，又说，"啊，这么大一颗。可惜这次没帮到什么，感觉有点于心不忍啊。"

"既然你没帮上忙，"他点了点刹车，停在报警中心门口，"那就把石头退给我吧。"

"滚！"时妍惠赶紧抱起小盒子，"好难得从你周扒皮身上扒点好处，这够我吹嘘好几年了。"

他翻开笔记本，张素娟之前发来了那些信息：姓名、电话和地址。

第一个名字是"周广强"，住凤天路。对方手机一直是忙音。干脆，过去一趟。

他记得许多年前这里是连片的工厂区，到处是围墙，轰隆隆的声响从各个车间里漫出来。工厂与工厂之间，接连着许多家属区，那种灰砖筒子楼，灰扑扑的。现在全变了，那些工厂像是被上帝挪走了。疏朗、开阔、崭新的街道延绵于眼底，那些行人都是崭新的。他发现，市图书馆迁建到了这里——一栋银色的地标建筑。而在纵深处，在建楼盘此起彼伏。

地址是汇源小区，A组团，十三栋1-1-1。他按图索骥，轻轻叩门，一下，两下，没反应。不过他隐隐似乎听到房内有声音。

又叩了几声，房门霍然洞开，带着一股不明怒气——一个约莫三十岁左右的男子杵在面前，寸头，圆脸，一副圆框眼镜后满是紧张与敌意，但表情却有点木讷。

他问这是不是周广强的家。

那人愣愣地反问："你是哪个？"

"我找周广强。"

"你认识他？"

"我找他有点事。"

"呃……"对方眼神飘忽，像一个孩子那样，"你推销什么东西？"

"我不推销什么……"

"那……"这人忽然咧嘴笑了，"你这个死骗子！"随后猛地将门拉上。

他摸了摸鼻子，原地转了两圈。只得离开了。坐回到车上，掏出笔记本。手指按着第二个名字：陈思德。随后他按座机号码拨过去，始终无人接听。

第三个人——刘长发的手机倒是通了。"你好。"接电话的是个女人，沙哑的声音里充满疲惫。

"这是刘长发的电话吗？"他问道。

"是，我是他妹妹，你找他？"

"对，刘老师在吗？"

"他在医院。"

"刘老师生病了？"

"是，情况不是太好，住了有段时间了。"她问道，"您找他什么事，不能由我转告吗？"

"哦……"他说，"要不，您告诉我在哪个医院，我去看看他。"

她犹豫了一秒。"好吧，您记一下。"

随后他联系陈小霞，原丝厂会计，电话通了，过了很久才接。听到要咨询任铁围被拘留的事，当即就说我不清楚，又以"我在外地，很忙"为由，漠然地挂掉了。

他无奈地耸耸肩，这才是正常的，人人关心自己胜于他人。

往石碾盘方向走，他看到右侧一条小巷，巷口上方是一圈镂空字，"空军招待所"。就是这里了。摆动方向盘，拐进去，径直开进陈旧的老社区。随后他看到，何饭饭站在一栋单元楼前招手。刚她说在附近采访，忽然想吃"熊猫"了。"熊猫？"他笑，"开什么玩笑！"

他从车上跳下来，露天坝子上摆着二十多张餐桌，坐满了人。脏兮兮的餐馆招牌上面写着：熊猫馆。如果没有指引，他可能永远不会知道这种地方。

"真是熊猫？"他好奇地张望着沸腾的场面。

"不是，"她哈哈笑，"但也是珍稀动物。"

是青蛙。据她说，这是很老的江湖菜馆，来人多半是为吃蛙。这儿青蛙至少有上十种做法和味型，什么香卤、姜丝、香煎、干烧……她选的是水煮蛙，只加一份配菜，丝瓜。

"青蛙还是水煮的好，最鲜嫩。丝瓜呢，跟青蛙是绝配。"她将面前的一碟蒜泥胡豆推过来，"专门给你叫的，尝尝。"

他拿筷子捡起一颗，扔进嘴里。

"特别吧？"

他完全赞同。

"评价一下？"她鼓励地看着他。

他使劲想了想，顿觉词穷。"……说不上来。"又探手捡了几颗，塞到嘴里咀嚼起来，入口后，胡豆颗粒就立即化成软糯细密的豆泥，带着浓郁的咸香。

"慢点！"她嗔道。

"哎，你说，"他抬眼看了看店招，"明明是做蛙的店，为什么叫熊猫啊？"

"你凭什么觉得我知道？"她好玩地看着他。

"论吃，就没你不知道的。"

光看她的表情，他就相信这点。

"确实有一个故事。"她告诉他，店老板年轻时解决了一个老街坊的急难。后来他从工厂下岗，作为回报，这个老街坊私授了他一套特别的烹制青蛙和鳝段的技法——告诉他可以此为生。起初，餐馆是没名字的，后来，吃的人越来越多，需要制作一个店招。叫什么呢？他就想到，干脆就叫"熊猫馆"。

"绕来绕去，你还是没说来历。"

"那个老街坊，小名就叫熊猫。"

"哦！"他震动了一下，蓦然间有一丝感动。

怔了几秒后他看着她。"说吧，有啥好消息？"

"你怎么知道我有好消息？"她反问。

这时丘二将一大盆水煮青蛙端来，红艳的汤汁上泛着一种强烈的满足感。

"不然，"他拿筷子有节奏地敲着锅沿，"我怎么可能有机会享受到这个呢？"

"好吧，"她无奈地说，"你这双眼有毒。"

上午开完例会后，她又去了一趟防疫站。

"你上次不是说，田家兴是 O 型血吗？狗牙上却是 AB 型。这也太不可思议了。这样一来，有可能田家兴就与这个案件、与狗的死亡毫无关系了。也就是说，我们所有关于田家兴的推测就都可能是错的了。我当然不甘心啊，我就想，到底是哪里出了偏差，难道是防疫站搞错了？还是作了假，或其他什么原因？昨晚，你说那个故事，我觉得挺有感触。魔术是这样，很多事情都是这样，你看起来那只是一根绳子，但你拉起绳子，背后兴许真的牵着什么东西。当时我就有一种强烈的感觉。我也说不好，就当是女人的直觉吧，我觉得还是得回防疫站看看。结果，还真有了发现——"她歇了口气，继续说道，"原来那天清早，田家兴不是唯一一个患者，还有一个人。"

"一起去的？"

他挺起腰，这个信息太关键了。

"我问了，医生说不是，但，"她说，"他们身上的创口有相似之处，那人伤更重，是小腿咬伤。他注射了一针，就没再去了。"

他的肌肉绷紧了。"叫什么？"

"夏福春。"

是个从未接触过的名字，他想，很可能是化名。

"我问了医生。他戴一副墨镜——大清早戴个墨镜，所以医生记得他：三十七岁，少言少语，面相很冷，大约一米七五左右，身材瘦削，肌肉紧实，应该是受过训练，或是习过武。"

"噢！"他若有所思，随后追问，"还有什么特征？"

她展露笑容，酒窝凹陷出来。

"毕竟是周老师手把手教出来的徒弟，怎么可能没问？他手臂上有文身，一条蛇。"

"蛇？"

他慢慢松弛下来，忽然笑道："那位医生，如此配合，又健谈，想必是一个年轻帅小伙儿吧？"

她的脸颊红了，拿筷子敲了一下他的手背。

"瞎说什么呀，一个正常的访问被你说得这么暧昧。哎，说正事，我们到哪儿找到那个人呢？"

"既然有这么明显的特征，总归是有方向了。"

"听起来，你好像知道是谁？"她眨巴着眼睛。

"并没有。"

她将信将疑地瞪着他，忽然想到："你说上午要去派出所，怎么样？"

"有点鬼。"

他把上午的经历原原本本告诉她，她也觉得惊奇。"单单就少了任铁围那一份？还有，感觉你要找的那几个老职工也是，要么找不到，要么不愿说。还有那个会计，为什么如此戒备？"

"是啊，这事儿很有趣。"他缓缓吐出骨刺，"所有发生的一切，都很有意思。"

下午两点半，他再次来到汇源小区。她执意要一起来。

跟上午一样，那扇门是带着某种怒火猛然扯开的。"怎么又来了！"

何饭饭直视对方，轻柔地说："我们不是骗子，也不推销什么。"

看到面前站立的年轻女性，这个神经兮兮的人，他的眼睛、面容，包括整个躯干，顷刻就松软起来。

他在一旁，苦笑着摸了摸鼻子。

她告诉这个人，他们是特地来拜访周广强老师的，有一个比较重要的事想要咨询。随后问："周老师没在家吗？"

"周广强？"那人嘴角抽搐了一下，笑得很僵硬，"他是我老汉，但他已经死了啊。"

她回头看了看他。

这个消息有点意外，让他始料未及。看来张素娟也不知道这个消息。

"那——这是什么时候的事呀？"她继续发问。

"有半年多了吧，"这人的神情忽然热烈起来，"你……你们进来坐坐？"

"好哇。"她愉快地回应道。

看她弓下腰，这人赶紧摆手。"不用脱鞋，不用！"

这个儿子——名叫周家桥——似乎已经很久没跟人说过话了。或者是，很久没有跟年轻的女性说过什么话。

周家桥殷勤地将他们——其实只是针对她——迎进客厅后，那双眼就没怎么离开过她，既闪烁，又热烈。

听说有人仅仅只是看过某个女人一眼就能通过面容爱上她。想来是真的。尤其是，一个看起来幽闭很久的精壮的单身男人。从房屋的内容看不出有年轻女性的气息。一股复杂的药味，还有老年的特有气息。事实上，整个房子里的大部分物件都是这种陈旧的味道。

她与周家桥耐心地交流着。

他暗暗观察，这个儿子应当有某种精神疾病——说的每个字都是清晰的，却十分杂乱和跳跃。他的行为很奇怪，就像一个孩童一样，说话很急，偶尔暂停一下，脸上就露出那种迷惘的神情。偶尔，当他看着她时，直愣愣的，透着一股藏不住的欲望，并且，他整个表现，从头到尾都是讨好的那种姿态。

虽然言语紊乱，东拉西扯，但大致上不难理解。

周广强是死于肾衰竭——在表述父亲病因时，周家桥还拿出了一堆没用完的药剂，为了证明他没乱说。周广强是死之前两个月搬到这处新居的。之前，他们一直住在单位旧房里。可能那时周广强已预料到结局了，坚决拒绝治疗，用全部存款置换了这间两居室。

"我老汉说，死也要死在新房子里，"周家桥说说笑笑，"他迷信得很，说丝厂风水不好，换个地方就好了。哎——"他焦灼地盯着何饭饭，"你看得出来不？我有精神病。我一直在吃药……"
接着，又起身，从厨房里拿来一堆药包，有中药，也有瓶装西药。

她看了几眼药物。"家里还有谁？"

周家桥坐回到沙发上，笑眯眯地看着她。"我妈。"

他插话了，因为感觉从他这里得不到什么实际内容。

"她什么时候回来？"

"她做完饭就出去了。她喜欢打牌，晚上就去跳坝坝舞。她的生活丰富哟。"

"好吧。"他示意她可以离开了。

她站起身告辞。"改天我再来。"

"再坐一会儿嘛！"

她笑了笑，走向玄关。

周家桥不舍地追上来，扒在门口，眼神痴痴的。

"你还会来吗？"

她回头，甜蜜地笑了笑。

十几分钟后，他们提着果篮来到肿瘤医院。远远他就辨认出，抱着手臂候在住院部楼底那个一脸倦意的女人就是刘武清——刘长发的妹妹。

她微微躬身，在前面带路，一边轻声说道："他刚做完化疗，尽量不要说得太久。"

她领着他们上楼，在303室停住，努嘴示意。"里面靠窗那张床，我半小时后再回来。"

病房里只有四张床，但挤满了人——几乎每张病床周围都围着家属。何饭饭在病房外的长椅上坐下。他穿过无声的目光，将果篮提到病室，轻轻放在床畔。

床上的人迟缓地翻过身来。"你是？"

"叫我小周就行，"他换了一种更容易让对方接受的表述方式，"你的电话是张素娟给我的。"

"哦……"

他弯腰坐在床畔的塑料小凳上，这样，他们两人基本上可以在一个水平线上了。

"是这样，我想找你了解一点任铁围的事。"

"任铁围？"刘长发苍白的脸颊上满是茫然，"人都死了，还有啥可了解的？"

他直截了当说，想打听任铁围被拘留的来龙去脉。

刘长发怔怔地问："你是纪委的？"

他摇摇头。

"那我就搞不懂了，你想干吗？"

随后他简单介绍了一下理赔调查员的信息，重申了来由。刘长发听着，脸色阴晴不定。

"你刚说任铁围被拘留——是因为动手打了老总？谁说的？"

"张素娟说的，"他补充说，"是田家兴告诉她的。"

"她晓得个鬼！"刘长发鼻子里"哼"了一下，"田家兴的话能信吗？他就是一条狗！简直胡扯，什么寻衅滋事？任铁围是向上级举报，反倒挨了整。"

他下意识地挺直背脊。

"被谁整？——康富强？"

"不是，是之前的老总，汪仁明。我都这个样儿了，也不怕告诉你，我们这个厂，我们这些人，落到如今这份田地，都是汪仁明害的。"

据刘长发叙述：二〇〇四年，原望江丝厂因生产经营不景气，被上级主管部门要求清算，在纺织集团公司的主导下，进行了改企重组，当时主导丝厂清算重组工作的，就是纺织公司总经理汪仁明。企业改制成功后，更名为现在的凯斯特纺织商贸有限公司，汪仁明是法人，最大股东。改组后三四年，业务有涨势，职工每年还能分到一点红。再后来就不行了，整个国内丝绸市场都不景气。企业开始走下坡路，逐年亏损，大多数股东退股，公司周转困难。二○○九年年底，汪仁明未征求职工意见便将股份转让给了新的资方——由他们负责偿还公司五百万银行贷款，支付股本转让金，安置公司职工。

他询问任铁围的举报内容是什么。

"汪仁明既是裁判员，又是运动员。清算是他，重组是他，最后得利的也是他。就像搞女人，年轻漂亮时他倒是睡得安逸得很哦，等到女人年老色衰，他抽鸡巴就走——自个儿的利益倒是蚊子都不咬缺一口——我们这些职工丢的东西可多了！我们丢的哪是什么工作，是我们的脸，是我们的皮——他把我们的皮都扒了！这不是欺负人吗？问题很了然啊。汪仁明是瞒着我们这些职工转让的股份——这不是卖国贼吗？连我们一块儿卖了。你想想，这种情况，任铁围那种犟拐拐能依他？再说了，当初竞拍肯定也有鬼！任铁围那阵儿也去竞拍，但直到拍卖当天，硬说他的材料不齐，不予受理，又是汪仁明暗地搞的鬼！任铁围恨汪仁明恨得要死——没有他，丝厂也不至于走到现今这地步。"

可这是两年多前的事了。

"任铁围后来就没再举报了？"

"没喽，"刘长发摇摇头，"被整怕了呗。你想想，你这边刚刚举报，公司那边马上就知道了。"

他蓦然想到那个被清零的电脑。

"既然任铁围敢于举报的话，说明他手上也搜集到了什么证据吧？"

"这我就不清楚了，他也不告诉我们。任铁围就是这样个性，他性子莽，不光是告汪仁明，"刘长发说，"还把新接手的老板也一块儿告了。"

他依稀记得谁提到过这事。

"这又是怎么回事？"

"新老板进来后，很强势，强行要求我们这些股东退股。任铁围当然不干，他的股份也不少，好些人的股份是直接转给他了。他告到法院，官司打赢了。就是告赢了，他雄心万丈，跟着又去举报汪仁明，结果，这不就遭打整了嘛……"说着，刘长发脸上忽然露出一阵惭意，"总之，各种官司一直在扯，去年新老板也不干了，公司转给了康富强。康总来了，口口声声说要振兴，迟迟又不正式经营，就这么干耗着，拿个最低消费，惨得很。今年夏天，我因为身体原因，也不想再耗下去了。陈思德他们另外几个老职工也是这种心态，没尿意思得很，争得赢又咋个呢？年纪大了，身体又不好，这么拉扯着，心理上、精神上越来越差。嘻！只想早点脱身，早点解脱。陈思德我们几个私下跟公司达成了协议，走人。后面，任铁围的事我就不清楚了。"

他说道："上午我给陈思德老师打电话，他没接。"

"怎么接？"刘长发苦涩地笑道，"人都化成灰了。听说是心脏病，快得很。"说着忽然叹起气来，"这个任铁围啊，咱们当中就他划得着哟，几百万！我怎么就没那个命呢？"

受伤害、被侮辱甚至丧失性命居然也可能是一种幸运。但他理解，某种时候，对一些人而言是这样的。

他起身告辞，看到何饭饭靠在病室门框上，抱着手臂，不知在沉思什么。

十七

街道犹如一条斑斓的长河，霓虹与散出光亮的窗口就像是悬挂在一张灰色帷幕之上。她坐在车内，犹如阴影的一部分。

他时不时抬眼观察着后视镜，隐约觉得有车尾随在后面。

"你怎么看？"她打破了沉默。

"应该说，刘长发没完全说实话，"他左手握着方向盘，拿右手塞了支烟到嘴边，"听得出来，任铁围被孤立了——之前，这帮留守职工商量好要抱团的，要用集体的力量跟公司斗争的。可最后他们把任铁围撒下了。"

"我有一点想不通。"她疑惑的是，任铁围为什么停止了举报？这不符合任铁围的个性，也不合常理。

他的手指无意识地揉搓着芝宝火机。

"一方面，可能是挨过整，变慎重了；也可能任铁围并没什么实质性证据。我接触过一些上访人，有时所谓材料，往往只是捕风捉影，提供不了实证也缺乏实证的意识。"

"如果这样，"她自语道，"任铁围提交的那些举报材料是什么内容，又在哪儿？"

"有个人是知道的。"

"汪仁明？"

"对。"

"那我们就去找汪仁明？"

"想找谁就能找谁，"他点上烟，缓缓呼出烟雾，"你以为我们是警察啊。"

"但我可以啊，想找谁就找谁，不就是记者的本职吗？"

他再次瞟了她一眼。似乎就这么几天，全变了。她自信了许

229

多，也坚韧了起来。

"其实，"他深深吸了一口烟，"我对汪仁明这个人物并无兴趣，我更关心的是，这一切跟现任老总康富强有什么关联。"

"我会去查一查，"她指着窗外，"先把我放在路边吧。"

"不吃饭吗？"他略感诧异。

"不了，我还有点事。"

她解开安全带，提上背包，推开车门。

"等等……"一种忧虑感忽然浮现，他倾斜着上身，叮嘱道，"你查可以，尽量从外围着手——一定要注意自身安全，有任何情况及时跟我沟通。"

"啰嗦！"她歪着头，把手放在耳畔，酒窝微微漾出来。

回到家，他从储物间里翻找出自己需要的那些：手套、绳索、纱布、创可贴、生存刀、电筒、铁抓钩、头套……一一放入工具箱。随后换了一身运动服，在从鞋柜里取出软底球鞋时，手机响了。

"周先生你好，"一个有点莽的北方口音，"我是康富强。"

他随即一凛。

"怎么，你是想装作不认识我啊？"康富强说。

"那倒不会，康总找我有何贵干？"

对方笑。"不好意思啊，确实有点冒昧。我呢，也不绕圈子了，想约你见个面——你对我，可能有点什么误会。"

"行啊，"他很干脆，"什么时间？"

"就今晚怎样，没别的事儿吧？"

"没问题。"

"那太好了，"康富强如释重负，"九点吧，我安排司机过去接你。"

"不用，我开车过去。"

"行，你来过的。就下土埠那个地方。"

这次那个歪帽子保安没拦他，他驶入院落深处，停在喷泉池一侧的空地。上次他在这儿看到那辆黑色尼桑，但现在这里是空白，它不见了。一尊青铜雕像静静矗立在水池中央——一个插着双翅的孩童，或者是一个坠入凡间的天使，想飞但又飞不起来，因此委屈的泪水从他短小的阴茎里飞泻出来——一道银白色的弧线。

司机在台阶上候着。

会客室他来过——大厅左拐第一间就是，虽然只匆匆溜了几眼。司机将他送到门口便离开了。他迈进去，康富强抓着紫檀太师椅的扶手——几乎是艰难地——攀起身躯，朝他挥了挥肉乎乎的手掌。肚皮就快坠到膝盖，像个灌满油脂的毛利人。

"嗬，很准时嘛。"康富强摸着锃亮的光头，"先坐，我去弄点茶。"

他微微欠身，也不急于就座。背着手在室内游走。他发现一堵透明玻璃墙——位于接待室左侧，上方是那幅字画。上次他未曾注意到这个，是因为不像今天，设置在里面的射灯被打开了，玻璃之内被灯光照耀得斑斓万千，栩栩如生的假山，人造溪流，以及绿油油的草甸——在那里，匍匐着二十多条沉默的蛇。它们中的一些微微蠕动着。

"喝什么？"康富强在他身后问。

"我都行。"

他指着那堵玻璃墙。"康总喜欢这个玩意儿？"

"蛇可不是什么玩意儿，这是我们公司的图腾。安静，低调，目的明确。"

"下口也狠。"他补充说。

"哈，也没错。"康富强从橱窗上取出一个茶叶盒，取出一包，转头看着他，"但蛇的本质是什么？"

"冷血？"他想了想说。

"你说的没错，但不单单是这样。蛇的本质，主要还是——看不见。也可以说是一种隐蔽的天赋，"康富强手臂在空中画了一下，"蛇这种动物，它行动没有声音，它游来游去没有痕迹，它能一直躲着，它总是能看到你，你完全看不到它，除非它故意给你看。不过那可就糟了啊，说明你早就暴露，在它的控制中了。"

"挺深奥。"

"哈，见笑了。我没那么有文化。这是我很尊重的一位老师的教诲，成功路上，每个人都要有那么一盏指路明灯吧。总之，别人越看不到你，成功的可能性就越大。"康富强抬手道，"坐吧。我给你泡茶。"

他又瞅了几眼，转身坐在仿明式的床榻上，隔着船木茶桌，正对着康富强。

"周老师，你应该知道我找你见面的原因吧。"康富强拿起铁壶，将茶水注入到一个青花瓷杯，放到茶托上，慢慢推给他。

"还请康总明示。"

康富强的眼皮往上翻了一下。"周老师，明人不说暗话。请你来，就是想解决问题的，咱们开诚布公，行吧？"

"洗耳恭听。"他将拉链往下滑动，把运动衣敞开。

"我知道你前段替保险公司勘查任铁围的案子。"康富强轻啜了一口茶水，双手抱住后脑，沉重的身躯靠在椅背上，"是这样吧？"

他点头。

"后来这案子由警察经办，我还听说，保险公司也要求你终止勘查了。这你不否认吧？"

"完全不。"

"那我就不理解了，"康富强摩挲着光头，"既然如此，你咋还追着这个案子不放？"

"我有我的理由。"

"能告诉我吗？"

"坦白地说，是我私人的原因，为我一个朋友。跟我服务的机构没有关系。"

"朋友？是哪一位？"康富强眼珠转了转，"能否满足一下我的好奇心？"

"李立冬。"

"就是那个被抓住的通缉犯？"康富强愣了一瞬，意味深长地说，"周老师没说实话啊。"

"我不喜欢说假话。"

"这点，我们一样，我也只说真话，就算是说假话的时候。哈哈！好吧，我换个话题。田家兴——我知道，他也是你翻出来的，我是说，那些证据都是你给警方的。"

"噢？"他的瞳孔收缩起来。这就有意思了，这件事，他没透露给任何人。"你怎么知道的？"

"这你就不用管了，蛇有蛇道，虾有虾路。我们做生意的，多多少少都有一些关系吧，信息肯定是有的。你原先是干这个的，应该很清楚。"

他笑了。"看来康总跟办案警察的关系可不一般啊。"

"这话说的，"康富强洪亮地笑了，脸颊不由自主跟着摆动，"田家兴毕竟是我公司的员工嘛，我得到一点点信息实属正常吧。"

"这可不是'一点点'。"

"咱们就不纠缠这点小事了。刚刚我表过态，"康富强的眼睛眯起，显露出狡黠的本色，"既然坐在这里，咱们要说亮话——没必要藏着掖着。你到处在打听凯斯特的事，你想了解什么，你想

233

要什么？不妨直说。"

"我想要什么，康总应该很清楚啊，我就想知道一个真相，任铁围是咋死的。所以，康总你也直接告诉我吧，约我来——你的意思是……"

"我的意思也很简单。"康富强缓缓说道，"我想知道，是谁在背后指使你？"

他觉得很好笑。"难道我就不能有自个儿的想法，凭什么你觉得是有人指使呢？"

"哦！不，不可能。我不是轻视你，但这个事不是你一个人能够干的，也不是你查得下来的。这样说吧，周老师，我也敬重你是一个人物。我对你的历史清清楚楚……"康富强从雪茄盒里抓起一支小雪茄塞入嘴里，划动火柴，啪地，腮帮子使劲吸了几口——就像一个吸吮奶头的饥渴婴儿——"我知道你在里面受了不少委屈，有句话怎么说，不怕外行整内行，就怕内行整内行。你受了冤，吃了不少苦，刚出狱，手头也需要钱，这没问题——"

康富强掏出一张金色的银行卡，推过来。"这里面有三十万，就当是我的一点心意。"

他俯身，伸手拿起这张小小的卡片。

康富强胖乎乎的手指按在茶桌上，一脸愉悦。"现在，你能告诉我，是谁在背后支持你了吗？"

他慢慢将卡放回到桌上。"啧啧，这么一大笔钱。可惜啊，我不能说假话——没人指使我。"

"如果你是这么一种态度的话，我们就谈不下去了。"康富强沮丧地长吁了一口气，忽然暴目圆睁，"看来，你是嫌少了？要不，你自己开个条件？你提，行吧？"

"我随便提？"

"当然，也要我承担得起。"

234

"如果我提了，你也同意。然后呢？"

"很简单——"康富强觉得说辞就要奏效，顿时振奋起来，脸庞通红，"我是说，我不想再看到凯斯特陷到舆论是非当中，我知道有人在操纵，故意想要把这个案件跟我们公司联系起来。所以，我要的东西也很简单：你告诉我谁指使的你，然后你退出这个案子，就行了。"

"很让人心动啊，确实，"他叹道，"我没有理由不答应啊。"

康富强呵呵笑出声来。"就是嘛，条件你尽管提。我尽量满足你，前提是，你也要满足我。"

"我要怎么做才能满足你呢？"

"我是生意人，做生意，重要的是什么？我给你我有的，你给我需要的，两全其美。反之，就是你害我，我害你。那对你又有什么好处呢？我知道你在这个案子上花了不少时间，你肯定也有你的目的，是吧？世上没有无缘无故的事，你不可能无缘无故参与进来。不管你是什么目的，那很容易达到——只要咱们合作，一切都不是问题。"

"我懂了。这事儿闹的，"他面露遗憾，将面前的茶水一饮而尽，"康总，你确实误解了，真没人指使我。"

那张团扇脸霎时阴沉下来。

"就是谈不拢喽？"

他站起身。"康总，今晚我能从这里走出去吗？"

康富强嘴角掀起，哈哈大笑。

"你太调皮了！兄弟，我这儿是私人会所，不是龙潭虎穴。我给你一点时间，尽快回复我。不妨好好考虑下我的建议，别做错误的选择。"他胖乎乎的手掌挥动着，放在耳边，"我等你电话。"

他钻入驾驶室，手机在兜里震动。

"我回来了。"刘艳芳声音有点疲惫。

"案子有新的情况,你知道了吗?"说完后,话筒那边毫无回应,他旋即意识不妙。她带回的是坏消息。

"明天有空吗?我想跟你见一面。"

"现在——行么?"他不想等,瞥了一眼腕表,还不算太晚,不到十点,"我就在滨江路,离你家很近。"

"那,"她略微思索后说,"好吧。"

十多分钟后,他们在红岩广场碰头了。不知道她到底经历了什么,才几天没见,原本丰满的女人消瘦得厉害,灰色连体袍里空荡荡的,脸颊也是,颧骨上似乎丧失了生机。

"这附近没合适的地方。"她抱歉地说。

"没事。这儿挺好。"他张望了一眼,偌大的广场寂静无人,仿佛陷落于一片黑暗的山丘。

他摸出自己的烟盒和火机,俯身坐在冰凉的台阶上。虽早有预感,但她坐下来第一句话仍叫他猝不及防。

"李立冬是背着命案的逃犯。"

他的指头微微颤动了一下。

"李立冬这个名字,是他偷来的。那张身份证应该是他犯案后,在广东时偷工友的——真的很像,我见到了真的李立冬本人,除了身材不一致,面貌确实有点相像。他真名叫邹琰。他父亲给取的,琰,就是玉中之玉的意思。一块美玉。这是父母对他的冀望。"

他心里想,女人都是那块做侦探的料,天生的,这个东西简直玄奥。

"他父亲两年前过世了,但他妈妈还活着。"刘艳芳望着他,"我也想抽一支。"

他滑动火机,她吸烟时,脸颊凹陷下去,微光中的一小块灰白,瞬间就缩回黑暗。

"慢慢说。"他把火机攥在手心。

"我只能简单说说。孩子一个人在家，我不想逗留太晚。"她接连吸了两口，望着对面一团灰褐色的寂静楼房，缓缓吐出烟雾。

"那是一个小镇，四面八方全是棉花地。镇上最宏伟也是最气派的建筑你猜是什么？学校。那里历来就以考学出名——人人都盼望孩子能读出去，不管哪里，只要能走就行。我不是说那儿穷，不是。就是这样一种文化。几十年都是这样。家家户户都以考学为荣。那儿的人教育孩子都这么说：你要是不努力，考不上大学就得去弹棉花了！他父母都是老师，不知道是不是那种生活环境，那种职业家庭，又是独子的原因，家里——尤其是他妈妈——对他期望很高，打小儿就对他进行非常严格的督导和管理，所以说他几乎没什么童年，都埋在试卷里。问题是，他并不是一块璞玉，或者说不是他妈妈期待的那种玉。就是一个很普通的孩子，智力也很普通。而妈妈的要求总是超出他的能力。反过来，因为成绩总是不达标，他唯一的乐趣也被强行制止了。镇上有个书摊，他经常躲在那儿翻书。后来这个乐趣也没了。他妈妈管得太严了。在他身上下了苦功夫，但效果就是不好。包括性格。久而久之他变得比别的孩子胆怯、沉闷、敏感。你说他懦弱吧，他也有残忍的一面——有一次他妈在后院栽花，挖出了一些动物残骸，兔子、乌龟、鸭子、蛇，全剩骨架。他妈虽然吃惊，但不以为意，没往他那儿联想。后来他出事后，才意识到那是邹琰埋的。很可能埋之前那些活物都被他肢解过。说岔了，总之他妈花了大量心思，邹琰成绩虽不拔尖，但也能保持在前列，就是一点，一到重要考试往往断崖式垮坡，不清楚原因何在。中考就是这样，他甚至没达到重点中学的线，让人大跌眼镜。她想法给他办到了县里最好的学校——这个事情背后的故事就是悲剧的导火索。

"呵，说得有点杂。我跟他妈住了两三天，聊了很多，东拉西扯的。我尽量说简单一点。"刘艳芳吸了最后一口，将烟蒂在脚边的石梯上摁熄。那些破碎的火星像被分解的夜的尸体一样，遁入到虚无。

"高考也是，平时成绩都还不错，但结果很不理想，将将够上个二本，他妈不满意，逼他复读一年——在她看来，他只要能保持平时成绩的七八成，至少也得是一本。那年复读期间应该是发生了什么，他妈妈后来猜测。高四这种复读班总是很容易出问题——动不动就有暴力啊、欺凌啊，还有自杀这样的事件。他性格变得有点怪。一整天都可以不说话。这次高考甚至比上一年还少二十多分。他妈慌了。不敢再冒险复读。找了各种关系，终于将他调剂到武汉一个二本院校。但你猜怎么着，一年后她突然接到学校来信，他被退学了。"

"什么原因呢？"他问。

"怎么问他也不说。妈妈去了一趟学校，说邹琰把寝室的同学给捅伤了，事闹得挺大，幸好后果不是特别严重。至于起因，由于邹琰始终一言不发，所以只有单方面说法。说是同学喜欢开玩笑，言语上有些调侃，就为这个他把人给捅了。受伤学生家长一直上告，学校压不住，不得不让他退学。对了，理由是一份医学鉴定：判断他精神状态有问题，需治疗，不适宜继续就读……当然，这点当时被邹琰妈妈省略了，或说隐瞒了。一方面她完全不觉得儿子有这方面的问题；另外，退学本就不是光彩的事，如果再让人知道这事，那不让人当作精神病了？她觉得这是学校为了让儿子退学特意编造的一个说法。那段时间她为这事焦惨了，但又没别的路可走。你说找个好单位上班，这不可能。出去打工？她不甘心。种田？连地都没有，就是有她也绝不会同意。就只有再复读。可他不想再读，她就是站在河边吵着跳河都不干。她是彻底死心了。两母子经常对吵，吼啊叫啊。他成天把自己关在房间，也不晓得他到底在干啥，就这么待了一两年。再后来他到县城亲戚的网吧做网管。有次，遇到了几个初中同学，就拉他一块儿去吃饭。结果，这一顿饭就吃出了问题。"

她喘了口气，继续讲道："也不晓得是哪个先提到的，反正是喝了酒嘛，年轻人，又喜欢乱说。他出去上厕所，包房里，就有人开始说他妈妈跟原校长是皮祥。还说他父亲是绿王八——全校老师都晓得，怎么可能他爸不晓得。还争起来了。结果，这些话被他听得清清楚楚。"

他问道："真有这事吗？"

"我问了，但她不说。既不承认，也不否认。我估计是有的，因为从他话里感觉他们全家都为邹琰做了巨大的牺牲——估计其中就包括这个。邹琰能上重点，后来上大学，能够调剂得下来，都是有个人在帮忙策应。我搞不清具体的情况，听他妈妈的说法，那个男的调县一中前在他们那个镇上当校长。跟他妈是同事。邹琰出事时他早没在学校了，是教委主任。"

"邹琰把他杀了？"

"不是，他确实去找了那个男的。没带任何凶器——我估计，他只是想证实什么。到单位楼下，兴许觉得他这个人有点不对劲，门卫不让进，把他拦起了，可能也说了一些什么话把他刺激到了。他就像疯了一样，失去了理智——这是旁观者讲述的，门卫虽然年龄大，但他身体那么单薄，根本不是对手，他像个疯狗一样，只会扑啊咬的，但也打不过人家啊。他跑去拾起一块半截砖，冲上去拍了一下，也真是他个人的命，就那么一下，门卫就直愣愣地栽到地上，没气了！他赶紧跑了。后来，他妈补偿了不少钱，那家人也没打算追究，所以，这才叫他跑了这么久。"她摇摇头，"她知道他还活着。"

"呃？"

"从十年前——大约就是我们在重庆安家，有孩子之后，她每年收到一只千纸鹤。"她解释道，"不是寄到家里，她在学校有一个私人邮箱。每年她会收到一封信，没有落款，没有地址，每次邮戳也不一样。信封里一个字都没，只有一个手折的千纸鹤。每次的形状都不一样。"

他难以理解。"他为什么冒这么大风险寄这个？"

"是恨，她自己说。"刘艳芳捋动前额的发丝，"但我觉得也不单单像她说的那样。不管怎样，"她长吁着，手撑着石梯，艰难地站起来，"我非常感激你为他做的这一切，但他没救了。真的没指望了——他妈妈给我打来电话，说重庆这边的警察已经去了她家，问询了情况。我非常感谢，真的，他不值得你这么做。"

"两码事，"他奋力在黑暗中绷直，试图让自己振作起来，"但不该背的锅，就不让他背。"

"还有一件事……"

刘艳芳忽然停滞了，似乎难以启齿。在薄薄的灯晕下，他看到她面如纸灰。但他并没催促。他知道，如果此刻不说出来她将永远不会向任何人提及。

"我想你可能已经知道了。"说完她咬着嘴唇，"我跟丁立——我们的后厨总监——好上了，差不多一年时间。是我害了李立冬。这是我刻意做的。轻视他，侮辱他，激怒他，这都是我故意的。这次我下了决心分手。但李立冬不肯。他死活不肯，哪怕他已经知道我在外面的事情。唯一能让他走掉的办法，就是让他自己走得远远的。可……我没想过会是这样，这样的结果。"

他无法评价这件事，正如他无法确切地评价她，以及她的行为。什么是对？什么又是错？这很难切分。不过她终于勇敢地袒露了自己，能够做到真实，永远都不是那么轻易的。夜雾从远处涌来，爬上台阶，漫过脚踝，鱼贯溶入到他的身体——他觉得膝盖湿漉漉的。

他蜷躺在车内。原本他可以再多睡一会儿的，他甚至做了个梦——虽然完全记不起来——可电话把他叫醒了。只要被打断的总是美好的梦。

"我找到了。"何饭饭张嘴就来了这么一句，气喘吁吁的，显然她在走路，走得很急。

"说清楚。"他努力眨了眨眼。

"你昨天不是讲了个'绳子'的故事嘛。晚上，我联系到了汪仁明，找他很容易，我报了身份，告诉他我在写一篇报道，希望可以拜访他，但被拒绝了。"

"他要接受采访才是脑壳长癌了。"他没好气地说。

"可是，他甚至没问我要谈什么，就直接拒绝了。"

"谁不知道记者就是麻烦的根源，怕鬼的人当然不愿见到鬼。"

"就是了！怕什么呢？而且他非常粗暴，啪地挂了电话。我再次拨过去就关机了。这正常吗？"

他掏出烟点上，吸了一口，那些烟雾犹如清凉剂毫不费力地钻入他的肺腑，让他昏沉的脑袋有一点点清醒。"这说明不了什么。"

"然后，我托人打听了一下，还真被我找到了。一个熟人的妈妈，跟汪仁明的老婆是多年牌友，她知道得多。你猜怎么着？"未等他回答，她兀自说道，"两年前，在康富强之前，凯斯特就被易主过一次了——一个叫陈伟光的人。任铁围打官司就是那期间。你知道，那个陈伟光跟汪仁明是什么关系吗？"

"我没听懂。"他有点莫名其妙。

她轻轻一笑。"提示你一下，汪仁明的老婆姓陈。"

"他老婆的侄儿？"

"父子。"

"父子？"他有种豁然开朗的感觉，"这样一来，就完全说得通了。也就是说，起初，凯斯特是左手卖给了右手。"

"差不多，但又不是从左手到右手这么简单。更准确地说，是从别人的兜里放到了自己兜里——汪仁明重组丝厂，虽然改制了，但那毕竟还是合作制企业，当他转手给儿子，则是一个重要的转折，丝厂彻底变为了私有企业。这件事很隐秘，"她缓了口气，"汪仁明是上门女婿，他儿子是跟着母亲姓——所以，公司的人都不一定知道。"

"但肯定也有人知道。"他若有所思，"一方面，丝厂经营困难，亏损严重，成了一个大包袱；但另一方面，汪仁明又私下把这个'包袱'甩给了自己儿子——里面肯定有大问题。"

"对，我不清楚任铁围是不是知晓这个关系，"她告诉他，"但他跟凯斯特的撕扯就是那个时期开始公开化的。刚我在网上搜索汪仁明，还有凯斯特，你猜我发现了什么？举报信，两年前的帖子。"

"举报什么？"

"看不到，都被删除了。但在一两个论坛还遗留了举报信的镜像，只有标题没有内容。发帖人应该是任铁围，网名'最后的僰人'。"

"等等——凭什么你认为那是任铁围？"

"你有所不知，"她轻笑道，"任铁围老家在四川兴文，九丝城，也就是古僰国最后的王城所在地，他从来以自己是僰人后裔自居。"

"奇怪了，这种信息你是怎么搞到的？"

"任嘉阳告诉我的啊！"她提高了音量，"这个发帖人一定是任铁围——除了他还有谁？"

"好吧，"他无奈地在车内摊了摊手，"现在我知道了，任铁围当时一边举报汪仁明，一边状告买家，姓陈的那儿子——看来任铁围的举报和抗争也取得了阶段性的成果。只是，"他颇为不解的是，"这跟康富强有啥关系？"

"没关系，康富强是官司之后才接手的，总之不到两年。"

"康富强怎么冒出来的，为什么要接盘？一个烂摊子。"

"我也觉得好奇，所以我拜托了几个朋友，帮忙打听打听。……呃，出租来了，算了，明天咱们见面再说。我上车了。"

他摇摇头，苦笑着对后视镜里做了个鬼脸。

凌晨时分，青草坡上山道上，坟墓虽然连绵不绝，但恐怕连只鬼都没有——这种阴森寂静的地方连鬼都不愿路过，只有墓地后面绵密的虫豸的鸣叫，竹林深处毛刷子一样周而复始的摩擦声。在这样的地方是不可能有路人的，一如田家兴死去那晚。他确信没有任何活物在后面跟随。

熄了火，他沿着山壁下来。上次他已看好了，山庄围墙的一段紧邻着一个小土丘，高度降低了，因此围墙上砌满了碎玻璃，昂然刺向天空。但这没什么为难的——他已经走到了此处，将铁钩挂上去，拉着绳索蹬了三两步就攀了上去，把肩头搭着的油毡布铺在墙头玻璃上，铁锤横着敲几下，只是几声闷响，那些尖玻璃就倒下了。他从这段空隙翻越，将自己慢慢吊了下去，放手，掉到草地上。

他站起来向深处的小楼走去。

小楼仅有两层，黑黢黢的大厅，连接着一个露天小院，一侧是厨房。大厅两端各有一个房间：一个敞开着，借助微弱光亮，能看到电动麻将桌；另一间关闭着。

他选择了关闭的这间，用铁丝勾了几下，锁芯啪地弹开。

站立几秒后，房间渐渐在黑暗里显露它的内容：缄默的长形茶台、丰盛而充盈的酒柜、四张靠椅——还有一个床榻，床脚下搁着一个黑乎乎的东西。

他朝它走过去，一个柔软的布包。解开它，从里面扯出床单、被套……他拿起来放在鼻翼下嗅闻了一番。如果田家兴失踪后就是躲在这里——应该就是睡在这个床榻上。他拿电筒仔细扫视了一番。上面干干净净，没遗留任何可见的痕迹。可是将那些散落在地的床上用品重新塞回去的时候，他听到叮的一声。蹲下去，反复地寻找。终于在床榻下看到了它——坠子。一个金坠子。他用布片将它拾起来，在强光照射中，坠子背后的刻字不难辨认：田。他将坠子放入消毒袋。随后他在房间——任何一个角落——更为细致地检索。在窗台的花盆里，他在折鹤兰的根部发现两枚烟头，几乎插进了土壤深处。这也是为什么难以被清洁工发觉的原因。黄色的烟蒂，是天子烟。他分别放入一次性包装袋。从另一间棋牌室出来时，风从某处溜进来，回旋在客厅里，他在冷峻的空气里嗅到一种异味，一种燃烧后遗留的混合了汽油的焦煳味。他循着这丝气味走到小院，在靠近围墙的方向，地上的草坪缺了一块——黑乎乎的被灼烧过的痕迹。

他蹲在那儿思索几秒，退回客厅，径直上二楼。房门都没锁，按装修和布置来看，均是用作住宿的。在走廊尽头的那个房间，一台台式电脑就在办公桌上。

嘀的一声后，主机轻微震动起来，屏幕在黑暗中缓缓变亮——就像从黝黑的水面上捞起了一块发光的镜子——他进入计算机，看了看最近访问的位置，找到监控的储存盘。

他夹着一支烟，极力克制着想要抽它的冲动。当看到田家兴夹着一个黑包走进视频的那瞬，他终于忍不住了，几乎是下意识地弹开手心的火机盖，咔地，火光在手指间溅出；也几乎是火光闪烁的同时，从后颈处传来一阵刺痛，随之是肌肉紧缩。跌落倒地时，他看到了一个黑衣人——下垂的手掌套着棉手套，手心里握着一支注射器，接着是对方手臂上的文身。

"找到你要的东西了吗？"黑衣人蹲下来，脸上挂着讥诮之意，俯视着他。

他低吼着，探手想要扼锁对方的咽喉，但他发现什么都做不了，手臂酸软麻痹，就像不是自己的一样。

"来啊，掐我啊——"对方将脸贴过来。

他的手臂战栗着停滞在某处。

黑衣人不慌不忙地卸下身后的背包，倾倒出来，一样样地排列在地上：一小袋白色粉末，四扎现钞，一对珐琅青花瓷瓶，两件发黄的画轴，一瓶开过盖的威士忌。然后一样样地塞入他的手掌，握紧，直到留下指痕。

他反而安静了。"我认识你，你是康富强的司机。"

"司机？"那人很好笑的样子，"对，这就是我希望你看到的。你就当我是司机吧，听好了，我姓夏，大名宏昌。"

"任铁围的狗就是你勒死的？任铁围……也是。"

"你这条蚯蚓不是挺能拱吗？"夏宏昌坐到地板上，"不是挺聪明吗？你猜呀。"

"为什么……"他艰难地吐出词来。

姓夏的家伙掏出烟，叼在嘴边，点上，又掏出随身铁烟盒，打开，将烟灰抖落在里面，哧哧笑道。"还是操心你自己吧，接下来你会怎么样啊。"

"跟田家兴，一样。"

他的舌头也因麻痹而有些吐字不清，意识却始终是清醒的。

"还是有区别。"夏宏昌吐出烟圈，"田家兴是自杀，但你是在入室盗窃时暴毙，死于吸毒过量。"

他放弃挣扎。"无所谓了。"

"干脆！"夏宏昌饶有兴致地盯着他，"果然是一条硬汉，田家兴可是尿了一裤子。不过，你这样我就不开心了。难道你真不怕死？"

"我怕啊，有个锤子用么？"

"看来我得给加点作料，来，看看——"夏宏昌掏出手机，划动了几下，竖到他眼前，"接下来就轮到她了。"

屏幕上是何饭饭的侧影，她站在租房门前，正要进屋。不知何时偷拍的。

"她跟这个事无关！"他心脏骤然抽紧，焦躁地扭动着，说话时涎水从他嘴角溢出来，"你们弄一个小女孩算什么本事？！"

"啧啧，真让人感动啊……"夏宏昌收回手机，撬开他的嘴，将粉末倒入，然后拿起酒瓶，汩汩地往嘴洞里灌入，"她跟你一样。你和她，太讨嫌了！你们自以为是什么？英雄？嘁！就是两只苍蝇，死苍蝇。你以为你死了有人关心你吗？不会的。说不定，你本来就没存在过。你这个烂人。"

他拼命挣扎，泪液从眼角漫漶出来，喉管里发出呜呜的声音。

"现在怕了吧，认尿了吧？你哭了？对，就是这样，等下你就开始流尿了。"

夏宏昌站起来，拍拍手，将背包提上，俯身注视了一会儿。

"现在，我要开你的车下山。你呢，留在这里，我不会杀你。你晓得，猫逮到耗子是不会一口吞下去的，我们好好玩玩，既然你那么喜欢玩游戏。你还有多少时间——两个小时？三个小时？我给你这个机会，你可以想想办法，用你这聪明的脑子好好想想。你只能指望你自己，这个时候有谁会来呢？你尽量爬，爬出去，要不然，你的尸体会被清洁工发现。放心，不会有人来追究什么，你不过是一个小偷，一个暴毙的瘾君子罢了。"

说完，夏宏昌转身离开了。隔了几分钟，他听到了微微轰鸣的声响，很快，四野又重归阒然。他努力保持清醒，试图摩擦地面将自己挪动——直至挪出房间，但这很难。或者说，这根本没有可能。他放弃了努力，嘴唇洞开，生命的气息逐渐从那里遁离，伴随着粗重短促的呼吸。

不知道过了多久——也许是半小时，也许是四十分钟——他闭上了眼睛，准备迎接自己的命运。那瞬间他看到了死神，戴着尖尖的无檐帽，一身宽大黑袍，双目炯炯，手擎火柱朝他走来。

……

十八

他醒了。发现身处一个旋转的空间，四周都是白色。棉花一样的白，棉花一样柔软，一个有弧度的房间。随后他看到一根导管连接着自己手腕，一头牵着高挂的吊瓶。他闭上眼，重新睁开。现在他很确定了，自己还活着。刚刚的变形场景只是晕眩过后的正常反应。

他挪动上身，试图从床上起来时，门轻轻推开，一个人走了进来。一个中年人，矮个头，稀疏卷发，鼻梁上搁着一副过于宽大的无框眼镜，满脸苦涩——不过相信那是因为那些丰富的抬头纹导致的错觉。

"你这一觉睡得可真沉啊。"来者背着手感叹道，"这麻药真厉害呢。"

"我见过你。"他仔细观察了一会儿，想起来了，"在酒吧。"

"还不止，"这个人走到他跟前说，"再想想。"

这沙哑的嗓音——他瞬间就明白了——这就是神秘爆料电话背后的那个人。那次在酒吧他们差点就撞车了。但这家伙很聪明，极老练，心理素质和临变能力很强，马上让手机静音，很镇定地装作接着什么人的电话，堂而皇之从他眼皮下溜走。

"你是谁？为什么帮我？"

他倚在靠枕上，但也没什么可戒备的。如果对方想要害他，就不会费力从青草坡将他带到此地——这是什么地方尚不清楚，但不是医院，看起来是一间小公寓，房间除了基本用具别无长物。

"老实说，帮你就是帮我们自己。"这个人退了几步，一屁股坐在病床对面的单人沙发上。

他略感迷惑。"我上青草坡时，没有车跟着我，也不可能。"

"这就要从你车祸说起了——那次之后，我们在你车底装了个GPS。目的嘛，就是预感到你会再次遇到麻烦。果然，这个东西终究还是派上用场了。当发现你半夜上了青草坡，我就知道不妙了。"随后，此人从口袋里取出手帕抹了抹渗汗的额头，又在脖颈处擦了一圈，"还好，医生说再晚半小时就难说了——不过，得有个过程，现在应该还很晕。"

"已经好多了，"他扭动脖子，窗帘花纹是重影，那种眩晕感仍然浓厚，"这么说，你一直跟踪我，但目的是为了保护我？"

"正是如此。"那人正襟危坐，严肃地答道。

"为什么？"

"为什么？"那人露出无辜的眼神，摊手道，"就是为了防止这样的时刻啊。在你危险的时候，轻轻拉你一把。"

他决定不再纠缠这个事情。

"你还没告诉我，你是谁？"

"这个嘛……你就叫我老曹吧。"对方眼神闪烁不定，似乎知道他想要了解什么，"至于我，我只是一个代理人。代理人你理解吧？在特定的时间，替特定的某人做一些特定的事情。至于我背后人的身份，你还是不知道为好。至少，现在还不是时候。"

"我一直以为你是凯斯特那帮的。可是，"他蹙起眉头，比较困惑，"也许你们搞错了。我并没有你们要的东西——"

"没搞错。"老曹挥手打断道，"我们找的就是你，当然，后来我也知道了，我们想要的东西你没有。"

"咱们能别说绕口令吗？"

"就是说，原以为你手上有我们需要的那样东西。但后来我们发现，东西没在你那儿。但这不重要，因为你做的事情，事实上接近我们需要的那些——可以说，一样的效果。"

他忍不住问道："什么东西？"

"不清楚。"

"你要的东西你却不知道是什么？"

"很奇怪吗？"老曹说道，"我估计，是一些材料，几份文件，或者还有几段录音，总之，我也不清楚它究竟是什么东西。"

"对凯斯特不利的什么东西。"这似乎已不难理解了，如果联系到康富强之前的说法，于是他说，"我不知道你们出于什么目的，但显然，你们是站在凯斯特的对立面的。那么，你说的这些东西，只有一个人可以提供——任铁围。"

老曹将双手放在膝盖上："继续说。"

"这样一来，事实也很清楚了，给记者的爆料电话是你打出的。这篇稿件能够提到报纸头版，连续报道，想必也是你动用关系在幕后操作的。我想，原本你们约定好了，九月三十号，那天晚上，任铁围本应把一些东西交付给你，但他没有，也联系不上。然后你们在公司附近发现了警车、尸体。你知道那些东西可能会石沉大海——很难被掀开。但你不甘如此。于是你联系媒体——让记者来到现场，写了一篇，把它捅了出来。"

"这个……"老曹似乎又犯难了，摊着手，额头上的抬头纹显得更深了，几秒后，俨然下了什么决心，"你完全可以按你的方式去理解，但大致不错。"

"我不理解的是，"他质问道，"你们为什么针对凯斯特？"

"你不必要知道这个，你只需知道我们的目标是一样的，都是凯斯特，"老曹说，"敌人的敌人，就是朋友。"

"确实，凯斯特是我的敌人，但我们不是什么朋友。"

"是不是朋友，这个不重要。"老曹摇晃着脑袋，文绉绉的，说话总是绕来绕去，像一个迂腐老夫子，"但你可以帮助我们。其实，你一直在帮助我们。这是我们始终躲在背后，但紧紧跟着你的原因。"

"我不知道你是谁，我也不知道你们想要利用我干吗，我不清楚你跟任铁围——或者其他人之间——究竟有什么协议，我什么都不清楚，但我可以选择，不参与跟你们合作。"

"我倒觉得，你没什么选择。"老曹放松地笑着，一脸宽厚。

"因为你救了我——我就得听从于你？"

"非也。"老曹摆动脑袋，然后定定地瞪着他，"你走到这一步，已经没有什么回头路了。再说，我们也不是单方面利用你。是交换，等价交换。"

"交换什么？"

"李立冬。我知道你追查这个案子是为了李立冬。那么，这个事情就交给我们处理。反过来，关于凯斯特的事情，你已经非常接近核心了，就差那么一点点。事实上，也并不需要你专门为我们付出什么，你的存在就是帮助我们。"

"一方面你也很需要打开盖子，但又把我当筛子，自己躲在后头。"他觉得这事儿非常有意思，又难以解释，"我不是傻子，你们的能量非同一般，按说，区区一个凯斯特，也不至于吧？你到底害怕什么？"

"这个事情很复杂，千丝万缕的……"老曹的手在空中挥舞着，就像真的被一张无形的蛛网缠住了，长叹一声，"恕我不能奉告。"

"好吧，你们的目的是什么？"

"这个么，还是不能说。"老曹又开始摇头晃脑，随之把手指头咬在嘴唇里，"我说了，我只是代理人。我只能告诉你，我们不会联系——在事情结束前，这是我们最后一次见面。为了让你安心，我可以承诺，你的朋友李立冬，就交给我们来操作。"

"没用的。"

老曹微微一笑。"你是指他十几年前那个案子？"

"你怎么知道？"他震惊了。

"我说了，既然我以此作为交换条件，说明已经做了周密的调查，有充足的把握——再说，我们也不缺这个——"老曹重重地捻了捻手指，"老兄，钱是个害人的东西，但这坏东西也能救人，而且很有效的。"

这家伙什么都不会说的，滴水不漏。他看着封闭的窗帘。"现在几点了？"

"嗯，上午十一点过七分。"老曹看了看表。

他脑子忽然一闪，几欲魂不附体。"电话，把电话给我！"

"打给谁？"老曹慢悠悠地从他背包里取出手机，浑如没看到他的焦急，"关机了。"

他焦急地摁着启动键，但毫无反应，应该是没电了。可恶的是，他也不知道何饭饭的号码。他猛地掀开被单，扯掉针管。他没法让自己就这么躺在此处。"没时间跟你废话。我要出去一趟！"说完他翻身下床，双腿却并不太受控制，跌落到地板上。

老曹叹叹气，将他从地上搀起来。嘴努成一个椭圆，"你倒是要去哪儿？是找她吗……"说着将身后的房门拉开——

她赫然站在门口，眼圈儿红着，泪水在眼眶里打转，似乎随时就要掉落下来。

他紧绷的肌肉倏尔松弛下来。

"我说了，我们的存在就是协助你。虽说不能亲自出面，但做点什么查缺补漏的辅助工作，还是可以的。……嗯，"老曹抬腕看了看，"这儿很安全，我给你准备了一辆套牌车，地下停车场二层D区七号位。喏，钥匙在茶几上。"

老曹站起身，笑眯眯的，眼里却意味深长。

"先委屈你一下，暂时猫在这儿。快了。我觉得，用不了多久。"

老曹的脚步声消失后，她扑过来，将头埋在他怀里，轻声哽咽起来。"别哭……"他张着手臂，有点手足无措。她抱得更紧了。心跳如此真切地显现出来，渗入到他的心跳中。

终于，他合拢了自己的手臂作为回应。她裸露的脖颈散发出激越的气息，她的温度熏染着他。就像一个濒死的人被激活了。他死去很久的情感也是。

一分钟，或两分钟。她的电话沉闷地鸣叫起来。他轻轻拍拍她的背。她这才松开手，脸颊红彤彤的——拥抱使人获得了生机和慰藉，但同时让他有点喘不过气——从背包里取出嗡嗡震动的手机。

"是刘艳芳——"

他点点头，于是她接通了来电。

"何小妹吗？"刘艳芳说，"我联系不上周天树了。手机一直关机。"

她捂住话筒，看着他。"好像有事找你。"

他示意她将手机拿给自己。

"我把电话给他。嗯，他在旁边。"

刘艳芳压低着声。"一个律师在我家。他说是你聘请的他。"

他只好说："有这回事。"

"为什么？"刘艳芳说。

"怎么，律师有什么问题吗？"

"不是不是，律师很专业——他刚刚给我看了他的证件，一些案例。他还告诉我，费用不需要我们支付。我是说——这怎么回事？"那边的声音有点恓惶，还有些不安，"我打听过，这种官司费用非常高，根本不是一般人能承担得起的。"

"这个你不用担心。"他补充说道，"钱也不是我出，这是律师事务所主动联系的我，说愿意为这个案子做点义务工作——"

"可能吗？"刘艳芳将信将疑。

"千真万确。他们也是刚成立，需要接一些大案，提升自己的行业知名度，所以——你也别多想，这是互惠，好好配合律师的工作就是。"

挂线后，她把手机接过来，搀他回到床上。自己则坐在床畔，握住他的一只手，摩挲着。"我听到你们在谈论李立冬？"

"其实他叫邹琰。"

接着他转述了昨晚刘艳芳带回来的信息。

"原来是这样……我总算理解了，为什么刘艳芳总说他软弱，懦弱……"何饭饭叹道，"他不能不怕，他太怕出事了，随便出点什么事，这个家，他辛辛苦苦构筑了十多年的这个温巢，就彻底崩塌了。他犯了罪，但他确实不是坏人。如果，我是说，如果他不是犯有这档子案件，他和他的女儿该会多么幸福……可是，有点我跟刘艳芳一样想不通，值得吗？"她将目光转到他脸上，"你做的这一切，为他所做的一切。"

"你错了。不是我为他做了什么，而是相反。"他的表情严肃起来，"一直以来我需要把自己拉出深渊，单凭我自己做不到，我拉不了我自己，但他可以。这样说你能理解不？不是我在拯救他，是他给了我一个机会。"

她定定地看着他，若有所思。"我想我大概明白你的意思了，但，"她问，"在做这么一个决定时，你自己也清楚，这也许，或者说原本就是一件不可能的事，你这样做有用么？"

"我不知道。"他揉了揉脸，那里包括血管、四肢，微微还残留着一种麻痹消失后的钝感，"有时候，我们坚持一件事情并不是这么做真的会有什么用，或者真能改变什么，而是我们必须相信，只有这么做才是对的。"

"你是对的。"她的目光里流露出一种心疼。

"那只不过是我干的蠢事太多了。"他定定地看着天花板——那里似乎有一个看不见的泡影。

"说出来。"她握着他的手加了一点力。

"我想抽支烟。"他抿着嘴唇，那里干涸得像条枯萎的河床。

她从包里拿出白娇子，连同一次性火机一块儿递给他。

点上烟，他狠狠地连抽了三口，仿佛只有把自己埋葬在那堆烟雾中才能从别的什么地方爬出来。

"枪响了。"他说。

"枪响了？"她好奇地重复。

从刑警到酒鬼，再到囚徒，这种轨迹就像从瀑布掉下来，从山上到沟底，跌得粉碎，然后被冲得一点不剩。每个人都以为，我变成现在这样，是因为接受不了这个落差。你肯定也这么想过。其实，真正毁掉我的，是另一件事。

那是直辖十周年前，上级暗示，我跟另一个同事，我们两个当中会有一个被提升。往上爬没什么不对。问题是，我太急切了，也太卑鄙了。安梅预产期前，我截获了一条消息，有内线给竞争对手提供了一个信息：一个我们跟了两年的、背负两条命案的毒贩潜回了老家，四川某区县。于是我紧急召集小组赶赴当地。

初步核查，情报应属实。但现场环境错综复杂。小白——我的组员——建议，先与当地警方沟通，请求增援；然后等后续人员到来，一同部署。我肯定不愿等，我要的就是赶在竞争对手之前。但我也不想牵连组员，就想单干了。我让小白他们四个人布控在楼下，自个儿进入那栋蛛网式的农贸市场大楼。找到嫌犯房间，我敲门，一个女人在里面回应说，是哪个？我回答，街道的，要填个表。里面把门稍稍拉开了一些，但保险栓还带在门上——她一看就知道我不是街道的人，赶紧把门推上。我听到里面砰的一声，好像是凳子被撞到的声音。我飞起踹了几脚，将门蹬开，房间乌漆墨黑，只看到通往阳台的玻璃门，窗帘在摆动，我掏出枪，打开保险栓。一个黑影扒在阳台栏杆上，嗵地跳下去，我冲过去，一个影子挥着菜刀从一侧朝我扑来——完全没有防备和躲避的空间——情急之下，我开了一枪。房间剧烈地震动了一下，回响震得我耳朵发麻。我看到，那个妇女呆坐在地上——暗红的血从她肚腹浸了出来。

　　跟很多事一样，这件事从未被报道过，但不代表不存在。显然我犯了大错，大错特错。我不守规矩犯了同行大忌，私自行动导致逃犯漏网，我还枪击了一名妇女。当天，局里紧急派人将我带回，半途中，同事告诉我，那个妇女救活了，但肚子里的胎儿没能保住。咔的一声，我像是被自己的枪击中了一般。我没想到她是孕妇，完全没想到。那瞬间我也像个死人一样。比这更悲剧的是什么？紧跟着，我接到安梅短信：恭喜你，你的儿子在三个小时前降世。但我不准备原谅你。决不。你能想象吗？那么一刻，我坐在车里——就像是被重重地锤击，碾轧成薄片，然后又被粉碎机打得稀烂，火星四溅。刹那间我就知道了，我完了，比这更悲惨的是，我永远都回不去了，我不可能再把自己拼装起来。我得到了一个孩子，作为代价，我亲手扼杀了另一个生命——讽刺的是，从法律意义上，那明明是一个生命，却还不能称为人……
那刻，虽然一切都是完整的，天还是天，路还是路，我还是我，
毫无变化，但我知道，一切都碎掉了。

"你有句话说得挺对，决定你的不是什么未来而是过去。"他
停顿一秒，重新取了支烟。

我跟安梅，很多人好奇，为什么我们走到了一起。我，一个
小警察；她，重庆籍知名运动员，曾随着花样游泳队在世锦赛拿
过银牌。本来我们八辈子都不会产生交集的。有次她回重庆参加
活动，受聘为城市形象代言人。我被抽调执行安保，当时，我办
了一些案子，有点狂。这大概也是膨胀的一点好处，无知无畏。
活动结束前我要了她的号码，并且真的给她打了。她自己也说被
我这种莽撞吸引到了。女人，多多少少都有一些奇遇的情结，相
信这种命运的偶然性。吸引她的还有一点，我不会水。这很奇怪，
我出生在江边，命里带水，但就是不会水。我第一次游泳差点没
被呛死。要不是我表兄在旁边，我可能就被水草缠在河底溺死了。
这之后我从未下过水，连泳池都没下过。我没这种天赋，也非常
畏惧——你知道的，我还怕狗。这是两个我极隐秘的羞耻。但这
点恰恰让她很感兴趣。她觉得这是天意。女人就信这种毫无根据
的东西。我们就是这样一点点逐渐推进的，可以说我们的爱情是
建立在通信上，每个月我的工资都只够电话费。要去北京见她，
就只有找同事借钱了。后来她做了一个勇敢的决定，她觉得自己
嫁给了爱情，而不是别的什么——如果她愿意，排着队的男人，
那种大富大贵的男人，真的太多了。
　　虽然她的事业在北京，但最终为了爱情回到重庆。她办了
一所游泳学校。她做得很成功，也不可能不成功。她的名字就是

品牌。当两个人真正相处，我才意识到，我们完全不在一个层面上——尽管我们自身、我们的感情都没变。但那种落差，包括那种巨大的心理压力，是之前完全没有的。她朋友很多，应酬也多，都是一些大人物。我在她身边，仅仅只是"安梅的谁谁"……关于这些我们有过交流，她觉得这没什么。但我很迷茫，我在参照里看到了自己的卑微，我甚至还做不到把那个队长前的"副"字去掉。我唯一可以逃避的空间就是——攥住我能攥住的——工作。预产期快到了，安梅提前住进医院，等待生产。本来我请了假陪着她，但我得到了那个情报。我告诉她，有紧急任务。安梅不乐意，她希望我能陪在身边。但我让她失望了。在问询了医生后——我做了权衡，选择了对我来说更紧要的那项。某种意义上，我心里的魔鬼替我作了选择。

接下来不难想见——停职，接受调查。纪委和检察院轮番质询、测谎，一遍遍回顾，逼迫我翻出那个疮疤。那期间我头一次发现，原来身边的同事根本就不像我以为的那样，虽然我并不渴望得到全部人喜欢，但有意思的是，好胜、张扬、虚荣、自以为是，是大多数人对我的真实评价。人人打心里讨厌我，这才是真的。

这事件在行业内部引起了不小争议。有支持也有反对。开枪或不开枪，对于警察来说本就是永恒的矛盾。法律支持警察在允许的条件下使用枪支，还有一种叫"实际情况"。问题不在这儿，问题在于我私自接管了行动。历经三个多月调查，审查组最后的结论是：系执行任务中误伤。有过失，但无罪。行为可以合理解释，归结起来主要有几点：执行任务所处环境无法辨别中枪者是否孕妇甚至不能辨别是否女性；本人行为是缉捕行为中受到实际危险的正常反击；受枪击者有恶意攻击的动机及行为。随后，我被调离警队，暂时安置在机关团支部，每周固定接受精神病医生和心理辅导师的疏导诊疗。也就是说，在职业这个层面，我完蛋了，彻底洗白了。

比这更致命的是：我患上了某种精神障碍。我第一眼见到孩子时却感受不到一丝欣喜，那粉红色的小小躯体——无辜地酣眠着，脸庞上那一种不餍足的气息让我惊惧与战栗，只想赶紧逃离。从那一眼后我就开始长期噩梦：一个没有面孔的毫无形象的婴儿始终在追踪着我。这个噩梦一直反复，轮回。心理辅导师根本帮不了我，安梅也不能，她已经尽力了。另外一方面，我们的感情过了炽点，它过早到达了弧线的高点，现在是那条曲线逐渐颓落的时刻。在恋爱中我可以伪装，但婚姻是真实的，我和我的弱点，我的自卑，无所遁形。而现在，我的自卑里多了更深刻的内容。那个死去的胎儿成了横亘在我们两人中无法祛除的阴影。

我变得害怕睡眠，整夜整夜睁着眼睛。我开始思考这个之前从未想过的问题：死亡。什么是罪，什么是非罪？我不敢入睡——梦里有一个审判室，只要我进到里面，就会有个穿白袍的黑影将我绑缚起来，狞声吼道：你怎么能睡得这么熟？你还能睡得这么香？

我开始酗酒，我发现没什么是酒办不到的。只要喝得烂醉，那些刺耳的声音、那令我惊惧的鬼魂就被关在外面了。酒成了我的护身符，最后的伙伴和唯一亲密的朋友。同时我成了一个无可救药的人。一个再也捡不起来的混蛋。一堆看似完整但稀烂的渣滓。我不敢回家，害怕见到那个襁褓中的儿子——安梅伤心，死心，但她始终抱着高度的道德感。是我自己放弃了。

后来我也反省过，我跟她，那只是看起来很像爱情的爱情。我呢，是出于虚荣，出于征服；而她是出于女人特有的对戏剧化的恋情的迷恋。其实婚后我们都发现了这种实质，或多或少。我不能也不愿成为一种附庸，"安梅的老公"之类。其实，我们现在挺好，我觉得我们适合这样，作为家人挺好。

　　她沉默少顷，问道："那么，你入狱又是怎么回事？我记得你
说，这三件事是同一件事。"

　　他探出手臂，将烟蒂放进玻璃烟灰缸。"因为查运兵——你知
道，就是两年前栽倒的那个副局长，我前领导，也是我师父，是
我入行的引路人。"

　　查运兵喜欢我，一个是觉得我肯玩命，另一个，尤其肯为朋
友玩命。他看中了我身上那股味。跟他气味相投。他常说的一句
话是：只要人对了，飞机都要刹一脚。说白了，他是那种把感情
看得比规则更重的人。也可以说，相比事，他更看重人。这个职
业很难避开这个，你的一半是执法者，另一半是江湖人。造成这
样的原因很复杂。在业务上他没得说，一把年纪了，还总是冲在
最前面；不过，他的个性决定了他有很江湖的那一面，就是所谓
重情重义——与其说，他结交了很多社会上的朋友，不如说，很
多人是在结交他的身份。我后来反思，其实就是那种受人尊崇的
虚荣感，害了他，当然我也是。

　　查运兵做了多年副局长，本以为要上升一格，突然空降新领
导，来的一把手跟他不是太丁对。但他耕耘这么多年，根深蒂固。
不过，这也给要整他的人找到了孔隙。不管是出于什么情由，他
确实做了一些不该做的事——在自己辖区私下参与了不少产业，
有茶楼，有 KTV，都是当地张广和张洪两兄弟控制的。那时，我
在后勤混了几个月，提出辞职。领导照例挽留了一下，但其实如
释重负。查运兵听说后，召集一些同事设告别宴。席上他喝多了，
说将一间歌厅的股份转给我——这是一种江湖的感情方式。我没
当面拒绝，打人还不能打脸哪。事实上，他也没真的转给我，一

场麻烦就找到了他。"打黑"开始了，张家兄弟也被划在名单当中。查运兵被投诉在抓捕上"阳奉阴违"，还曾与二张私下会面，引来大祸。某天，查运兵被喊到市局开会——在会场直接被拷走。很快，二张落网，他被定性为"黑保护伞"，牵扯出了亲近的几个下属——我是其中一。从区县借调来的姚南正是这个专案组的得力干将之一。查运兵的问题我知无不言，但我不能无中生有。这是我的底线。为此，我把自己在审讯中曾付诸过甚至从没想到的手段，统统都领受了一遍——就像是一种报应，是我应得的。接下来的事你都清楚了。你现在见到的我，才是那个真实的我，以为扮的是猫，实际上是一只鼠——脱了那身皮，我啥都不是。就是一块泥巴，别人要怎么捏就怎么捏。

"别这样说，"她抓住他，手上充满力量，"就算是，你也是让人啃不动、咽不下，也嚼不烂的一块泥巴。你这样的泥巴可稀罕了呢。"

"差点点就成死泥巴了。"他苦笑。

她心有余悸，轻拍他手背。"你在青草坡那个地方有什么发现没？"

"田家兴死前就躲在那儿，有他的活动痕迹，他遗留的衣物和用品应该被焚化了，不知道为什么还有很浓的焦煳味。地上残存有一小部分乌黑的胶汁，可能是塑料成分的什么物品，体积应该不大。不过，我找到了一样东西，也许是田家兴感到不妙，故意留在那儿或是争斗时不小心扯掉的。"说完，他在裤兜里摸索到了那颗坠子，"我记得田家兴的脖子上戴着一根金链子，坠子上刻有他的姓。"

她倒吸一口凉气，"不是自杀？"

"先把他麻醉，然后伪装成坠崖。"

她打了个寒噤，不禁拍了拍胸口。"然后用同样的手段对付你！凶手是不是进入我房间恐吓我的那个人？"

"也是你在防疫站打听过的那个人。"他说，"他手腕上文着一条蛇。"

"好哇！终于找到了。他就是跟田家兴一块儿出现在任铁围被害现场的人！"她急切地问道，"他是谁？"

"夏宏昌——总之是这个音。应该没假，当时他以为我必死无疑。表面上他是康富强的司机，其实是一种伪装。应该是特意雇佣来替公司清除麻烦的。"他在脑中回顾了那个人的形象、语言以及动作，继续说道，"这个人不显山不露水，几乎让人感觉不到他的存在。但十分谨慎、冷血、行事果断，是一个老手，不是前警察，就是受过训。说普通话，北方口音。"

"我们怎么办，怎么才能找到他。"

"这很难，他像蛇一样。"他想了想，"如果他知道我还没死，就有趣了。应该很快就会发现了。"

她有些失控。"如果他跑掉怎么办？"

他摇头。"不会，他搞砸了，但事情还没结束。接下来他会隐蔽起来，等着我们暴露。"

"我真的不能理解。"她非常困惑，"按说，其实我们也没找到什么直接证据。他干吗冒这么大风险置你于死地？"

"这恰恰说明，我们已经接近或掌握了他们害怕被发现的内容。只是，我们自己还不知道那是什么。"

"他们感到畏惧的……"她埋着头，喃喃自语，"到底是什么呢？"

他摇摇头。所有线索像潮水一样涌出来。但就在他似乎弯腰舀到点什么时，发现手里端的只是一个筛子。不管是沙子、砾石或者别的什么，都顺着筛眼直流而下。没剩一点。

"我们能把这些情况——包括你差点被害的事情——提交给警方吗？"

"没用的。"他摇头，"我们都清楚幕后是康富强。问题在于，目前我们接触到的所有线索，都止步于这个夏宏昌。这个案子中，把康富强联系起来的点是什么？他跟汪仁明又是何关系？任铁围为什么被害？李立冬又是怎么被牵扯进来？……都不清楚，一团模糊。也就是说，当我们指认夏宏昌，要么他会永远藏匿起来；或者背后的人很轻易把他放弃——就像壁虎断尾一样。如果我们不能扯出那窝草下面的根须，那个盖子可能就会彻底封闭。就像田家兴，而且……康富强跟办案警员一定私下有互通，这很麻烦。"

"那怎么办？"她既困惑又烦恼，还有一些忧惧，"我们就只能这么坐等？"

"只能等。"

"等什么？"她慌张地说。

"等他们出错。"他示意她平静，"如果你是康富强，还坐得住吗？当看到我这个'死人'竟然不翼而飞，他们就会恐慌，就会害怕，只要他们心乱就会犯错。是人就会犯错误。"

她惘然地揉着眉头，忽然拿起手机。

"给你看看这样东西。"她翻出几张照片，递给他，"昨天你跟刘长发聊的时候，我去翻了翻他病历。晚上我又去了周家桥家——见到了他母亲，聊了一会儿，我也找她要了周广强的病历。这两份病历我都拍下来了。我临走前，周家桥妈妈说，算命先生告诉她，丝厂风水不好，但，我总在想个事……"她带着一种惘然又悲哀的语调说道，"那几个老职工都没讨个善终，死的死，病的病。你不觉得也太巧了吗？"

他接过手机，一张张，反复比照，心里蓦然浮现一个念头。

"我要去一趟医院。"他坐不住了，霍然掀开被单，"可能还得见几个人。"

"现在?"她担忧地拽住他,"你这样,行不行?"

"没问题。"他伸了伸腿,依旧有点点麻痹,但不碍事。

"你非要去的话,我陪你一块儿。"

"我一个人去。"

"你又想撇下我!"她努着嘴。

"你知道我不是那个意思,"他解释说,"主要是为了安全,还有——更加方便。两个人目标太明显。"

她瞪了他一眼。"好吧。我留下来,等一个朋友的消息。"

他摊手,不明其意。

"你不是想搞清楚康富强跟汪仁明的关系吗,我查了一下,发现他同时也是另外三家公司的法人,有两家注册地在北方城市,北京一个,重庆这是两年前注册的。看履历,实际上他长期在北方活动,所以我在托人找当地财经媒体的朋友帮忙打听。"

"好。有什么紧急情况,你可以找杨吉林,另外,"他从包里找出笔记本,翻到其中一页,点了点,"这个号码——你记下来,是老曹的。除了我谁敲门都别开。别给我打电话,有事我会联系你。"说完,他把手机塞进背包,背在背上。

十九

红鼎国际一共四十八层,你能想到的和想不到的各种事物都囊括其中。放贷公司、情调酒吧、家政中心、桌游馆、火锅店、私房菜、美容美发、足疗、养生会所、麻将馆、电影院……就如一个独立的纵向的魔幻星球。他有点儿佩服老曹,这家伙是怎么找到这么个地儿的。在这儿藏半辈子也完全不是什么问题,所有的欲望问题都能在此解决,而想要被谁发现也是件极困难的事儿。

一旦离开，汹涌的观音桥步行街人潮会将你迅速淹没，就像一粒沙子掉进沙滩。

他站在地下停车场。嘀！一辆灰色逍客响亮地回应着。他很满意，满大街都是这种车，灰扑扑的，很难叫人注意。

离开熙攘之地，在道路上行驶了一会儿，他摸出手机——却发现没有充电线。他在一家便利店前停下来。买了两包烟，一个火机。掏出笔记本，找到张素娟的号码，借老板的电话拨去。

二十分钟后，他驶入劳动路，又由一条小岔路拐进一个惠民社区。陈思德生前就住这儿，这本是陈思德妻子娘家，她就是这儿出生长大的。五年前，凭借父母遗留的一套三十多平方米私房，她在这个社区得到了一间安置房。至于这位遗孀，张素娟说，"你就喊沈嬢嬢"。现在，沈嬢嬢在小区的健身角等他——身前是坝子。小区没停车场，车只能停在此。

"你就是小周？"她朝他走来，发鬓花白，但神态安详。

"是我。"他张望四周，没一个能坐的地方。

"走，"她侧身在前头带路，"到我家。"

这个家如他想象的那样简朴，一切陈设都在说明，这是平淡的，普通的，曾遭遇过困厄的一个家。

他在沙发上坐下。沈嬢嬢从厨房回来，拿着洗好的茶杯。上世纪的玻璃杯，红色牡丹花纹。又从一个塑料袋里捻出一抹茶叶，放入杯中，提起茶瓶，掺上水。黑色茶叶末在开水中翻滚。

"陈老师，听说是一个多月前去世的？"他问道。

"马上两个月了，今天是第五十九天。"沈嬢嬢走到藤椅边，缓缓坐下，"送到医院抢救，医生说已没办法了，心脏衰竭。"

"您给说说，他这个病情是什么时候开始的？医生当时给陈老师做了什么化验没有，导致心脏衰竭的原因又是什么？"

沈嬢嬢沉思了几秒，若有所思地望向他。

"小伙子，你问这些事干吗？"

"这对我来说很重要，也许——"他直视着这位憔悴的妇女，"对您也很重要。我迟早都会告诉您这是为什么。但目前，我还不能说。不过，如果您愿意相信我，就告诉我真实情况。"

沈嬢嬢定定地凝视着他，似乎是认同了他前来的目的是真诚的。随后，她简要叙述了一遍陈思德从发病到送医，以及诊断的全过程。或许与初中生物教师的职业有关，她记忆力很好，条理清晰。

听完后他问："当时是在哪儿就诊？"

"新桥医院。"

"跟周广强是一个医院。"

"对，他们差不多一前一后。"沈嬢嬢点点头，叹了口气，"实际上，周广强当时还有救，但他自己放弃了。住院太贵了，他想把钱留给儿子，他儿子——"她指了指太阳穴，"精神上有点问题，时好时坏，治不断根。"

"我见过他。"

"……这个家可咋办哟。"

他无暇感慨。目前他得到的信息与预判有所分歧，每个人病情并不一样——这让他十分迷惑。

"您还保存有诊断结果吗？"他问道。

"我去找找。"

她进了卧室，里面传来抽拉声。几分钟后，沈嬢嬢出来，打开一个塑料文件袋，装满各种小票、单据。文件袋里面还有一个牛皮信封。她把这个信封递给他。

"这是全部的化验和诊疗单据，都在。"

他略微觉得惊异，很少家庭会这样——把这些收集得如此齐整。

"你也觉得奇怪吧？"

"嗯？"这句话显得意味深长，他没能一下理解其意。

"这些东西，不是我一个人整理的。"她平静地说道，"他在你之前来过，我们一块儿整理了这些单据，他复印了一份，把原始单据还给了我。"

"谁？"

事实上他已知道了那个名字。

他急速离开房间，走下楼梯。他不用回头也知道她在阳台上看着自己——眼里含着某种期冀。天气依旧沉郁，空气里全是阴湿的气息，但他背脊却沉甸甸的，毛汗沿着凹陷处流淌。他的背影承载了很多他从未想象过的东西。

车轮疾驰，驶入新桥医院。他扯掉胡须放进口袋，去了宣传科。因为理赔核查的缘故，他经常过来，每次都是宣传科的副科长程立负责接待，协同调取资料。杨吉林在这方面下了不少功夫，若没有医院内部关系，想要在理赔当中掌握点主动简直太难了。程立从数据库里调出了周广强和陈思德的就诊信息，他作了拷贝。随后程立分别帮他联系上了主治医师。在她的安排下，与医师短暂地交流了一会儿。

这之后他去了肿瘤医院。当他出来时，天已黑了。

深秋的阴天总是黑得很快。

他驾车来到凯斯特附近，在桥头处拦住一个棒棒，掏出一百块钱，耳语片刻。棒棒接了钱，胸有成竹地朝大门口的岗亭走去。不一会儿，也不知棒棒说了啥或是做了什么，提着竹棒朝右侧跑开，门卫老头儿从岗亭里追了出来，嘴里不停咒骂着。他侧身钻入院内。仅仅几天时间，这里就大变样了——借助稀薄的路灯灯光，他看到电影院已被拆除，车间洞开着，瓦顶都卸掉了，机器

266

已被搬空，残壁上画着大大小小的"拆"字……但那栋老式办公楼还是完整的。

坐在黑暗的办公室里，他试着把自己当成这儿的主人，甚至是任铁围的心和眼，来感知和发现。他在这栋楼里待了不少时间，半小时，一小时，两小时。当他融入到黑暗，渐渐的，黑暗便开始褪掉它强硬的表壳，事物的轮廓慢慢浸透出来。

他静静地走近它，微蓝色的水桶。

这是唯一的共同之处，每间办公室都有一个这样的饮水机。

敲了三下。她俯扒在猫眼里瞧了瞧，将门拉开。

"刚刚，杨吉林找你，挺急的。"她说。

"他应该是想告诉我，李立冬的旧案被翻出来了。"

"不是，他说警察找到了证物，有人在大碑发现的，一根皮带。"

他冷冷一笑。"真拙劣啊！看来，有人是铁了心要把李立冬办成铁案。"

"你出去这么久，怎么样？"她急切地问道。

他跌到沙发上，感到一种前所未有的疲倦，还有一种前所未有的悲凉，并且他犹豫，到底要不要告诉她。但似乎，没必要隐瞒了。

"陈思德、周广强、刘长发、田家兴、陈小霞、任铁围。公司股份被汪仁明私下出售后，他们是最后六个留守老职工。应当说，他们原本是决心抗争到底的。但这种平衡很容易被打破，因为每个人的利益诉求都不一样。但任铁围被抓，资本的能量让他们产生了一丝犹豫。最先打退堂鼓的是陈小霞，她女儿即将生产，催促她过去帮忙，康富强抓住这个薄弱点攻克了她；随后被拿下的是田家兴，利益让他成了叛徒。他的倒戈让其余的人愤怒，也感到恐惧。康富强用的是软处理，化骨绵掌：一方面，他假意留着这些老职工，但不给你饭吃；另一方面，堵死了任铁围举报路径，多少举报信都被锁进暗箱。终于，剩下的几个人熬不住了，举手投降——接受了凯斯特的补偿建议，数目是各自私下磋商的。"

"这些我知道啊，你……到底想说什么？"她定定地看着他，似乎有什么重要的讯息即将在空气中炸开。

"你的直觉很对。"他告诉她，康富强进入后，原公司一切生产和经贸都停顿了。陈思德、周广强、刘长发、任铁围还是照常到公司，二楼任铁围的办公室，就是他们聚集和议事的场地。"我认为，线索就藏在那间办公室里。"

"什么线索？"她急得想跺脚。

"是你引导我发现的，你启发了我。"他问，"他们六个人——除了最早撤离的陈小霞，其余人，都是什么结局？"

"死的死，病的病。你是说——"她脸色煞白，随即就否定了差点脱口而出的猜测，"可是不对啊。"

"我去医院查看了记录，陈思德是心脏，周广强是肾，刘长发是胃肿瘤，看起来风马牛不相及，但，"他把烟盒放在唇下，咬出一支点上，灰色的烟雾缓缓散开，就如水消失在水中，"也有共同之处，只是很隐秘。我问过医生，也把他们的诊断结果给了一个有经验的法医，你猜怎么着，病源是一致的，都是体内超量重金属导致的器官衰竭。我判断是慢性中毒。"

她捂住嘴，满脸难以置信。"下毒？……这么多人，是怎么下毒的？"

"这只是我的推测，现在还没法证实，估计也很难证实。要我判断的话，可能是水。"他说，"公司没有餐食，所以这排除了其他下毒机会。空气传播不可能，只剩下一样：水。他们的办公室里，都有一台饮水机。我估计，毒就藏在饮水机的接口。"

"什么毒？"她紧咬着牙，眼眶忽然红了，"为什么任铁围就没事呢？"

"醋酸铅，无色无味，易溶于水。"他沉默一秒，说，"任铁围……当然不能幸免——我没告诉你，即便是田家兴，身上也测出了毒素。"

"那——"她忽然呛了一下，不自然地侧过脸去。

等她稍稍平缓一些，他开口道："你是想说，如果这样的话，任铁围为什么没像他们那样，因为中毒静悄悄地死去？"

她点点头。

"这我不是很清楚。也许是个体差异，也许，任铁围比其他普通人更为敏感。事实上，任铁围是最早也是唯一一个发现自己中毒的。"他告诉她，一年前任铁围曾在医保医院就诊，那时他并不清楚自己被人下毒。大约一个月后，其他人跟公司达成交易离开，办公室就剩下他，这时期他应该意识到了什么，换到重医附属第一医院检查。之后他主动联系保险代理员购买了意外险。"我猜测，那时任铁围已开始怀疑被人下毒，但他并不知毒从何处来，当然更不知道他的同事也被下毒了。"

"那也是他收养那条流浪狗的时间……"她喃喃道。

"这恰恰说明，他其实不清楚毒源的来处，但开始自我保护，暗中调查和搜寻了。至于他那些同事，也跟他断绝了联系。我估计，周广强的死讯让任铁围得到了一些直觉暗示，但并未进一步产生联想——直到陈思德的死，他才真正意识到，或许跟自己一样，他们也被下毒了。"

"他也知道？"

"下午我去了陈思德家，还有医院，你猜怎么着？我不是第一个走访的人，同样的疑问，任铁围也曾问过一遍……"他看着窗帘，仿佛陷入到某种巨大的空洞，"他去医院查过周广强的病情，还去陈思德家复印了诊疗单据——那是九月二十八号，就在他死前两天。"

她蜷成一团，肩头微微战栗，犹如一个受惊的动物。

"任铁围就是为这个而丢掉了性命。"

"至少，与这个发现有很直接的逻辑关系。"他拿起矿泉水，浇了一点于纸杯内，让烟蒂掉下去，捻着手指，"任铁围本来是跟老曹约定好晚上见面的。他可能被窃听了……"

忽然，她崩溃了——她一直强迫自己克制那股情绪，但那种悲伤的东西就像洪水一样，在她灵魂里冲来闯去，终于，它们赢了。它们中的一部分，挣扎着漫溢出来。她拼命摇晃着头，试图制止这一切发生，但泪水依旧沉默漫延。

他看着她，忽然走过去，有那么一刻，他很想用尽自己全部的勇气和全部的语言，将她狠狠拥在怀里，给她一切能够给予的安慰，但他只是轻轻地把手指搭在她的手背上。

"……如果你想哭，就哭吧。"他咬咬牙，深呼吸，"……哭出来会让你好受些。为自己的父亲哭不是一件羞耻的事。"

这句话就如那根稻草彻底摧毁了她的防御——她花了巨大的气力构筑的那座沉甸甸而又隐秘的堤坝，忽然被抽掉了闸门。她再也绷不住了，再也无法克制了。她放声哭号起来。那些飞溅的泪珠，就像是碎掉的心的影子。

几分钟后，她终于平静下来。

"你怎么知道的？"她擦拭掉脸颊上的泪痕，抬头，红肿的眼湿漉漉地瞧着他。

"杨吉林在查核任铁围的承保信息时，发现其中有张保单，受益人一栏上写着你的名字——"

"所以你早就知道了。"她幽怨地盯着他。

"别误会，我只是，你知道的，"他苦恼地摆摆头，"这方面我蠢得很，我找不到好的办法。我也不知道该怎么跟你提到这个事。

于是……"

"我不到三岁，他们就离婚了。"她长长呼出一口气，"对这个事，我妈妈从来绝口不提。此刻，我想我能理解任铁围这么做的原因，他遇上了爱情。但在我妈心里，他已死了。我相信她也希望我能够跟她一样。她是在我五岁时再嫁的，他们的婚姻谈不上美满。平淡，不过持久。我妈个性特别强，很敏感，易怒。我爸呢——个性比较软，多少也有些歉疚。他在铁路工作，每月有大半时间都在站上。所以还是比较能容忍她。对我也不错。这么多年，她一直以为我早就不记得还有一个亲生父亲。其实她也几乎做到了。现在想来，这更像是一种极端残忍的惩罚。离婚后她断绝了跟任铁围任何一种联系的可能性——她做得够彻底的。这就相当于把我从任铁围的世界里彻底地择了出来，让他永远见不到自己的女儿。可是，她却没有想到，这对我来说，何尝又不是一种损害？"

他默默地摸出两支烟，点上，递给她一支。在很多时候烟就是一种缓释剂。"其实，任铁围并不像你妈妈以为的那样，对你们一无所知。"

她接过烟，吸了一口，眼里带着一种惘然，一种遥远。

"除了那堆书稿，床下还有一个'黑匣子'——这是任嘉阳的说法。一个上锁的小木匣，是一本影集，贴满了我的照片——从七岁到二十一岁，不是那种通常意义的照片，有的是登记照，有的是班级活动的集体照，还有一些，甚至连我自己都想不起来出处，是他偷拍的。他一直都在我看不到的一个地方，看着我。回想起来，小时候经常会有一些奇怪的事情在我身上发生，比如，我的书桌里忽然冒出一盒点心，或是一个新文具盒什么的；住读时，好几次门卫处有人给我放了包裹，有时是音乐盒，有时是巧克力，可笑的是，我每次都以为是哪个男生偷偷送的，这让我胡思乱想了好多。因为这总是发生在我生日那天，或前一天。兴许他曾非常接近过我，甚至跟我说过几句话什么的。但我懵然不知。"泪水又从她眼里涌出来，"你知道吗，这里面最悲哀的是什么？他离我这么近，但我从不知情。他就像一个影子，可是谁会关注自己的影子呢？"

他很想做点什么，但什么都做不了。

她沉默地吸了几口烟。"保险公司联系到我后，我特别吃惊，特别震惊。我想，不是，我特别想要知道，他，我父亲，他到底是一个什么样的人？"

"你现在有答案了么？"

"一开始，我觉得，他就是我想象中的那种人，冷血、自私、无情、庸庸碌碌之辈。随着我们走访的深入，渐渐地，我就不那么觉得了。就像，像是砸核桃壳。当你看到里面那些，那些破碎的内芯虽然拼凑不成形状，但它们是裸露的，不一样的……"说着，她神色肃穆起来，"就是那些零零碎碎的细节，改变我的固有印象，甚至，我开始觉得他符合我对父亲的那种想象——确实，他很卑微、庸常、普通，但他又有让我吃惊的一面，隐忍、执著、坚强。他是沉默的，一种沉默的空白，像一座山，你站在山下是很难看到他的全貌的。就算你把这座山走遍，也不一定真的就能说，你完全勘探了他。"

"他可能不是一个好父亲、好丈夫，但是，"他吐了口气，感觉自己像条濒临缺氧的金鱼被放入到池水中，刚刚攥紧的心也放松下来，"他是个男人。我想，他会为你骄傲的。事实上一直就是。"

她的眼又湿了。

他有些别扭地走到窗前，重新摸了一支烟堵住自己的嘴。外面，雨声越来越大。这没完没了的雨啊。

他拎着一根充电线回到房间，将手机连上。她在电脑前工作。看起来她已经恢复不少，这个女孩比他想象的要更有韧性。他拉开冰箱，空的——或者说，只是没有他想要的那样东西。但橱柜里有意外收获。半瓶威士忌，劣质的。两瓶山城啤酒。他半蹲在地上，满足而快乐地瞧着它们。

他仰躺于床，就着电视上的地理节目，喝下一大口威士忌，随后皱着鼻子，一种谷物发酸后的味儿。

"我查到了。"她说，"有个夏宏昌比较接近，原为刑警，后辞职创办一家商务信息咨询公司，其实就是侦探公司，嗯……他好像惹过官司，跟催债有关。我再搜搜。"

"哪里人？"他印象中夏宏昌是北方口音。

"D市人。"

他点点头。康富强好像也是那儿的人。

"你查查康富强跟他的关联。"他提醒。

"我联系上了知情人，已经加了QQ，马上他会回加我的。"她抽出一支白娇子，点上，"我一直在想，老曹……到底是什么人？"

"这个我们迟早会知道。但我并不信任他。他监控我们，我们对他却一无所知，他比我们更清楚全局但什么都不泄底。他始终站在棋盘后面。但对我们，一切仍是谜。任铁围为什么死？康富强搞这么多事情的原因是什么？老曹——这个始终在后头窥视的家伙——到底图谋什么？还有李立冬，他怎么钻到了这个乱糟糟的线团里？"他望着眼前那些纷纷跌落的雨点，真让人好奇啊，"我都有点迫不及待了。"

显示屏上，企鹅不停闪烁着。她盘腿坐下，点开对话框。"您好，我就是《财经周刊》的张武。"

她马上回复道："听说您有篇暗访稿件，是关于康富强的。"

"对，是前年的事，那篇稿子没发出来。我听说了你要打听的事，简单给你说下，康富强这个人，原是个混混，坐过两次牢，都是故意伤害。他干了多年地下赌场，后来得贵人相助，摇身一变，开始做起投融，人称康师傅，专门盯着一些濒临破产的国企，伺机寻找和巧取利益，所以很多人私下将他称为'榨汁机'。……等等，我要接个电话。"

她吐了一口气，告诉他："看起来，像凯斯特这样的收购项目，康富强在北方也搞过。"

那就是了，这可以解释康富强的行为逻辑。但还是有说不通的地方，从一个混混到翻云覆雨的操盘手，从北方到山城，跨度未免也太大了。他若有所思放下酒杯，启动手机。它复活了，拥有百分之五的电量，短信提醒有两个未接来电，安梅打的。

他打过去，但她没接电话。

他皱起眉头，正准备继续重拨。屏幕忽然闪烁起来，是李定一。

"安梅跟你在一起吗？"接通后李定一就问，声音急促。

"没有，她怎么了？"

"没什么没什么。"李定一马上挂了。

他回拨过去："告诉我。"

"是这样，我在郊区，有个项目在谈，刚刚我问阿姨，说她跟安晓都还没回家。下午我们有点小争执，不知道是不是为这个。我有些担心，都这么晚了，雨又下得大，"李定一微微喘气，十分焦虑，"关键是，她一直不接我电话，我准备现在就……"

"我刚刚给她打了，也没接。"他说，"这样吧，我现在去看看。"

"要这样就太好了，"李定一想了想说，"她应该没去别的地方，就看她是不是在泳馆。有时她也在那儿过夜。"

他又重拨一次，安梅还是没接。思忖几秒，他说："我要出去一趟。"

她一直埋头关注着电脑。"去哪儿？"

"安梅又闹小姐脾气，她男朋友找不到人，打电话找我求助。"

"是不是……"几乎是下意识的，她产生了某种联想，而那种不安就显现在她脸上。

"不可能，别瞎想。"他抓起手机，走到门口，回头看了她一眼，"我走了。"

房门砰地关上了。这最后一瞥让她有些心神不宁，电脑上也迟迟没见回复。她干脆站起来，走到窗边，抱着双臂朝下望——当然看不到他。除了被淋湿的黑夜以及偶尔闪亮的雨点，几乎也看不到任何事物。

她站在窗口抽了一支烟，但这并不能让她平静，相反，独自在房间让她感到害怕。

几分钟后重新回到电脑前。QQ头像亮了一下，对话框里出现了一行新的内容："这条线我跟了很久，一个完全没有专业背景和能力的人，为什么屡屡得手？其实，说白了康富强只是一个放在前台的演员，是一个提线木偶，握着线的另有其人，很可能不是一个人而是一个团队……他幕后的人？等等，我发几张图给你。"

随后对方传来一组照片。她接收，打开其中一张集体照，仔细辨认着，在一位大人物背后，有个脸孔似曾相识。

慢慢地，她意识到了，背脊和心脏都因惊惧而锁紧。

对方还在传输材料，但她已经失魂落魄了。她抓起手机，手指抖动得十分剧烈，甚至都按不准那些数字按键。她举着电话，焦躁地走来走去，几乎就要哭出来了。"拜托了！求你了，赶紧接电话！"

可他一直在通话中。终于，他接通了。但她只够叫出他的名字——电话就断了，就像房间忽然断电那样。之后她听到一个机械的声音："您好，您拨打的电话已关机……"没电了。她记得他出去前才充了几分钟的电。她快要疯掉了。

蓦然间，她想起他之前写下的那个号码。"老曹！"

纷乱密集的雨点让视野变形而模糊，它们猛烈地敲击着车身，发出让人心烦的噪声。他一只手扶着方向盘，另一手执拗地反复拨电话。安梅越是不接，他就越是焦躁。机身在手掌中发热。拐出内环高速时，它嗡嗡震动起来。但他甚至还没来得及看清来电，屏幕忽然黑了。狗屎。他把它扔到副驾上。

他开得很快，绕进北部新区，经过一大片在建的工地，几分钟后车头嗷地冲上坡坎，穿过阒然的星海广场，刹在游泳馆门口——以安梅名字命名的这个恒温游泳馆，灯还亮着。这是一栋新建的大型商业综合体，还未全面开放营业，这种新兴地块在这种时辰往往是死寂一片，只有泳馆还亮着，似乎它一直在等着自己。

他冲进雨中，湿漉漉的鞋迈上台阶，推开门，大厅通明，通道尽头却是漆黑，他站在灯光下看着黢黑的前方，除了走到尽头，他已别无他途。

穿过通道，从楼梯沿级而上——那是安梅的办公区域和休息室。正要左拐而上时，一支黢黑的枪管伸出，抵住他的额头，夏宏昌慢慢从暗处移动出来。他举着手，被押进泳池。门在他身后关上了。啪的一声。黑暗被照彻，墙壁上射灯齐刷刷地对着泳池。康富强站在池畔，池水如镜，泛着淡蓝色的光泽。

夏宏昌搜身后，向老板汇报："没带手机，后面也没人跟。"

"你把他们怎么啦？"他瞪着这个死胖子。

康富强施施然踱过来。"放心，还不至于。她跟孩子都睡了，在楼上，睡得很沉。这只是我们两人之间的事。当然，如果我们谈不拢……那就说不好了。"

"你比我想象得还要卑鄙。"

"但它有效啊。"康富强笑道，"如果不是这样，我怎么请得动你？"

"我们有什么可谈的？"

"有啊！这里面是钱，足够的钱。"康富强踢了踢脚下的一个黑皮箱，"别说你不爱钱。"

他收回漠然的眼神。"钱是王八蛋，谁他妈爱一个王八蛋……"

枪托从后面重重砸了一下。他捂着后颈，痛苦地蹲在地上。

康富强俯瞰着他，一脸茫然。"太怪了！你这个神经病。为什么，你为什么连钱都不要？"

他挣扎着想要站起来，腰间又挨了一脚，冲力让他趴俯在地。

"我听说，粪坑里待久了，粪就是香的。我跟你不一样，"他艰难地翻了个身，仰躺着，笑了，"给我什么我就要什么？我是人，不是蛆。"

康富强压压手臂，夏宏昌收回了蹬出的鞋尖。

"你他妈真的让我很好奇，如果说不为钱，你钻进来，到底图个什么？……真是因为那个被通缉的废物？"

"我告诉过你，他是我朋友。"

"朋友？"康富强愕然，摸了摸头皮，在他身边绕了一圈，"就为这？"

"就为这个。"

"看起来，你是铁了心啊。"

"彼此彼此。我猜，那箱子里根本就没钱，"他冷笑，"你就没打算让我从这里出去。"

"对，二选一。"康富强望了望楼上，"我给你一个做好人的机会，这是你唯一能给他们做的最后一件事。"

"既然说到这，你也让我死得明白。"他从地上坐起来，脸色苍白，"我朋友，跟任铁围的案件是不是毫无关系？"

"那个倒霉蛋？完全没有。"

"为什么选上他？"

"不妨告诉你，这是田家兴的主意。"

"让我猜猜。田家兴是你豢养的一条狗，但并不被你信任。他出现在现场——只有一种解释，恰好撞见了任铁围之死。那晚，田家兴可能偷了一些东西，要趁机转移走，他不是第一次干这种事。总之他应该无意目睹了什么，或一头撞进现场。为保命，这个炮骨头灵机一动，提供了李立冬的信息——然后你们觉得，正好，这正好制造了一种错觉，也可以说是几乎无懈可击的方案。我估计，你们原本是希望李立冬跑，跑得越远越好。"

康富强饶有兴致地盯着他。

"对，这个王八蛋非常可恶，自以为捏住了我们的七寸。但他跟你不一样，他要的只是钱。"

他深吸一口气，继续这种弱者的姿势。"我还有问题。"

"我不保证给你答案。"康富强看了看腕表。

"以前我一直以为任铁围针对的是汪仁明，你成功地误导了我。我想不通的是，汪仁明父子费了不少周折才把国企收归自己手上，凭什么那么轻易就拱手让给你？"

"很简单。"康富强说，"因为他们的很多把柄全在我们手上。"

"既然是把柄，你怎会知道？"

"哈哈，"康富强得意地笑出声来，"这得感谢那个任铁围啊。要不是他举报，我从哪儿晓得？"

"然后你就给那几个老职工挖了坟墓，让他们不明不白丢掉性命……"

康富强的脸瞬间阴沉下来，瞟了瞟旁边的夏宏昌。"你看看……他知道的比我们想象的更多啊。"

"枪一响，你也跑不了。"他费力地支撑着上身，看起来软弱又丧气。

"开枪？哈！"康富强霍然笑起来，"知道为什么我选择这里吗？这真的很有意思，很有创意。没有任何人伤害你，你只是不小心自己走进池子里。要怪就怪你个儿吧，谁叫你不会水呢？"

他顿然明白了。双臂无力地撤开，仰躺在地，犹如濒死的幽灵。

夏宏昌提着枪走近，躬身拽住他衣领，就像拎着一只待宰羊羔。脱离地面时，他猝然爆发——将暗暗积蓄的全部力量释放出来——一个过肩摔，膝盖压着夏宏昌，但很快被顶出去。他重新扑上去，死死掐住对方脖子，两条腿死命缠住对方。两人摔倒在地上，滚来滚去，轰地摔进池子。但他忘了一切，除了一个念头，死死扼住对方。那些摩擦、挤压和反弹，那些失氧的晕眩、肿胀，让他整个五脏肺腑都变形了。他始终紧闭着嘴。这是李立冬当初在河畔告诉他的：屏住呼吸。死死忍着。就算你不会水，只要存着那口气，兴许你就能活回来。

……

夏宏昌渐渐静止下来。在濒临空白前，他用尽最后的气力猛地一蹬，借这份力浮出水面，吸了一大口空气。随之拼命划动手臂。就在沉落前，忽然，手指似乎触到了铁杆。他憋着气朝前冲击了最后一下——用仅剩的本能。他抓住了。冒出头大口大口喘气。等从扶梯爬上去，康富强已不见人影。

他踉跄追出去。户外，传来汽车发动的声响，雨丝被白炽的灯光映亮，一辆奔驰歪歪扭扭驶出，朝大街驰去。他冲进车里，一脚踩到底，车子呜呜地赶上去。他的仪表盘显示车速达到一百四十迈，奔驰速度更快，可能一百六十迈或更高。康富强急于甩掉他，猛打方向盘，从十字路口右拐，可湿滑路面和过高的速度，使奔驰丧失了控制，带着倾斜的弧度，擦到红绿灯柱——就像一只苍蝇迎头撞到了蜘蛛网上，被一种分泌物牢牢粘住。他想都没想，加满油门撑了上去。撞击声消失，一丝呜咽从黑暗里冒出来。一种奇特的休止符。车在抽泣。他陷入空白。

当他从方向盘上昂起头，在混合血丝与雨雾的模糊视线里，前面的车门被推开，康富强从驾驶室跌出来。

他用肩膀奋力撞击车门——直到这个变形的铁家伙一点点移开，艰难地挤出来，蹒跚着朝前面笨重的身影靠近。

这时，一道强烈的车灯飞驰而来，一声闷响，他瞳孔里，康富强臃肿的影子忽然飘了起来，犹如丧失了重量的、失明的怪兽。

他站在原地，陷落在空白里。

仿佛过了很久，他拖着腿，迟钝地朝哀鸣的肇事车走去。

他站在这辆奥迪车前，盯着尾数8118的车牌——怔了一下。接着，他过去拉开车门，一股浓烟从驾驶室蹿出来。驾驶员的脸陷在弹开的安全气囊里，似乎被气浪震晕了。

就在他想做点什么时，那人微微动弹了一下，随后抬起头，脸如白纸。"我撞了人么？"

他僵硬地站立在原地。

车流越积越多，道路全堵塞了，一些不耐烦的司机走下车，张望着。有人举着雨伞朝肇事现场走来。警笛声急促地呼号着，越来越近。

"刚刚你撞的这个家伙，给我讲过一段蛇的故事。"

"嗯？"李定一茫然地看着他，"你说什么？"

他摇摇头，忽然笑起来，他觉得自己简直太蠢了。

"如果你想听，我也有个故事，很短，只有几个字。但你一定听得懂。2-8-1-4。"李定一逐字说道，随后看向越来越近的警灯，艰涩地笑了，"现在，你马上走的话，还来得及。"

他在原地定定站了一秒，转身就走。他扛着那个有些发昏的脑袋，走着走着，开始在马路上奔跑，疯了一样跑。他跑不动了。

蹲在地上，掏出烟，怎么也点不着。他使劲吸着它，只有水。苦涩的雨水。

忽然，一声嗖哨—— 一辆车吱地刹在他身旁。

老曹从车窗里抻出脑袋。

他站起来，继续往前走。

"上来。"老曹一脸严肃。

他停下脚，拉开车门，坐了上去。

"康富强死了。"

"我知道。"

"你把我们卖了。"

"也不能这么说。事情总是这样，总是出乎预料的，是吧？"老曹十分平静，转眼看了看他。

他无力地靠着。"现在，你还不准备告诉我一点什么吗？"

"把脸上的血擦擦。"老曹扔了一包纸巾，"你想知道什么？当然，你会知道的。"

前灯在雨雾中划开一道口子，直至此刻他还陷在那种懵然里，没真正反应过来，老曹不发一言，他也是，什么话都不想说。就这样结束了。就这样结束吗？车窗外几乎不可辨物，雨势越来越大，路面上只剩滂沱的雨声——他闭上沉重的眼皮。

终 章

二十

他渐渐适应了这个小镇。反过来说也成立，合适的环境总是容易让人感到可控与满足——对某些渴望抽身而出的人，对某些裹挟着秘密的遁逃者来说，是这样。

一开始他没想到这儿。他去的是海边——仅仅是出于一种下意识。人在惶惑的时候总是渴望见到海。在辽阔面前你能照见自个儿的渺小。这会让渺小的人得到某种平衡。有时就是这样，当你觉得差异存在仅仅只是差异得还不够而已。

他在厦门待了一段时间。当然，与所有人断绝了联系。手机号码是新的。除了上网，它几乎毫无功能。世界总是这样，每天都在变化，但实际上它总是一动不动，就像眼前的海。唯一让他印象深刻的是，那儿的空气很好，好得不抽一支烟都觉得过意不去。另外，那儿阳光很富余。不像山城。

他一直在等，等一些消息。什么消息都没有，当然。

平安夜前，也就是冬至那天，终于有了消息，并不是好消息——不是他想要的那种。他还得继续等待。蛰伏，把头埋起来，把血里的愤怒和痛苦都埋起来。平时他用地理和旅游节目打发空虚，比这几年加起来都多。也不是毫无体悟。比如：一条小鱼被鲸鱼吞噬是极自然的，是正常的，那么小鱼能不能吃掉鲸鱼？或许是可能的。一口一口地吃。这就是答案。

有天，他窝在酒店看了一档关于古镇民俗的节目，主持人介绍说这是"崇州"时，他顿然意识到，那是自己想去的地方。

镇子很小，只有一条十字街。三家超市，两个理发店，十二家小餐馆，菜市场却有一个足球场那么大，一种特别的充实。按理说，对当地人——在此地出生然后生活了几十年的那些人——而言，这种"小"无疑应当是一种严重的束缚。可他发现，并不是。这里每个人脸上都像湖水一样平静，虽然毫无指望地活着但也毫不气馁，这儿的人——就像他在其他小地方所见到的那些人一样——很擅于在平凡的事物里汲取乐趣，一点儿也不缺少生气。只是你看起来更像是一种"粗野"罢了。他还发现，越是小地方，越是不缺良善和礼仪。狭小的格局总是比广阔的世界更加稳定。

镇上有三所学校：一所中心小学、一所镇中学，以及一所特殊教育学校——他在这里找到了某种平静，至少最近两个月，是这样的。这所学校有四十七名孩子，年龄在五至十六岁之间，有的患有智障，有的患有听力、语言等障碍，有的是自闭症……但与他们相处时，他发现孩童的那份天真可爱在他们身上依旧存在，就像一个可爱的米团子，被一层木讷的沙砾包裹起来了。他们要得不多，只要你给他们笑脸，他们就会跟你近一点；如果你主动跟他们玩耍，他们也会变得大方而烂漫。信任和理解，沟通和交流，并不像想象得那么难。他觉得，跟他们在一起，自己才是那个需要得到帮助的人。的确，他在这儿向孩子们学习到了许多。

黄昏，如果不想待在租房里，他会到河边的古码头，长久地坐着，看着对岸的炊烟和雾气。他坐在这里，就像那条凝滞的河流。这么长时间，没有一则报道与凯斯特有关。他所经历的那个惊心动魄的夜晚似乎被折叠了。或许它根本没发生过。不过，一段时间来，小镇茶馆倒是热闹了许多——这些碎嘴总有说不完的八卦。很快，他从微博里知道了这是什么事——一位以打黑闻名的前公安局长私自进入美国驻成都总领事馆。那晚他在冷淡杯喝了整整一箱啤酒，直到一滴液体都灌不下去为止。这是他逃亡途中第一次喝酒。他不喝酒仅仅是不想喝，与戒酒无关。

他预感到，要与这个小镇告别了。

放学后，他像往常一样从学校踱出来，走入十字街口的烧腊馆。当他放下菜单，赫然看到——她站在门口，雾蒙蒙的，似笑非笑看着自己。

她就像一颗石子突然跳进了水中，这汪水涟漪波动却还强作平静。

“你是怎么猜到的？”他不自然地摸了摸鼻子。

“跟老师你学的呗。”她坐在对面，眼底蕴藏着同样悲喜交加的色彩，“或者是直觉吧。女人的直觉，记者的直觉。”

“记者？”他笑起来，“你明明不是的。”

“我就是正儿八经的记者呢，”她抿着嘴，“只不过，在一个烹饪杂志，是专门写那种美食文章什么的。”

他恍然。“难怪，你对吃那么专业。”

“没有啦，也就是假老练一个。”她嘻嘻笑道，“不过，我确实在《今日城市》实习过三个月——起初我是想要做新闻记者来着，但留下来太难了。”

“你做美食报道是对的。”他真心实意地说，“我觉得很适合你。”

“那你可太小看我了——”

她瘪瘪嘴，从随身的背包里取出一份杂志，啪地甩在桌上。是《今日城市》四月号新刊——装修一新的杨吉林，戴着一顶福尔摩斯式的帽子，挤眉弄眼地蹲在封面上，膝盖处是一行超粗黑的主标题，他念出来："'起底理赔侦探'……你还真写出来了啊？"

"当然，"她抿着嘴，些许自得，"我记得你说过，承诺之所以很难，正是因为它很难做到。"

他带着赞许翻阅内文，在稿件标题下看到了署名：特约记者何饭饭。

"你现在是真正的记者了。"

"《今日城市》希望我尽快入职，老总看了稿子，觉得我还不错。但是，"她叹了一口气，"我觉得，还是做美食报道更有意思，也轻松一些。"

"做你自己觉得有意思的，而不是别人觉得更有意思的那些事。"

"说到这，"她扬扬眉，"杨吉林说，位置还给你留着。原话是这样的——连保洁工都没让碰过。"

"什么位置，就是一把破凳子。"他认真地看着她，"你是特意替杨吉林来捎信的？"

"对啊，我就是来捎信的。"她的目光意味深长地迎向他，随后说道，"刚刚你说得很对，重要的是，做自己喜欢的事——我倒是觉得，你真挺适合干这个，毋庸置疑，你是最好的。"

"也许吧。"他有些恍惚，仿佛窥见了远方透来的一束光，但又不敢确信。餐馆人开始多了起来，小店里嘈杂不堪。他将钱留在桌子上，低声道："换个地方说话。"

他们并排坐在荒废已久的古码头石阶上。枯瘦的河流在他们脚下如同悲哀的镜子。从这面镜子里可以看到被映照的天空，缓缓流入天空的木枝、塑料瓶以及黑色的草籽，当然也有对岸肃穆的树林——一种集体的孤独。

她找他要了一支烟。

他给她点上。"说吧，还捎了啥消息。"

"在此之前，"她轻轻地吁出白色烟雾，"不该是你先告诉我吗？"

他默默地摩挲着火机。

"那晚你出去之后，一直没回来。"她收回探究的目光，神情幽幽的，含着一种挥之不去的委屈，"你消失了。"

"我不能不走。"他望着河面，那儿看似一动不动。

"因为康富强死了——是你吗？"她侧眼看着他。

"谁说的？"

"老曹。他告诉我，康富强死了——跟你有关。所以，"她笑，"其实他也没说假话，只是这话，在当时那种环境，不免让我产生了误解，我以为……"

"这个老狐狸！"他苦笑起来，"虽说我从心底里厌恶他，但不得不承认，玩花样，他着实有一套——仅就这一件事，我们都是他的木偶，他摆布了我们所有人。"

"老曹到底是谁？他告诉我，你已经离开了，很安全。但并不知道你在哪儿，也没告诉我其他事情，任何一样事情。"说着，她摇摇头。显然，这些事情困扰她许久了，在她脑子里构成一块轮廓，但细节却并非完整的。那些空白之处，那些组装不完全的缺失的拼图叫她焦虑。"再后来，我也联系不到他，电话成了空号……"

他长长地吁出一口气。想必，对她来说，那些疑问像河底那些芜杂烦人的水草吧。

"还有呢？"他问。

"任铁围、李立冬、田家兴……包括你，为什么消失。哎呀，太多了。"她顿了顿，双手扩开，"我要知道这整个事情。"

他想了想，在手机里翻找片刻，递给她。

"有一则新闻，是去年冬至那天发布的。你看看。"

"国融控股二点七亿拿下巴渝情项目……该项目总建筑体量四

287

十九万平方米，包含商业、住宅、酒店、公寓，总投资超四十亿，将打造一座绝版老山城风情的文化旅游商业综合体……"她念出来，疑惑地瞄了他一眼。

"国融控股这个企业很低调，但论实力，在国内房企里排名至少前三十强，定义是城市运营，主做高端住宅和商旅综合体开发，产品很成功。但进入重庆市场较晚，不过两三年。他们既然想要开拓这个市场，就志在必得，要做就做具有绝对影响力的产品。他们第一个商业地产开发项目，布局在磁器口附近，这个项目就是国融巴渝老家——按照规划，整座凤凰山，包括沿街都将纳入其中，相当于是再造一座明清巴渝风貌的古城，规模是现有古镇的两倍多；另一个是与当地政府共同打造的巴渝老码头项目，建成后将是国内最大码头风貌区，集历史风貌、水上娱乐、休闲创意产业于一体。这么重要的两个项目，在老板的想象里，它们虽然各自独立，但又位于同一区域，应该是可以'手牵手'，浑然一体。老板这么提了，下面马上调研，证实这个思路是可行的，甚至也很有必要。因为，在古镇对面，有个奄奄一息的老工厂，几乎是一块疮疤，紧紧嵌在两个项目当中，并且，这个想法很可能达成。这个丝厂刚被一家名不见经传的小公司收购。只要拿下这块地，两个项目就能无缝对接，形成一个商业体循环。更为关键的是，这个疮疤，它本身就能成为一个独立的商业项目，地段更佳，甚至比前两者更具市场性。对这个思路，当地政府也非常支持，有意深度参与，共同开发和打造这个项目。"

"所以，必须要拿下它。"她已猜到那个"疮疤"何指。

"但这个过程远比他们预判的难多了。"他说，"当开始接触，国融发现遇到了'钉子户'，政府那边久攻不下。你明知这里面有问题，也清楚他在讹诈——却不得不认真考虑和接受他的要价。老板对此非常冒火，差了专人——也就是老曹——作为代理人，专办此事。经过一番调查，老曹发现，这个钉子户没那么简单，几乎是在这个项目拟定同时或稍早，凯斯特公司忽然易主，康富强先一步成为了这块地的新主人。老曹始终在暗中搜寻作为讨价还价的筹码。在此过程中，任铁围，这个举报者也进入了他的视线。他觉得，这应该是一条可以利用的途径……"

"所以，"她瞳孔收缩，"所以，在老曹即将拿到什么材料的那晚，任铁围被害了。"

"事实上，有没有老曹结果都一样，你知道的，他们对任铁围的绞杀早就开始了。这里面最悲哀的是什么，正是任铁围的举报材料让他们嗅到了利益的味道。"

"那些东西原来落到了他们手上。"

"要不是这样，凯斯特也不会迅速易主，他们握住了汪仁明的把柄，他们有很强的能量。"

"李立冬呢？"这是她困惑已久的疑问。

"这里面他是一个完全无关的人物，是很偶然被田家兴牵扯进来的。"他叹了叹，"……至于田家兴，即使我们不追查，他也没好结果。他应该掌握或者隐藏了什么凭证，拿这个敲诈康富强……"

"太蠢了。"她摇摇头，接着问，"康富强开价是多少？"

他伸开一只手："康富强，汪仁明，层层叠叠，进进出出，那些扔掉的性命，都是因为这个字：钱。"

她呆滞了一会儿。"不对，康富强不是真正的交易人！他只是傀儡，幕后操纵者其实另有其人，"停顿后，她说，"是李定一。"

她望着他，但并没得到期待的那种反应。

他反问："你怎么知道的？"

"你消失那晚，我不是跟一个财经记者聊嘛。他告诉我康富强只是一个傀儡，实际操控人叫李兵，又给我看了几张照片，我认出来了，他跟安梅一块儿到医院看你。后来我接着查，康富强和夏宏昌有个隐秘的共同点，辩护律师都是李定一——这名字是到重庆后改的，听说是一位大师的建议。总之是李定一把他们从大牢里捞出来的。光看跟大人物的那些合影就知道，他在北方有很强势的政法资源，但一点也不显山露水，很刻意地让人注意不到他。"

"他有一个奇怪的理念，崇尚蛇，他认为蛇的本质就是隐蔽，能够洞察众生，但却不为人知。"

"你知道？"

他点点头。

"老曹告诉你的？"

"在他告诉我之前。但也没更早多少。"他垂下头，陷入到一种悔疚中，"我应该早点发现的，在康富强的会所我见过一辆奥迪，车牌号是8118，这是安梅的生日，但我以为是巧合，很多人就喜欢定制这种吉利数字。总之我忽略了，没往下查。回想起来，那天在会所，夏宏昌之所以忽然放我走，是因为李定一就在那里。实际上，我一直在他的口袋里，这是我们处处受制的原因……"

"确实，他很擅长躲藏，"她怔了之后，又说，"但是，他跟凯斯特也有密切关联——"

他打断道："我知道，一个基金会，是李定一实际把控的——那又怎样？"

"什么意思？"她非常不解，"这很清楚了啊，李定一就是幕后真凶！"

"我想提醒你，"他沉闷地说，"你掌握的这些只是一个一个推测，毫无实据，你还缺少一根绳子——没有它，就没法把这些点连接起来。事实上，当康富强被撞死的那刻，李定一就把自己择了出来。没有任何东西证明他涉及了此案。"

"但老曹知道啊……"她颇激动。

"你想得太简单了。对他们这种人来说，没什么是绝对的。前一秒的敌人很可能下一秒就成为朋友。"他摆摆手，"确实，之前，老曹的任务就是这个，他一直想找到一些什么东西，他需要拿到些东西作为交易，但更重要的是：交易。"

"我知道了，你为什么必须消失？李定一跟他完成了交易，或者说妥协了。国融发布会是在冬至——也就是十二月二十二号，这就说，老曹必须将你弄走，这件事不能爆出来。只是，我想不通你为什么会听命于他。"

"老曹当然希望我消失，但我离开不是因为他，是李定一。那晚，当我看到他坐在那辆肇事车里就清楚了。蛇在什么时间出现？孤注一掷的时候。他知道我会退缩，我不能不软弱。他用这样一种方式警告我——我全部的软肋，安梅、安晓，都攥在他手里。我必须消失。"

"所以，你用自己做了这个交换。"愤懑在她脸上一点一点消逝。

"这不是交换，是折磨。你以为我是怕他？"他摇头，"不是这样的。有些细节你知道了，但显然你还没看清全局。我问你，李定一刚入重庆，立脚未稳，却一口吞下凯斯特，要拿下这个企业，直接关联大大小小十几个政府部门，他居然毫不费力，不奇怪吗？任铁围辗转举报一年多，那些举报材料最后竟落到李定一手上，这又是怎么回事？

"就算李定一有些能量，总归也只是一个小角色吧？从社会地位、资产重量，你想想，凭什么他敢与政府和一个地产集团叫板？但偏偏，他能以一己之力与一个庞然大物相抗衡——以至于对这个混蛋毫无办法，甚至只能借助于像我和任铁围这样的小人物。你认为，这又是何玄机？

"你不要忘了，这块地的整体规划，甚至于国融的项目内容，前期只有极少决策者知情。他是怎么知道的——这么重要、这么隐秘的信息，莫非长了天眼？这里面还有一个关键点，这很重要——为什么不早不晚，偏偏在国融必须要得到这块地的时候，凯斯特易主了？

"现在你还觉得，这是李定一能做得到的吗？这真是他一个人的能量吗？既然，康富强可以是他的爪牙，为什么他不可以也是一颗牙，或是一只手呢？"他提醒道，"如果你看过一些报道，相信你会注意到跟李定一站在一起的那些人。"

她顿然意识到了什么，夹着的烟蒂泛出焦煳味而茫然不觉。

"在国融的计划里，从来没有这个——"他眯眼时，抬头纹顿然弯曲起来，"老曹或他老板，确实想要一些筹码，但目的只是讨价还价，他们根本没想得罪不能得罪的人物，更没想介入到一桩复杂的命案中，然而，比这更糟糕的意外发生了，交易人死了。老曹必须让我消失，一方面，我在某个地方躲着对他们更为有利，他们可以用这个来作为防御和筹码；另一方面，当交易准备达成，他们跟凯斯特的诉求也是一致的——我们掌握的那些消息绝不能被公开，至少协议签署前不行……这不是请求，也不是商量。他们承担不起，我——也是。"

"天哪！"她一脸惊惧，"你知道吗……那晚我发现了李定一这个人物后，马上给老曹电话。他说他知道，他和他的人应该一直跟着你。"

"他没有出现。"他苦笑道，"这不难想象，老曹要的就是这个——他是在等，在等交易，或者说，在等一个结果。"

"你成了他的筹码？！"

"我们都是，"他停顿一瞬，还是说了，"事实上，老曹把我们卖了。他给了李定一地址，你在红鼎国际的房间号——如果我不立刻离开的话。"

"老曹这个混蛋……等等，"她忽然意识到什么，颤声道，"其实你出去前就知道？"

他沉默了。

她捂着脸，痛苦的泪水从指缝里渗出来："我真不知道，你一个人承受了这么多。我真是……"

"我很抱歉。"他说，"对任铁围——你父亲的事，还有那些冤死的老职工，我真的很抱歉。我搞砸了。"

"没有，你没有。"她泪眼婆娑地看着他，"很好了，真的很好了。你做了你能做的一切。那几个老职工又得到了一些补偿，是老曹操作的。"

她摇着头。"我从没想到会是这样，一开始，我只是想知道任铁围的事情，没想到我们会越走越深，越来越可怕，我甚至都不知道面对的到底是什么，就像一张网，你怎么也走不出去……"

他伸臂揽去，她倒过来，趴在他膝盖上，微微啜泣——他能清晰地感受到那些急促的心跳。

过了好一会儿，他拍拍她的后背。

"现在可以告诉我了吧，我猜是好消息。"

"对啊，"她又振奋起来，"我就是专门为这来的。汪仁明被检察机关带走了，很确切的消息。姚南也在接受调查。你知道为什么吗？"

他耐心地等着，隐隐有一丝预感。

"还是告诉你吧，"她说，"据说北京那边收到了从重庆寄去的举报信，证据翔实。"

四目相对之际，他心底其实有了某种答案。

"噢，还有个人的消息，想必你会感兴趣——"

"李立冬？"他的目光热切起来。

"前不久他的案子被转到竟陵市检察院，律师通过在武汉寻访，得到了对他极有利的证据，人证、物证，都有。事实上，李立冬在大学期间就因应激性精神疾病突发而导致伤害，也因此被退学。想不到，这些被他妈妈竭力掩盖的东西如今却成了他获得自由和新生的关键证据。顺利的话，可以比预期更早地让他保外就医。对他的病情我了解也不多，应该是一种比较少见的应激性精神障碍，甚至李立冬本人也不一定知道。听说，主治医师也觉得特神奇，像这样的病症，他居然能一直靠自己的意志力来控制。律师告诉刘艳芳，医学院已将李立冬作为一个标本来进行会诊和观察。目前他状态还可以，舌头又重新做了一次手术，问题应该不大。前些天，刘艳芳和孩子去看望了他。他让刘艳芳转告你，他非常感谢你，说他一直想给你准备一份礼物。"她叹道，"不管怎样，他可以活下来了。至少他可以陪伴自己的女儿长大——同时，李婉梨也可以经常看到自己的爸爸了。"

他俯瞰着黄昏的河流，忽然察觉到了生机——一些生命在他心里慢慢招展。一切都是刚才的模样，但刚刚的萧索霎时就变得生机勃勃起来。

她遗憾地说："不过，李定一就成了漏网之鱼。你说得对，康富强死了，夏宏昌失踪。没有任何证据显示他直接牵涉到那些命案当中，他始终没在场。"

"肯定有。他是一条蛇，他很隐蔽。但不管是蛇还是别的什么东西，只要活动，总会留下痕迹——"

"要不，我们从头捋一遍，看看漏掉了什么？"她偏着头问，"应该从哪儿开始？"

"没用的，"他摇头，"该找的我都找过了。"

可她执拗地瞪着眼珠。

"好吧，"他颇为无奈，"十月三号，那天，杨吉林给我布置任务……"

"不对，那只是从你的层面，我是说，"她打断道，"我们需要设置一个原点，然后从那儿开始一点点梳理。难道这整个案件当中，就没有让你感到迷惑的地方吗？"

"原点？那就是案发当天，"他思索片刻，说道，"确实，我有两个疑问，一直都没找到合理的解答。"

"那你说说。"她盘起腿。

"第一件事，就是田家兴，他是怎么闯到谋杀现场的？我问过当晚跟他聚餐的同事，有个细节，他一直在看手机，心神不宁。如果仅仅是为了偷拿东西，这不大应该。因为那晚本来就是他值班，要转移什么的话，干吗非得中途回公司？我感觉就像是有什么东西引着他回去；还有，我反复听过任铁围那段报警电话，当晚 110 接到报警，他说从劳动路跟下来，但又没出现在丁字路口的监控里，他干吗刻意强调路线呢？这是我死活没想通的另一件事。"他苦涩地笑笑，不再想提及这些困惑，"不过，这已经不重要了。都结束了。"

"你有那段音频？"她不自觉地挺身，有些激动。

忽然间他意识到，这个东西对她是重要的。那求救的声音，是她父亲留在人世最后的声音，是很重要的一份遗物。

他将手机递过去。"我存在里边。"

她找到了音频，点击。沙沙的声音从那里传出。

"有什么问题？"

他注意到，她的表情显得特别古怪。

"这不是他！我看过任铁围的家庭录像，不是，不是，"她的瞳孔缩紧，斩钉截铁地说道，"报警的人压根儿就不是他！"

他蓦然惊醒。就像一块缺失的模型被找到了，那幅始终拼不完整的积木终于凑齐了轮廓，"我们被牵着绕了一个大圈。110 接到报警时任铁围已经遇害。这是至关重要的证据！至少李立冬可以彻底脱罪了。等等——"

"这腔调有点怪，"她说，蓦然间一副胸有成竹的模样，"首先，这个人的四川话，并不标准。你再听，"她重新播放，按了暂停，"这里——是什么？"

他捏着嗓子下意识模仿了一下。

"对，一种痰声。"微笑在她脸上荡开，她的眼睛变得明澈起来，"告诉你吧，我听过这个人说话。在检索李定一的资料时，我看过一些视频，其中一段，是一个公益活动，他在台上表演一段模仿秀——一个重庆谐星的段子，就是这样的，一模一样。"

"难怪……我说在哪儿见过他！"他几乎就要爆炸了，这次是因为兴奋。难以言喻的那种开阔。

她咧开嘴。"这就是那根'绳子'吗？"

"是的！"他差点按捺不住将她抱起来转几个圈，他腾地站起来，但又很努力地抑制了自己。

她直勾勾地瞟着他，一种莫名意味。

"你这没良心的，就不准备问问——"她说，"安梅怎么样了？"

他搔搔头，有点困窘。

"她怎么样？"

"汪仁明被控制前，应该听到了风声，李定一就跑了。安梅悲伤了一段时间。还有你，你的消失对她来说也是一种非常严重的打击。她让我告诉你，她恨你。"

他惨然点头。

"我还没说完呢！她说，虽然不清楚到底发生了什么，但请你以后务必要认真地生活，给儿子做个榜样。"

他苦笑。"那你也见过安晓？"

"当然！"她白了他一眼，目光让他感到心虚，"来之前，我带他去科技馆玩了一下午。他很想你。听说我要来找你，他托我带来一样礼物，他自己画的。"

她从包里拿出一张折叠的卡片，是自制的明信片：画面上方，用蜡笔描出一层彩虹，底下似乎是海——海面上没有波浪，更像是铺上了一层迟钝的沙子。一头形似大象——实际上那头象显得很小——的什么动物，弯曲着背脊，像个孤独的人类，坐在沙滩上，对着那一望无垠的远方发呆。

　　"画的是什么？"他手执卡片问道，"一头大象？"

　　"不是，"她忽然咯咯笑起来，"他说他画的是你！是他印象中的你。"

　　他的手指蓦然抖动起来，有些说不清的热流从他肺腑里流溢，似乎连他的灵魂也是湿润的、温热的。忽然间，他感到难以置信，所有发生的一切那么不真实。

　　"那么，你还有什么……其他什么事要告诉我的吗？"她打破了这小小的寂静，调皮而满足地看着他。

　　"你不知道躲在这儿是什么感觉。渴望被发现，又害怕被找到。"这是第一次，他长久地对视而不是急于躲开她炙热的眼神，"我不知道我盼着什么，但我一直盼着。现在，我知道了。"

附录一

天树，你好！

  下面我要告诉你的这些事，有一大部分是真实的；还有一部分——也不能说不真实，只能说那掺杂了一些推测——是从我的角度出发，或者所引申的一种逻辑。不管哪一种，有些事只有当事人才会真正清楚。毕竟，我无法替代死者说话。实际上，就算是本人亲口告诉我们，谁能保证那又一定是真实无误的？

  这很矛盾，是吧，我只能保证我把所了解的全都告诉你。但我要说的是，对于在我们身上发生的事情，我们了解的不过皮毛。

  被通缉那阵儿，我躲在网吧，有天看到这么一种说法：我们所"看见"正在发生的事情，未必正在发生。根据天文学的研究，光速有时效滞后性，我们见到的太阳是八分钟之前的太阳，见到的月亮是一点三秒之前的月亮，即使你在我面前，也是三纳秒以前的你。如果这是真的，那么我们所见的都是"过去"。这么说吧，所有发生的事情，我们并不真正清楚它究竟是如何发生的，我们唯一真正可面对的一个事实就是：事情已经发生了。

  我要说的第一件事：任铁围是我的朋友，也几乎是我唯一的朋友。

你知道，我是一个撰稿人，为一家媒体广告公司服务。老总是个所谓作家，你可能也知道他，岳新资。经常在报上发表文章，参加各种文化活动——凡是能露脸的地方都有他。我是他的影子写手。我什么都写，报纸杂志上的综述、评论、散文、人物传记、童话故事、教育专著、地产白皮书、甚至诗集之类……基本上这由不得我挑，岳总接什么我就写什么，他想出什么书我就写什么。我每天，写不低于一千五百字，一年就是五十四万字，十几年来恐怕写了近千万字，出版了十一本专集，当然统统署的是他的大名。作为交换，他给我费用。我靠这个谋生。我的意思是，如果不是干这一行的话，我也就不认识任铁围了。

二〇〇三年，有人给岳总介绍了一个业务。一个企业想要请作家来撰写一本书，很急。有天，岳总就带着我去跟厂领导在茶楼见了一面。对接后，岳总觉得可以做——虽然线索芜杂，但难度并不大。只要企业能够提供全部资料，我们无非只是做一点后期的编辑加工。做我们这行，相对来说，这种急活儿更好应承一些。一个是报价更高，因为急的是对方；另一个是审稿快，拿到稿件，对方基本上也没什么多余时间来挑挑拣拣。当天，岳总报了个价，领导说高了一些，容他回去开个会，班子内部再商讨一下。但事情拖不得，嘱我们马上启动。于是，第二天，岳总把我差到望江丝厂采访。当时，负责接待我的就是任铁围。资料的整理和收集也是他。

我去过丝厂两次。花了不少精力来查看资料，做方案。磨磨蹭蹭一个半月后，这个业务黄了。企业领导还是觉得岳总报价过高。但岳总私下跟我说，狗屁，这书就是做给一位大领导看的，但这边听说这位领导病重住院，花这个钱，又拍不到马屁，不值当。这个活儿就此终结。我也再没去过丝厂。

再见到任铁围，是大半年之后。我在虎峰山野钓，一条极偏僻的小河。钓鱼的拢共就两个人，一个是我，另一个就是任铁围。是他先认出我的。

人就是这样。一旦遇到了，就很容易遇到。后来，我们告别前干脆约好下一次钓鱼的时间、地点。但从不强求。其实就算我们坐在一块儿钓鱼，往往也说不了几句话。我们，或者说钓鱼的人，要的就是那份枯燥。老实说，我们在一块儿挺合拍。我们在生活中没有任何交集。这让我们彼此都很轻松。真正使我们成为朋友的——或者说让我们互相得到信任的——是另一个事。至少我就是在这件事上真正认识他的。

有一次，我们在天池野钓。他忽然坐过来，咨询我出一本书是个什么流程，需要做什么，费用多少，最后又问我如果要是承接那本书的编撰的话，稿费怎么计算。我才意识到，那个事情并没终结——至少对他不是的。

他告诉我，企业效益不好，当初拍板这个项目的一把手退休了，继任领导不接这个招。项目基本上被放弃了，但他想把这件事儿给了了。他幻想着，如果先做出来，成了既定事实，说不定可以倒逼领导，或者到上级部门那里化个缘什么的。还有一个，他隐隐觉得，要不趁势弄出来，可能这个厂的历史再也无人问津了。

我不大理解他何以如此执拗。但还是给他大概介绍了图书的出版流程。不过编撰什么的，我实在应承不了。他很失望。回家后，我在电脑上翻找出提纲，打印了一份，见面时给他带了过去。我告诉他，这种资料汇编其实挺容易，你自己就能行，只需按照我的提纲进行资料归纳整理。我给他介绍了一些常规的归类和编辑方法，让他先装在筐子里，得空时，我就帮他做一些后期编辑。我们断断续续整理了一年多。慢慢地，书稿也开始成型。我们之间的信任应该是在这个过程中产生的。我也渐渐理解了老围——为什么这么固执地想要做这么一件事。

老围平常看起来有点蔫，做人做事很死板。不了解他的人以为他很冏，实际上他是荣誉感很强的一个人。他还有一种英雄情结——虽然他只是一介平民，这跟他在部队的经历有关，是很容易被道德感召的那种人——看起来冷冰冰的，但他的血可能瞬间就会热烫起来。本质上他其实是一个天真的人，不切实际的人。

你可能觉得我跑题了。不是这样，这尤其重要。

我想说的是什么呢，就是因为这本书，把老围彻底地改变了。转业到丝厂，当时他是不情愿的，他说如果不是因为犯了点错误——但他没告诉我是什么错误——怎么也不至于沦落到工厂来。老围起了个大早，赶上了末班车。经历了丝厂由盛而衰的全过程。他自以为很熟悉这个地方，这里一草一木没几个人比他更熟的。但是呢，一头跌进那堆资料，他才发现从未真正了解过自己的工厂，更不清楚她究竟意味着什么。他在丝厂待了快二十年，但要说那种荣誉感、认同感，那种同心感，其实是从那堆陈旧的资料开始的——还有一个背景，就是他每天所处的、他所见的这个现实，他体验到的失落感和彷徨，与那些资料里的状态完全是两种方向，越离越远，无比遥远。这让他感到非常地痛苦和伤感。他不明白为什么会是这样。

我没有那种痛苦，但我也看了全部资料，多少能够理解让老围困惑的是什么。丝厂太有历史了啊，她远不止是一个工厂，她曾经是这片土地的一种象征，一种希望。

绝大多数人，甚至是丝厂的职工，也不知道，这儿是民族工业的一片热土。她历史太久了。一九〇八年，清朝最后一个皇帝，三岁的溥仪登基，丝厂就是在这一年诞生的。一个合川商人在金沙街投资办起一爿小小缫丝厂，引进意大利立式缫丝机，生产机

302

制生丝出口。这是划时代的变革。后丝厂被实业家温友松收购，取名"旭东"，从江苏聘来专业技师，大量招募女性职工，这也是不得了的，那时哪有女人做工的啊？后来从厂里出来不少英雄人物，这先不说。一九一六年，金碧街文昌宫开办同孚丝厂；三年后，金沙街又开办华康丝厂和谦吉祥丝厂……民国时期，这些丝厂是重庆，甚至全川的支柱产业，年产生丝约占全省产量一半。建国后，这些丝厂就合并为望江丝厂。可以说几乎参与了重庆近代产业发生发展的全过程。二十年代，这里的生丝产品参加巴拿马万国博览会，获得金奖、特等奖；八十年代，丝厂产品主销西欧、日本、东南亚及美洲，是国家重点出口专厂，几乎每年都有国家领导人和外国政要来观摩调研，鼎盛至极……我想，这对老围的意义更加不同。

这是我要说的第二件事。编这本书让他产生了一种幻觉——他觉得他有义务和责任守护这个工厂，他觉得他自己应该要做点什么。他就是天真，还很轴。就是这个热忱害了他。

第三件事：我躲在大碑，是老围的主意。

他管理着公司的职工宿舍，大碑、凤凰山都有公房。因为职工大部分遣散了，那些房子几乎全空着——如果我要躲避风头，在那儿再合适不过了。最重要的是，离孩子很近——站在山上我甚至可以看到李婉梨的学校。他劝慰我，这种小纠纷，迟早可以解决的。那时我也这么想。那会儿我还不知道老围遇到了什么事儿，但我猜他遇上了难题，是大难题。他的整个人都变形了，佝偻得厉害，一张脸蜡黄。他的精神状态更糟——甚至有点神经质。

躲躲藏藏，条件艰苦，对我来说都是可以承受的，只要能见到孩子。只要有夜自习，我都会出门，到学校后门的巷子里。我能看到李婉梨，我能看着她一直走，走到公交站。但我不能走过去。有天，我实在控制不住。我特别想听到她说话，哪怕几句都行。我去买李婉梨最爱的芝士蛋糕，想亲手给她。我在店里选蛋糕，另一个男人也在。他盯着我看了几眼，似乎还笑了一下，好像在跟我打招呼——这个面孔是熟的，但我一时记不起来。我觉得不妙。没结账就走了。我也没再敢回到巷口，直接从金沙街拐进了大碑。我使劲想，死活记不起这个人的名字，但我想起来他是丝厂的职工，很多年前，他跟老围接待过我。

过了一天，老围给我拿日用品来，我把这事告诉了他。他听说是丝厂的人，问那人的相貌、身高、年纪。忽然就不开腔了，也不晓得在想啥。一会儿他说，这儿不能再住了。我觉得他有点儿神经过敏，有啥可担心的。我认为不需要。但他依旧坚持，把我带到山上。凤凰寺背后，山顶上有好几排民房都是丝厂的宿舍。不同的是，那里住户多，私房更多。听说也准备拆迁，但还没个准信。他带我去了一栋刚空出来的平房——只是看起来是平房，进去后，有一个木梯可以下行，那是一个地下室。他告诉我这原本是一段防空洞，后来被职工利用起来。从外面是看不出来的。这地下室甚至也有门户，正对凤凰寺后院——只隔了一米距离。几乎就是凤凰寺的一部分。我从凤凰寺进入，可以避免从民房和人群里经过。

搬到这儿后，老围就只来过一次，也是最后一次。那晚他过来，给我带来很多食品，甚至还提了两瓶白酒。我问这是怎么了。他说，你在这里要多待一段时间。又说，这段时间你最好一次门都不要出。

老围说，我只求你帮我办一件事。

那晚他把全部的事都告诉了我。原原本本。

这些事你们大概已知道一些，我简略复述一遍，主要有这么几项。

首先，企业改制，这是一个圈套。汪仁明作为纺织集团公司总经理，主持了丝厂从清算到重组的全过程，竞拍时，老围也报名参加了，还筹资交了十五万元保证金——临到那天，拍卖人员告诉他证件不齐，需要缴丝生产许可证原件，而他借用的是复印件，被迫退出。拍卖结束后，汪仁明注册成立凯斯特公司，要求拍卖公司将望江丝厂的拍卖所有人改为凯斯特公司。拍卖公司出具了成交确认书，随后，汪仁明安排人到国土房管部门办理了过户手续。就这样，丝厂产权所有者就成了凯斯特公司。汪仁明及纺织集团公司的一百多名干部职工成了凯斯特公司的新股东。老围跟部分职工一同参股。虽然这个结果非如他愿，但也无话可说。还是想着改制可能会好点。刚开始还行，几年后矛盾出来了。丝绸市场行情不景气，职工七七八八退股。之后汪仁明瞒着剩下不多的股东，私下转让自己的股份——由新股东偿还公司贷款、股本转让金和职工安置。老围行伍出身，原本也是准备转业到公安干线的，在厂里从事过安全工作，文化不高，但喜欢读书，尤其是一些军事和侦破的书籍，多少有点侦破知识和手段。他不露声色，查了查，才知道这位"接盘"的老总，实为汪仁明的嫡子。此刻他意识到，丝厂早就进了笼子，只是今日打开放狗而已——目的，是想借此将他们这些老职工合理遣散，丝厂彻底归为汪姓私产。既然汪仁明一再哭诉丝厂经营如何惨淡，亏损如何严重，为何又如此慈善，让儿子来兜这个包袱呢？他心知藏有猫儿腻。由此想到丝厂拍卖当天发生的诸多故事，又多次往保险公司跑，渐渐也打听到消息，当天负责竞拍的人，原是汪仁明老婆的表弟。不消说，两人联手导演了这幕戏。那家伙当然不承认做了手脚。要证据只能自己想办法，他花了不少时间与精力，在财政局和国土资源局反复跑，终于被他挖到了一个细节。当时财政局在文件批复中写的是"整体处置",同时明确写明不包括非生产性资产部分,未纳入清算的资产应移交当地社区或有关部门管理。但后来在国土资源局过户时写成"整体资产"——一个小小的篡改,内容却谬以千里。他马上意识到,早在清算时,预谋就已存在了。他又查了望江丝厂的非生产性资产,惊了一跳——包括宿舍、电影院、水厂等十三处,涉及的土地有一万多平方米,房屋计有一万四千平方米。他将这些艰难取得的文件,连同举报信一块儿递给纪检部门。他等了好一段时间,终于来了人,但不是处理汪仁明,而是将他关进了号子。

从里面出来后,汪仁明儿子退出了。新的资方让他带头接受安置。他坚决不退。暗地里试着重新整理证据,却发现,再也不可能了。一些文件就像是被橡皮擦掉了。包括那份最关键的证据,被篡改的原件,说是库房淹水,已损毁。新来的老板比他想象得更难对付,甚至你也不知道他们究竟要干吗,公司完全没有任何复工和经营的趋向,似乎他们收购的目的就是为了把它荒置在这里……他们手段很高,几个原本团结的老职工很快就退出了——他知道他们都得到了好处,各得其所。这不是秘密。如果他愿意,可以得到更多。但他那股轴劲已经犯了。他在心底已把自己当成了一个钉子——无论是谁,他要揳在这里。

这些情况可能你已知道了。下面我说一点你可能并不清楚的。

这种长期对抗把他自己也毁了。他成了一个众叛亲离的人,一个彻底脱离现实的人。没人理解他,他妻子,他患病的儿子,甚至也包括他自己。但他仍试图谋求一个机会,留下一种希望。

最后那晚,老围告诉我,有人私下跟他接触,一起对付凯斯特,希望他能提供一点证据材料。

你不是说那些文件都被处理了吗?我问。

其实我有。他昂头看了看天花板,说,就还缺一样。

接着他告诉我，凯斯特现任老总并不是实际操纵人，大老板另有其人——并且，他也跟这老板约好见面摊牌、谈判。事先他在办公室安了一个摄像头，文件柜上方，内置在玻璃镜背后。明天他们见面时，它会录下整个过程。

我问他需要我做什么。

他给了我一把钥匙，说稍晚一点，你帮我把录的东西拿走，藏起来。他又说，我也不知道谈的结果怎么样，如果，我是说，如果谈得好且罢了，要是我有点什么，或者被他们带走，你务必要保留好那个东西，至少保管一个月。之后你找个网络把它发布出来。

可是，我并没拿到老围叫我拿的东西。第二天晚上，我十点前出门，按老围告诉我的找到一棵黄桷树，那棵树很有一些年头了，树桩中央分叉，站上去，手就可以搭到围墙，我从那儿翻过去，避开路灯，沿着围墙，从车间背后一直走。我凭借模糊的记忆找到了办公楼。可我到的时候，发现有人在二楼他的办公室里——房间里没开灯，只有电筒的光柱在房间里闪闪点点。我躲在暗处。大概十分钟后，有人从楼上下来。他走到路灯下，我看到了侧面——就是前几天我还撞见过的那个家伙，田家兴。

田家兴开车走了，我又等了一会儿，开始下雨了。我估计这种时候没人再过来。上了楼，打开房间，在书柜翻了半天，完全没有老围说的那样东西。根本没有。我知道，那东西——我不知道那是什么内容的视频文件，兴许还有其他什么——指定是被田家兴偷偷取走了。

我没在办公室里久留，一来是害怕，担心田家兴回来；二是房间充斥着一种难闻的气味，像是有人在这里呕吐过。当然后来我知道了，那是死亡的味道。

我按原路返回，却发现，我也回不去了。大碑路边停着三四辆警车和救护车，我不知道发生了什么，也不敢靠拢，就拐到中学后门的桥洞下，躲了一夜雨，天快亮才回。

第二天，等到天黑后，我下山在网吧浏览到了这则新闻——老围死了，而我，是那个杀人凶手。

可以想象，我当时有多震惊。我非常困惑，百思不得其解——老围死了，并且伤害他的人就是我。如果我能拿到那个视频，可能情况就会完全不同。可那个东西被田家兴抢先拿走。我甚至也不晓得那究竟是什么。到底是怎么回事？我唯一清楚的是，我完蛋了。

我使劲回想。

我想到那晚老围离开前还说了一句以前从没说过的话：保重。

他为什么要特意说保重？

我忽然想到，老围那天在房间，说他收集的证据藏在这里，而他的眼睛瞟着天花板——我用餐桌搭台，撬开天花板。确实有夹层，但没什么文件，没什么证据。没任何东西，除了灰尘和耗子屎。

我花了不少时间，在房子里苦思冥想——关于老围全部的信息，每一句话，每个动作，以及我所回顾起来的任何一样蛛丝马迹，再将那些漫天飞舞的细节归拢、组合起来，像是一件极其复杂的积木造型，但总归，我得出了我的一种结论。

现在，也许是时候了，我应该可以说出来了：

老围是主动赴死的。

关于这点我从没说过，包括警察。但我猜想，老围应该花了不少时间、不少精力策划了自己的死。包括我，也是他计划里的一部分。伤人之后我逃逸了，是他主动联系的我。我不知道老围的灵感从何而来，但可以肯定的是：他骗了我。他没有任何可威胁到凯斯特的实物。他压根儿就没有所谓的证据——他早已丧失了最后的筹码。他唯一的筹码就是他自己。所以，他想到一个办法，把自己作为证据。然后，他需要我来配合他的计划。

至于他为什么要这么做，我觉得并不难理解。

我不知道他是否患了什么病，有多严重。但在某种意义上，他早就死了。他死了，只是还在呼吸而已。不过他知道自己还有一点剩余价值。而这个价值，一部分他想奉献给他的家人；另一部分，他希望的是通过引爆自己，让一些装在箱子里的事情突然迸溅出来，给世人所见。这既是他的最后一击，也是他所能做的最后一种挽留。

说起来，他也同我们告过别了。

那晚在他办公室，出于下意识的恐惧，我从他办公桌上拿走了一根圆棍——不足以防身，只是用来壮胆的——回地下室后我发现是一个鱼竿套具，相当好的一把鱼竿，沉甸甸的。他在上面刻了字，是准备送给儿子的生日礼物。他还非常细心地用纸皮包缠了套具。其中有两张纸皮，应该是从哪本书上裁下来的。你猜内容是什么？《没有凶手的谋杀案》。

他是冷静地、平和地走入死亡的。

警察告诉我，老围的遗容很有意思，扭曲，但不狰狞。他们给我看了照片——我当时就懂了。他在笑。他留给人世的最后一个表情，是笑容。

他对马上到来的死亡是满意的，他已把自己彻底地交还给了命运，他知道自己已做完了他可以做的全部工作。

这就是全部事实了，可能有点文绉绉的。必须提醒的是，以上"事实"是需要打上双引号的。正如我开先所说，有一部分只是出自我个人的推测。

而且我想，我这个说法是老围宁肯我永远别说的。因为我要是说出来就是对他死亡的一种最无情的践踏。因为我哪怕说出了我的想法，即便那是真的，也是无意义的。我也忠于了我的朋友。无论他们多么想要摧毁我，我始终保守着这个秘密。我不止一次地想，必要的话，我宁可拿我的命来换。因为我守护的已经不是老围一个人的秘密，同时也是我的；那是属于一个父亲、一个丈夫、一个朋友、一个男人，所必须要做到的。

最后，我想说，我永远地感激你，灵魂深处我每一个细胞的语言都是感激，不单单是为我，也是为了老围。若不是那天我偶然遇见了你，他的死亡几乎是毫无意义，并且非常愚蠢的。你为我所做的事，吃的那些苦头——这很难想象，那一切，根本就不像是为我，而更像是为了人性本身所付出的。

很长时间，我时常想起老围，偶尔，我会把你同老围混淆起来。你们是截然不同的两个人，但我觉得你们又好似一个人。最近我特别想他。不知为什么，想到他我耳边常会响起一种声音，是孩子小时候我经常哼唱给她的一首童诗：

> 总得有人去擦星星
> 它们看起来灰蒙蒙的
> 那些八哥、海鸥和老鹰
> 总是抱怨星星又旧又生锈
> 想要个新的我们没有
> 所以还是带上水桶和抹布
> 总得有人去擦亮星星

老围就是那么一种人，他当然是可怜虫，谁说不是呢？但他也是一个伟大的可怜虫啊！

感激命运。

祝您未来一切都好！

您的朋友：

李立冬

二〇一二年九月三十日夜于病房

附录二

（刻在鱼竿上的字）

男人最好的娱乐就是钓鱼

——给任嘉阳十七岁生日纪念